U0895623

国家出版基金项目

NATIONAL PUBLICATION FOUNDATION

1912—1949 现代古体文学大系

词集 2

总主编 黄霖

本集主编 朱惠国

XIANDAI

1912—1949

GUTI WENXUE

DAXI

东方出版中心

目录

高德馨（6首）

高德馨（1865—1934），字远香，号鲟隐，江苏吴县人。曾任浙江知县、江苏高等学堂教师等。与章钰为好友，经常有书信往来，汪之昌任学古堂学长时，两人曾同游其门。1929年，张茂炯、吴曾源、潘承谋等九人在吴县结六一词社，高德馨正“橐笔北游”，但“每值社集，以吟筒遥和”（张茂炯《鲟隐词钞序》）。其词生前并未结集，但他曾在病中以诗词稿属陈渭士迻录副墨，谋付剞劂。不久，陈渭士去世，此事未果。后张茂炯“偶检箧衍，获其平昔见寄诸词，益以社作，得五十首”，刻为《鲟隐词钞》。

桂枝香

和茗理月饼

团栾仿佛。问刻玉镂冰，新样谁乞。天上盈亏几度，暗惊佳节。年年客里中秋过，佐登盘、冷淘槐叶。桂枝香满，芝泥字印，影留蟾窟。　　算不尽、人间陷缺。记饱啖红绫，嘉话能说。瓜果分携，曾伴天厨肴核。虚名画地知何用，对西风丝鬓如雪。只今魂梦，时时犹绕，广寒宫阙。

西子妆

西湖感旧

如此江山，一般烟月，消得几番春暮。藐姑仙子忽浓妆，悔当年、苎萝村住。芳情欲诉。怅隔水、难招鸥语。俯晴湖，叹绿波难浣，西泠尘土。　　归来误。鹤去亭空，寂寞谁为主。柳条牵拂短长堤，尚依依、剩丝残缕。重寻故步。慨芳草、都成驰路。莫登楼，怕见斜阳满树。

拜星月慢

萤

烛冷光摇，廊虚月暗，十二阑干闲凭。熠耀钗头，恰慵妆初整。卷帘看，隐约、疏星点点明树，缺月娟娟移影。罗扇轻携，识佳人闲靓。　　记隋堤、照夜囊纱映。今宵喜、又值黄昏静。半晌惹草黏花，总低徊无定。惯随风、暗入缘衣领。惊飞去、瞥眼来俄顷。便待得、翠袖重回，已斜穿竹径。

满江红

寒　鸦

几点疏林，看泼沈、颠米画工。归禽共、乱山俱暝，斜日烟濛。背影参差拳冻雀，翻飞高下逐惊鸿。听鸣哑、心事少人知，悲汉宫。　　延秋冷，霜露浓。故枝换，旧巢空。认玉颜何处，莫怨西风。画角数声催未晓，绿杨终古恨难穷。最销魂、流水绕孤村，残照红。

天仙子（二首）

冬日田家杂兴

底事邻家炊黍忙。朱陈新结隔前庄。迎来一棹看红妆。坐父老，醉壶觞。今岁多收十斛粮。

买得桃符好过年。催租吏不到门前。祀神辛苦费豚肩。日早起，夜迟眠。又爇松枝去照田。

（以上选自《鲟隐词钞》民国二十四年排印本）

沈宗畸（7首）

沈宗畸（1865—1926），原名宗畴，辛亥后改宗畸，字太侔、孝根、孝耕，号南雅、南野、南雅楼主，广东番禺（今属广州）人。其生年，《京华耆宿传》载其门人张次溪所作《沈南野》称“乙丑冬，翁适生也”，即同治四年（1865）。李澄宇《沈宗畸传》称其民国十五年（1926）卒，寿六十二，与此亦合。郑逸梅《南社社友事略》记其生年作“一八五七年丁巳十月二十五日”，时当咸丰七年，未知所据，录于此，聊备一说。沈氏为光绪十五年（1889）顺天乡试举人，再应春官不售，遂无意仕进，组著涒吟社。袁世凯复辟，拒入“筹安会”，避地汉皋，后回京卖文为生，郁郁十载。工诗词，因“落花诗”得称“沈落花”。为南社成员，编有《今词综》，著有《繁霜词》。

《繁霜词》一卷，民国五年（1916）国民印书馆铅印本，附于《南雅楼诗斑》，收词五十五首，前有自序，称“四十岁以后始学词”。故《繁霜词》乃作者四十岁之后的词作。词人认可清项鸿祚《忆云词》“不为无益之事，何以遣有涯之生”的观点，认为“不幸生丁丧乱，孤愤伊郁，舍诗词又将焉托”（《南雅楼诗斑自序》），以诗词为寄托生涯之具，讲究真情真性。词多有忧生之嗟，或以戏谑笔调出之。尤喜以小令之体咏物，如《菩萨蛮·信封》三首、《江南好·题日本小纨扇》等，便娟清巧，不同于清末民国之咏物慢词。

莺啼序

用梦窗韵，自题《塞上雪痕集》

多情唁香燕子，款寻常绣户。任猜准、曾啄巢痕，夕阳红赚来暮。睇春倦、寒枝试蹴，栖鸦已满西园树。更销凝、还怕垂杨，向人吹絮。　　辜负芳时，借酒潦倒，又漫天冥雾。夜初定、穷巷沉悲，故人工制纯素。启冰奁、金针锈却，未堪掐、新翻花缕。暮年心，携证江关，旧时鹓鹭。　　蘋风饯草，雁字笺天，计程怅夜旅。睡未稳、塞笳横迸，曳醒秋魂，梦窄灯僵，摽窗虫雨。榆关雪驾，辽河星爨，哀鸿沉影沙洲宿，正孤臣、掩泪苍皇渡。松花自绿，江流半壁淘残，汗血点点灰土。　　羁栖恨积，手拂吴钩，愿卧薪藉苎。痛迤逦、西风吹大，沃野牛羊，抢鹘爰居，駕鹅酣舞。吾曹剩有，怀中骚怨，相逢东岛吟岁晏，耐繁霜、春袚秦筝柱。他年歌弹双鬟，为问何戡，旧人在否。

莺啼序

再题，仍用梦窗韵

西风掠残风纸，惹银蟾瞰户。坐闲懒、飘泊鸡林，误人边气垂暮。盼霜信、孤鸿叫月，珠沉海底疑无树。尽销磨、一作平片雄心，任猜泥絮。　　歌哭苍茫，鬓影瘦损，耐香尘酒雾。幸无恙、寒入诗肩，玉儿来赚缣素。小游仙、扬州梦觉，媚香屑、词填金缕。有赠尹桂兰《金缕曲》一阕。尚能狂，遥和秋笳，怕惊鸥鹭。　　斜阳耐老，画角还吹，问愁在逆旅。肠断也、日边云合，万里冰霜，谩怨朝阳，试歌零雨。山围王气，碑扪忠靖，曾谒长忠靖祠，吊以一诗。胡雏长啸谁能识，蓦长驱、浅涉投鞭渡。新亭望极，微嫌泪坠无端，正错尚是吾土。　　南溟震詟，荡激风云，似振枯挫苎。叹泱漭、中原多事，大好陪都，柳媚花嫣，栋飞檐舞。春归诏我，留连佳日，吟坛安稳谐竞病，啖蛤作平蜊、差胜江瑶柱。商声分与琵琶，试检青衫，泪痕涴否。

蝶恋花（二首）

乙卯秋日和鬯威

黄叶敲门延爽籁。太液波翻，一雨池荷败。秋后纵留余热在。寒蝉凄咽都无奈。　　谁遣西风施狡狯。雁字横斜，似报卢龙卖。多露酿成蛩世界。蛩声轶出西风外。

采采芙蓉清露泫。谩托鸥波，问讯秋深浅。旧日凫鹥天样远。千桑万海供游衍。　　拾取余欢眉翠敛。欲说还羞，试与思量遍。支枕凭栏浑莫遣。迷离梦近调筝院。

（以上选自《繁霜词》，《南雅楼诗斑》民国五年排印本）

水龙吟

白莲，用玉田韵

一从解佩人归，湘皋零落闲风露。生来自洁，何曾见惯，吴歌越舞。莫问三生，闹红身世，付他鸥鹭。想夜凉风定，皈依净社，香自在、空明处。　　如见玉儿须妒。幛冰纱、望来疑误。分明记得，水晶帘底，窥人欲语。莫是湘妃，近来新寡，脸波流素。怕娟娟倩影，翠裙化蝶，双双飞去。

洞仙歌

有　题

银房寂寞，锁嫩寒如水，不去寻芳耐憔悴。况日长似岁，夜永如年，那禁得、翠袖熏香孤睡。　　晚来无气力，薄饮些些，半盏葡萄便沉醉。欹枕悄思量，小梦荒唐，还早被、罡风吹坠。才记得、分明又模糊，剩一树、樱花想伊柔媚。

蝶恋花

昨夜江头风送雨。满院香泥，竟日无干土。梅子心酸莲子苦。个中滋味侬和汝。　　短短棠梨三两树。调舌莺儿，也学人言语。说到无心心楚楚。低头暗诵凌波赋。

（以上选自《南社丛刻》1996年广陵古籍刻印社影印民国排印本）

王守恂（13首）

王守恂（1865—1936），字仁安，别号阮南，晚年自署拙老人，天津人。光绪二十四年（1898）戊戌科进士，授刑部山西司主事。1905年巡警部成立，任警法司员外郎、郎中。1906年改民政部，任警政司郎中、总办兼掌印参议上行走。1910年出任河南巡警道。辛亥革命后，曾任内务部顾问兼行政咨询特派员、内务部佥事、考绩司第二科科长、浙江钱塘道尹等。1920年任直隶烟酒事务局会办。弱冠即负文名，从政后不废吟咏撰述之事。晚年参与组织城南诗社和崇化学会。有《仁安词稿》两卷，收入《王仁安集》，另有《传恨词》一卷。

南　浦

雪飞洒面，被风吹、肝鬲透清凉。翘首楼台入画，粉饰杂银装。休问人间天上，正时晴、快雪送年光。看万松绝顶，依稀琼岛，晓日照微黄。　　记得秋风未到，爱新荷、绿盖点池塘。不料霜寒露冷，好梦破鸳鸯。又是冰澌冻缬，渐枯槐、衰柳带斜阳。更有谁知得，老来词句断人肠。

新荷叶

天气微阴，绘成水墨云林。独坐开窗，松风吹入衣襟。庭前叠石，寄幽怀、看作遥岑。寂无人语，此间正好长吟。　　兴尽悲来，思量况味难禁。往迹前尘，可怜事事伤心。年华辜负，几春宵、抵得千金。所思何在，而今水远山深。

湘　月

答蔡谷清

肠回气荡，记生平孤僻，都无好语。暗地伤心何处遣，吟啸那逢俊侣。对月怀思，临风系想，半是离愁绪。喜君同调，客中常共尊俎。　　故乡九曲河流，万家镫火，咿哑人鸣橹。两岸斜阳凭眺晚，多少芦汀蓼溆。身在江南，梦回蓟北，松菊今何许。几时归去，买舟重泛烟渚。

（以上选自《仁安词稿》，《王仁安集》民国十年刻本）

一萼红

村　夜

夜凄清。听依稀严柝，深巷报三更。寂无人语，村龙何事，水边篱落声声。趁此檐头斜月，弄余晖、微照半窗明。孤枕单衾，断魂残梦，欲睡难成。　　忆昔赋京游洛，曾怀奇负异，慷慨平生。尘海翻身，乡关息迹，无复豪气纵横。只博得、典衣乞米，度衰年、未报故人情。安问镜中鸾影，浪里鸥盟。

南歌子

蟋　蟀

倦鸟归邻树，寒虫出短篱。似将冷信报先期。唧唧多情、道是捣衣时。　　别院喧筝笛，长筵唱柘枝。歌酣那管夜归迟。如许秋声、能得几人知。

解连环

言　怀

闲愁无数。叹镜中华发，又添霜素。念少年、阅尽酸辛，更驱逐名场，翦裁词赋。往迹都空，早已是、途穷日暮。想春花秋月，香梦初醒，禅心顿悟。　　回首帝城云树。尽倡楼歌馆，等闲虚度。记那时、酒冷镫昏，破晓侵晨，欢娱未足。好事流连，重追忆、逝同朝露。剩馀年、感恩一饭，凄凉末路。

解连环

言　怀

凄凉末路。且埋头乡里，偷生苟度。受人间、侧笑旁嘲，吹市上箫声，哀吟苦诉。炙冷羹残，怜衰老、任天与付。只豪情绮思，兴到挥毫，风流如故。　　试看庭阶秋露。正蝉声虫语，好诗能赋。喜孤村、侧近河干，棹唱渔歌，晚凉争渡。图画天然，恰宜我、幽栖僻住。谢刘郎、万木千帆，掉头不顾。

淡黄柳

孤　槐

繁华消散。今岁将过半。无限西风吹画幔。别有高槐一树，欲把残阳带愁绾。　　正凄断。蝉声促归雁。绿阴减、流晖换。叹年光、几度秋来惯。落尽黄花，婆娑老态，独倚碧栏斜畔。

临江仙

蟋　蟀

昨见庭槐叶落，兰池夏气全收。夕阳西下最高楼。一镫对孤影，闲坐挂帘钩。　　恰好寄怀幽旷，林间尽可埋头。问君底事触人愁。疏星横数点，向夜独鸣秋。

惜秋华

本　意

别院西风，正百尺梧桐，叶凋井干。开遍芙蓉，寒香已过秋半。小园一簇闲花，不知名、锦章灿烂。趁时节、芬菲满径，露零碧汉。　　感触词人怨。听萧条林外，几声征雁。流水年华，旧迹那堪复按。晚来无意相逢，惜幽芳、凭栏自看。肠断。抵多少、酒阑镫散。

高阳台

秋　夜

短榻镫青，小窗月白，惹人无限幽思。夜气沉沉，不堪漏永更迟。情知独枕难成梦，耐孤单、枯坐移时。悔那番，雪地冰天，易别轻离。　　昔曾吟得断肠诗。奈好云散后，再聚无期。况值重阳，黄花开遍枝枝。薄寒两袖西风冷，又吹来、细雨成丝。最堪怜，蹙损眉头，瘦尽腰肢。

沁园春

秋　眺

独立河干，落照苍茫，孤影沉沉。看低垂两岸，几行衰柳，依稀烟霭，欲作寒霖。有客停舟，与人把酒，乐事真堪到处寻。怎似我，只临流望远，狂啸悲吟。　　几番挑动琴心。憔悴文园已至今。记帝城雨过，碧荷点水，故乡秋老，黄叶辞林。早谢虫声，重闻雁语，添得千家万户砧。归来晚，更听残严柝，怕展香衾。

湘春夜月

黄　昏

近黄昏，苍茫烟色无垠。试看一带残霞，千里接寒云。欲问客归何处，认临河树影，直到篱根。正上镫时候，奚僮垂首，静待敲门。　　饭余夜坐，碧瓯瀹茗，炉火微温。几度思量，念京国、旧家声价，想像犹存。积愁成疾，渍青衫、尚有啼痕。当日事，任谁人亲见，那般体贴，恐亦消魂。

（以上选自《传恨词》民国排印本）

杨锺羲（4首）

杨锺羲（1865—1940），字子勤、芷晴、梓勤，号雪桥、留垞、圣遗。原名锺广，光绪己亥（1899）始冠姓易名，汉军正黄旗。据《雪桥自订年谱》，杨锺羲生于同治四年（1865），光绪十一年（1885）中举，十五年（1889）进士，改翰林院庶吉士，历任国史馆协修，襄阳、安陆、江宁、淮安等地知府。辛亥后，避地著书。癸亥（1923）三月任南书房行走。著有《雪桥词》《雪桥诗话》《白山词介》。钱仲联称其“自为《雪桥词》，功力匪浅。《浪淘沙慢·和身云》，讽樊山出仕，遐庵所谓‘深心托豪素’者。《东风第一枝》云：‘那堪向易主楼台，又见定巢语燕。’虽属遗老口吻，而对当时袍笏登场之北洋新贵，亦备致揶揄矣”（《近百年词坛点将录》）。

东风第一枝

和约庵

朝雨欺寒，夕阴催暝，东风犹勒新暖。尽教闲爇香篝，阁住春衫针线。一年花事，拚迟放、几枝兰箭。初不道、社鼓枫林，容易日斜人散。　　愁似水、并刀难剪。酒如泻、提壶休劝。是谁断送年华，相与急吹弦管。重衾醉拥，只惆怅、铜舆梦远。那堪向、易主楼台，又见定巢语燕。

（以上选自《东方杂志》1918 年第 15 卷第 4 期）

浪淘沙慢

为春瘦，琴丝倦理，脆管慵炙。镇日沉阴似墨。东风向晚更劣。正目断青门芳草隔。惜春意、闲里虚掷。看秾李绯桃自开落，风情黯非昔。　　凄寂。旧时燕子曾识。问画栋雕梁，营巢处、此日谁主客。空衔尽香泥，痕扫无迹。帘钩絮彻。当亚阑遍倚，落花时节。原自无心江头楫。轻抛却、海天霁月。能几日、棠梨飞作雪。但追恨、种柳陶桓，勤揽结。漫天成就春云热。

（以上选自《东方杂志》1918 年第 15 卷第 5 期）

浣溪沙（二阕）

题李樨清女士《花影吹笙室填词图》

鹅管吹春引兴长。辛夷花外月昏黄。谢庭句律要频商。　　香爇沉檀篝语嫩，风敲碎竹玉声凉。李家花萼并洪漳。

佩冷天风旧阁尘。秋生蕉叶句犹新。凉蟾不换换愁人。　　词意石湖堪作画，友于戆叟镇伤神。栖鸦流水秣陵春。

（以上选自《青鹤》第3卷第7期）

章钰（17首）

章钰（1865—1937），字坚孟、茗理、式之，号蛰存、长孺、充隐、负翁、晦翁、霜根老人，江苏长洲（今苏州）人。其生年另作1864，卒年另作1934。光绪己丑（1889）恩科举人，癸卯（1903）成进士，签分刑部湖广清吏司行走，庚子之变告归。后历南洋、北洋大臣幕府，调外务部，充一等秘书庶务司，兼京师图书馆编修。辛亥后，寓天津廿年，校书遣日，曾任清史馆纂修。后还寓旧京。著有《四当斋集》十四卷，最后一卷为词。收词起壬子（1912）左右，至于乙亥（1935）。其词以咏物为多，且尤喜用词调本意咏物。张尔田《先师章式之先生传》称其“间赋小词，含思绵眇，读之慨然想见其为人”。

南楼令

待　月

三十六云廊。行行长复长。要登楼、又隔红墙。盼到姮娥梳裹好，怎禁受、晚风凉。　　历乱万星芒。空撩人断肠。且停琴、心口商量。知道冰轮随例满，更何处、听霓裳。

摸鱼儿

戊辰七夕，和石帚韵

正人间、辍犁停杼，生机荒尽墟井。天孙有巧何从乞，空自北窗高枕。浑不省。听儿女、青红惯把瓜果整。秋心本冷。奈金虎号风，石鲸咽雨，愁绪彀人领。　　通天表，归计休提沈炯。沧尘偏感俄顷。浮生贵寿原无谓，早笑令公私请。阊阖迥。怪到眼、欃枪望断河汉影。佳期怕问。且盒放蛛丝，垆寻犊鼻，相与破颜饮。

东风第一枝

咏唐花

装点新韶，勾销旧腊，花花世界如此。那来玉戏神通，竟出火攻下计。东风消息，也省识、春归还未。奈好春、由汝探支，闹得满堂红紫。　　春未到、为花送喜。春一到、为花失意。可怜作践芳丛，反道化工巧替。繁华梦短，莫错认、群仙高会。试借问、乱插松�

百字令

柳墅感旧

蜃台鲛市，扫翠华驻处，荒荒无迹。一角平林兼浅渚，并少宫人闲说。云寺颁香，海楼阅武，坏劫今何日。白头吟望，旧时杨柳颜色。　　休溯玉辇宸游，銮迎酺赐，盛典光千叶。刚痛铜驼荆棘里，又痛龙年蛇月。那觅新亭，权呼汐社，来蹋啼鹃血。沽潮起落，料应终古呜咽。孤云为津门古寺，望海楼宸翰尤多，今皆不可踪迹。

蓦山溪

寒　食

好春百五，换得新槐火。明日是清明，曾不见、山塘画舸。冬郎避地，无伴倚南楼，寒具设，冷淘供，佳节无聊过。　　开元旧典，香用黄绫裹。何处哭冬青，还自念、梅湾村名。茶磨。山名。两地皆在石湖先茔所在。牛医追养，读到柳州文，心恻恻，泪盈盈，弹上梨花朵。

汉宫春

咏新燕

依旧春风，料当初王谢，依旧人家。捎将隔年绛缕，辛苦天涯。巢痕试觅，好楼台、别样繁华。谁唤醒、乌衣梦境，是耶难道非耶。　　贴地休夸轻俊，尽珠帘卷起，人面今差。香泥欲衔又住，怕犯惊沙。双双倩影，傍昭阳、不及宫鸦。相慰藉、从头领略，者番细雨桃花。

春草碧

本　意

莽苍齐趁东风力。也与百花争、芳菲节。无近无远青青，难辨江南更江北。好片少年场、忙裙屐。　　谁信谢梦荒荒，郊心恻恻。我春竟非春、天涯客。知否前路何如，王孙又断归消息。只当乱山看、伤心碧。

一丛花

咏木笔

问渠何事也书空。笺与碧翁翁。挟天丽藻凭谁赏，好消息、还报东风。尘濯绛河，香笼璧沼，权领管城封。　　朝云花片寄无从。宝帚肖横纵。初开第一留标格，忍重赋、照殿春红。回首梦中，而今何似，愁煞老文通。

买陂塘

题《渔洋山人戴笠图》

上题："渔洋山人三十九岁小影。"风貌清癯，微有髭。藤笠蕉衫，手握灵芝一本，独立悬崖古树之下，旁缀飞泉曲径、锦石秋花。禹之鼎写真，华亭李藩补景。今藏云在山房。

自坡公、雨装图就，先生差肖标格。华严法界明宗尚，诗律早参禅律。曹霸笔。要老带庄襟、爱好教人识。苍茫独立。试问讯何如，龙钟卅九，因甚见颜色。　　商山路，真有灵根蟠结。

拈来同此馨逸。黄州当日皆年少，一笑鬑鬑非昔。人代隔。尚旧事吴中、夸数渔洋迹。呼之欲出。恍布袜青鞋，高秋万里，去看蜀天碧。

忆王孙

咏秋草

好片欢场容易变。浑不似、落花芳甸。几番风雨几番霜，枉省识、春人面。　　微生甘被牛羊践。惊到处、碧磷红燹。尽他风雨尽他霜，尚入梦、春晖恋。

忆旧游

咏丰台芍药

已金池絮起，玉殿花飞，甚处留春。十里城南路，正狂香媚夕，浩态迎晨。浪传曼殊家近，争指苎萝村。是白石当年，红桥访艳，同一销魂。　　翻新。到芳事，问风沼东西，早划陈根。惯向田田住，尚东风攀恋，忘却沉沦。最怜日边残客，篓尾倦携尊。任晓唤铜街，痴佣去蹋京洛尘。

（以上选自《烟沽渔唱》民国二十二年排印本）

瑞鹤仙

戊辰坡公生日，用梅溪体

支辰干在戊。算五戒后身，大齐登九。宋景祐三年丙子至有清宣统辛亥后戊辰，计八百九十三年。回头溯元祐。是兴龙嘉节，帝先臣后。宋哲宗十二月七日生，诏名兴龙节。栾城对雷。正颁到、春旛法酒。算更番、磨蝎临宫，好运那时希有。　　依旧。乳花茶泛，银合香焚，祝公来侑。高寒举首。真宰诉，直奎宿。问平生忠爱，茫茫来者，究许伊谁尚友。怅千秋、孤鹤南飞，且将笛奏。

玉京秋

残荷，依草窗体并韵，据《词纬》本

天宇阔。凌波众仙子，赋归情切。霞镜抛花，露珠泫梗，风裳飏叶。闲杀追凉艇子，让凫翁、来点晴雪。黯然别。闹红旧梦，向谁重说。　　水殿寻秋初怯。和新词、摩诃早缺。拾瓣装书，留房揩砚，真香吹歇。劫换昆明，盼只盼、船藕年年添节。正凄咽。翻看湖心荡月。

六州歌头

过淮张故宫遗址

吹乾菜叶，终古怨西风。银枪队，黄衣屋，后重瞳。起江东。运到三兴土，规鲟水，联鹤市，香泾凿，灵岩筑，斗神工。蕞尔驹场，肯溷鱼蛮子，老死芦中。趁江山无主，高拱隗嚣宫。天意梦梦。遇真龙。　　竟黥徒溃，粉侯缚，家居坏，霸图空。子城畔，娃乡侧，策吟筇。感匆匆。一样荆驼恨，肠木石，剩吴侬。呼九四，兰盆焰，到秋红。何处故王台榭，总输与、锦树镠封。叹兴亡一例，山指孝陵钟。谁算英雄。

瑶　华

水仙，步草窗韵

蘅皋艳迹。芝馆灵因，悔西池轻别。清泉白石，差称得、姑射肤冰肌雪。花中君子，一般是、亭亭芳洁。好画他、微步凌波，与伴秃株霜杰。　　甘心纸阁芦帘，任翻遍骚经，名等梅阙。东风不管，翻避了、多少狂蜂痴蝶。国香零落，只清净、托根堪说。尚有情、凭吊灵均，梦到湘烟湘月。

买陂塘

闰枝属题光绪乙未《山塘秋泛图》，步韵。

念家山、几多尘梦，而今凭向谁语。浮生竟坐流离老，无分犯烟谘雨。难再遇。还剩得当年，一二寻秋侣。商量画趣。已看惯危烽，吊残宿草，回首甚情绪。　　江南路。欲采蘋花未许。华胥知谁何处。吴娘尽荡凌波影，愁问鹭来沤去。重认取。是试茗调琴，四字虎邱题名，吾宗贤事也。步步诗来路。松盟错迕。且望帝伤春，避戎话夜，休怅旧游阻。

忆旧游

过水西庄遗址，追悼查湾

已孤云寺圮，艳雪楼荒，还溯伊人。旧日通宾驿，傍青青柳岸，指点难真。辋川画图何在，摹本认翻新。庄图严氏蟫香馆藏摹本。叹南渡笺词，西台坐狱，都付沙尘。　　清门。百年后，有老辈风流，山谷诗孙。往事休提起，羡故家文藻，还照清尊。柳家七郎堪吊，知返杜鹃魂。忍回首年时，江南惯说乌夜村。查湾少游吴下，每晤辄谈金阊旧事。

（以上选自《四当斋集》民国二十六年活字本）

黄人（2首）

黄人（1866—1913），字摩西，原名振元，字羡涵，号慕庵、梦闇，别署江左儒侠，江苏常熟人。光绪二十年（1894）中秀才。二十六年（1900）与庞树柏等人于苏州组织三千剑气文社，并于同年任东吴大学文学教授。后加入南社。著有《摩西词》。

《摩西词》，民国九年（1920）排印本，前有萧蜕庵（蜕闇、在家僧）题签一种、赵石（泥道人）所摹小像一帧、张鸿题序一首。由《和定庵无著词》《和定庵怀人馆词选》《和定庵影事词》《和定庵小奢摩词选》《和定庵庚子雅词》《和定庵集外词》《和张皋文茗柯词》《和蒋剑人芬陀利室词》等八部分组成。其中六部分与龚自珍有关。黄人诗词颇受龚自珍精神的影响，突破温柔敦厚传统，以偏至之笔写情天恨海。印行《摩西词》的张鸿评黄人词："其奥如子，其怨如骚，其空寂如禅，其幽眇如鬼，其冶荡如素女，说不可说之言，达不能达之意，寄无可寄之情，如游丝之袅于长空，不知所往，而亦无不往"，其用笔"究极情状、牢笼物态"，有时采用叠字叠句，形成跳跃回环效果，意在取得惊心动人的效果。

西子妆慢

壬子元夜和龙尾韵

烽照凤城，警传鹤市，说甚青红儿女。人间乍逗一分春，几消磨、雪酸霜苦。团滦盼汝。怎第一、良宵已误。好山河，尚隔颇黎影，朦胧如许。　　蓬壶路。浪打鳌山，未许飙轮渡。暗尘随马满铜街，早变尽、春人衣素。霓裳破处。唱不就、观灯十五。旧清晖，荡作娇云万缕。

西子妆慢

壬子花朝叠前韵

元日乍喧，信风忽峭，恼杀寻盟儿女。中山一醉不成春，更谁怜、万红心苦。春原眷汝。总受尽、蜂欺蝶误。又黄鹂，隔树惊人睡，魂销何许。　　金阊路。水冷桃花，渐断兰桡渡。几家空绣踏青鞋，只冷伴、三秋纨素。浮云处处。恐断送、韶光百五。愿东君，及早添长命缕。

（以上选自《南社丛刻》，1996年广陵古籍刻印社影印民国刊本）

江笠夫（1首）

江笠夫（1866—?），浙江杭州人。1915年加入同南社。

金缕曲

田间寂处，倏忽兼旬，春色已阑，良朋远隔，抚时感事，填此寄怀。

春忽匆匆去。陡教人、离情触起，思君何处。扑面尘沙浑似雪，飘泊还遭嫉妒。也只好、任天分付。别梦那堪重记忆，最难忘、天末云兼树。无限恨，向谁诉。　　伤春只恐春将暮。偏又遇、春归时节，春华难驻。不待飞花和粥咽，早觉心头似醋。更良友、也如萍絮。一样春风同领略，对绿波、怕赋伤心句。问知己，何时晤。

（选自《同南》第五集，民国五年铅印本）

沈惟贤（5首）

沈惟贤（1866—1940），一名维贤，字思齐、师徐，号遁翁、遁居士、平原村人，华亭（今上海松江）人。光绪十七年（1891）举人，曾补宁海、新城知县，其后调补石门，历署嘉兴桐乡、仁和、钱塘知县。辛亥回家乡倡率革命，被推为副司令员，民国十二年（1923）任江苏省议会议长（参见唐文治《沈思齐先生传》）。晚年曾居嘉善及上海，曾手订《遁居士集》，其中有《平原村人词》，未刻而病卒于上海青浦朱家角，民国二十九年（1940）由高燮刻于杭州。

长亭怨慢

老友魏塘周芷颐以《水村第五图》征题，村在汾湖之南，余尝过之。

又招我、南楼烟雨。万顷平波，旧曾游处。愿逐鸱夷，故园鲑菜泥人住。酒痕湮矣，空目想、汾南路。肯与草堂居，定载得、樵青西去。　　迟暮。望葭村水远，只许俊游三五。伊人宛在，正吟到、绿香红舞。且莫问、渺渺烟帆，向尘海、飘流何许。便出岫闲云，输与蘋洲鸥侣。

长亭怨慢

金陵代议士归，寄张季直先生。

正横笛、落梅风里。吹到南枝，几番消瘦。为问年来，俊游曾似曲江否。眼中人去，空想像、灵和柳。柳若不成棉，不会得、攀将人手。　　孤负。这青春一晌，付与等闲诗酒。鱼龙起也，怕江上、乱潮东走。最好是、翦取吴淞，都分贮、浮邱长袖。奈蜃气空濛，愁向斜阳回首。

花　犯

吾庐秋日有感，和清真

晓阴低，梧桐细雨，吾庐又秋味。蓼花初缀。疑谢了春红，幽处多丽。个人瘦影支筇倚。行歌聊自喜。正采得、木棉如锦，轻盈裁素被。　　当年买山太匆匆，门前种五柳，依然憔悴。年事近，天涯远、怕人攀坠。东风起、再休作絮，生计在、烟蓑斜照里。待记取、绿窗尘梦，滔滔随逝水。

（以上选自《丙辰》1917 年第 2 期）

翠楼吟

简姚雄伯

宿雨初收，朝烟更绿，微凉中酒天气。幽窗残梦觉，向猩色屏风斜倚。秋风容易。问雁翼来时，黄花开未。人如寄。且随陶令，醒来还醉。　　并世。知有南能，蕴甚深般若，软红游戏。玉筝新按谱，听流水泠泠生指。停云遥企。待夜雪拏舟，晨星联袂。蓬门启。翦灯深话，索居情味。

徵　招

寄杭州吴宜斋，和白石

游骢不过横塘路，湖山远闻佳士。小别未经年，毵毵柳如此。眼中人老矣。但商略、酒襟茶思。一觉江湖，卸帆南浦，昨非今是。　　归兴倚莼鲈，斜风起、萧条故乡秋味。有梦到西泠，数长桥第二。石交吾与尔。定心契、净名幽致。笑相与，网著西施，办五湖游计。

（以上选自《丙辰》1917 年第 3 期）

汪曾武（22首）

汪曾武（1866—1956），字威子、仲虎，号师麟、君刚、趣园、鹈龛，江苏太仓人。其生年，《清代朱卷集成》第196册作同治辛未（1871）年，误；据其《满江红·乙丑六十感怀》组词，当以1866年为是。光绪二十年（1894）举人，因公车上书授五品衔，曾任民政部员外郎、北洋政府内务部荐任佥事、平政院第一厅书记官。1929年抱病回籍，1949年重返北平，1951年任中央文史研究馆馆员，1956年卒。（《中央文史研究馆馆员传略》）著有《味莼词》，又名《趣园味莼词》《趣园诗余》。

《味莼词》早期多交游酬唱之作。汪氏家厨精美，时有文酒之会，集中不少作品是他们这种生活的记录。《味莼词》甲稿清微幽渺。之后遭逢离乱，身世飘蓬，词风亦转向感慨苍凉。曹元忠序称："读仲虎词，藻思灵襟，神味隽永，谢康乐所谓'初日出芙蓉，天然去雕饰'者，庶几近之。"（《味莼词序》）郭则沄称其"尤工小令""揆之词家，于玉田、小山为近""天然幽隽，一洗浮埃"。（《味莼词题辞》）

鹧鸪天

六代匆匆感寂寥。锁沉江底旧魂销。钟山冷落冬青树，一夕鸤鸠占鹊巢。　　诗漫赋，酒慵浇。莼羹鲈脍也无聊。劝君莫唱江南好，未起秋风草已凋。

鹧鸪天

如此江山万里遥。狂花妖鸟黯魂销。南朝一段伤心史，慢谱声声付玉箫。　　清商怨，太平谣。那堪世事问渔樵。惊乌绕树啼残月，愁煞东风劫火燎。

鹧鸪天

身世茫茫万念休。本来天地一浮沤。金貂玉珮知何处，傀儡登场笑沐猴。　　江山恨，古今愁。惊闻蚁穴斗犀牛。桑栽沧海诚多事，风雨纵横遍九州。

金缕曲

春去莺啼苦。渺茫茫、苍凉百感，此情谁诉。金粉繁华都销歇，剩有凄风楚雨。愁一片、欲埋何处。鼙鼓声中枯万骨，化沙虫、那止恒河数。任萁豆，自燃煮。　　皇娲无术将天补。看分明、陆沉沧海，伊谁悔误。辽鹤归来山河改，城郭人民非故。衮父有回国之讯。况鸾凤、漂零几许。留得兰成犹老健，绕回肠、重续江南赋。沧桑恨，歌金缕。

菩萨蛮

天津军事三月未平，寄怀章式之，并杨味云、左祉文两同年。

天津桥畔闻鹈鴂。伤心啼落关山月。烽火话当年。开元旧梦牵。　　伊人秋水远。客泪青衫浣。鱼雁信沉沉。怀思付短吟。

应天长

明费宫人故里

乌衣细认，鸿爪暗寻，苍茫万感遥集。记否虚堂人静，朦胧画帘羃。江山恨，杯酒碧。任过眼、乱红零历。又开遍，满院梨花，惨澹春色。　　回首建章宫，翠黛萦愁，智井泪狼籍。一缕断魂归去，依稀水西宅。纷霏雨，迷巷陌。访故里、忍看题额。晚晴好，听尽啼鹃，应共悲恻。

水龙吟

可怜如此湖山，为谁留得销魂土。乡关梦杳，郊原望远，苍茫云树。燕子楼头，乌衣巷口，潇潇风雨。怅王孙嘶马，怨春鶗悴，空回首、江南路。　　忍听声声鼙鼓。尽思量、断肠何处。鲸波倒海，狼烟迷驿，音尘间阻。落絮萦情，孤芳摇影，夕阳无主。更莺花寂寞，庾愁侵鬓，自吟哀赋。

浣溪沙

梦里推寻总易醒。醒来霜月映窗棂。西风飒飒送残更。　　寒拥孤衾浑不寐，低呼小字未曾应。要知心事问灯檠。

鹊踏枝（四首）

闲居沉寂，以遣我怀

香阁帘栊烟阁柳。轻暖轻寒，梅子黄时候。长昼恹恹如中酒。惜春禁惯春人瘦。　　燕睨莺颦愁彀受。为问芳心，可是年时旧。罗带同心羞在手。天涯招得吟魂否。

落尽残红春不管。懊恼心情，那惜伤春晚。燕子衔花过别院。双飞暗蹴秋千半。　　何处天涯芳草远。问讯江南，极目烟尘满。几度东风肠欲断。泪痕知否罗襟遍。

门巷斜遮浓荫绿。换了年芳，可有人如玉。杨柳丝丝新雨沐。沧江还记鸳鸯浴。　　枉费闲愁盈十斛。辜负钗盟，惹起眉尖蹙。哀乐中年游晷促。老来怕听桃根曲。

一树槐阴低掩映。绿满苍苔，帘底残红冷。衰帽狂吟愁万顷。画阑拍遍伊谁应。　　回坐萧斋尘念屏。欲把清尊，怕照姮娥影。若个思量酬夜永。依稀远寺闻疏磬。

烛影摇红

题李释堪《握兰簃裁曲图》

欲遣闲愁，此愁只托秋声诉。开天法曲记依稀，谁按龟年谱。且把宫商细数。恁年年、听残金缕。寄情何处，红袖香边，瑶笙吹处。　　老矣将军，风神张绪今非故。桃花歌扇久飘零，空诩周郎顾。唱到江南句苦。君时客南京。十三弦、凄清如许。画图留取，为爱猗兰，还吟眉妩。

鹧鸪天

沧海横流历劫多。几时许唱定风波。河边鹬蚌争钳啄，博得渔人一笑呵。　　移故步，觅新窝。洛阳名胜近如何。行都那及南都好，画舫秦淮醉绮罗。

菩萨蛮（四首）

风　色

暮阴凄黯浑无影。江天写出寒愁景。树杪冻禽栖。片云堆墨时。　　尘沙迷满目。声警严城角。村店闪灯红。酒旗摇荡中。

帆　影

橹摇隐隐扁舟渡。沙平潮落迷归路。水绿远山青。微闻欸乃声。　　凝眸疑十幅。波皱纹如縠。一片白迷濛。夕阳背指红。

寒　蛩

为谁诉尽相思苦。闲愁万叠销何处。低颤调凄清。有人倚枕听。　　暮砧同断续。哀怨肠回曲。欲和尔悲吟。更阑苔砌寻。

孤　城

荒凉蕞尔弹丸小。四围雉堞回环绕。刁斗一声声。声声动旅情。　　危楼狐鼠窟。冷落霜天月。凄绝苦无援。惊心戍角残。

南楼令

子有寄示重九近作，步韵报之

闲立傍苔阶。孤吟写客怀。望长空、秋雁南回。遍地烽烟何处好，禁不住、杜陵哀。　　园小旧楼台。曾夸作赋才。怅家山、鼙鼓声来。待到重阳乡讯杳，强排闷、酒尊开。

如此江山

题林子有《讱盦填词图》

伤心人觅销愁句，闲愁浅深谁管。影事休题，柔肠莫诉，红泪新亭偷泫。孤怀漫遣。指剩水残山，更添凄惋。谱出清商，瘦魂禁得几回断。　　乔松岁寒耐守，尽腰围沈减，丝鬓潘换。小雅忧时，离骚愤俗，井水歌声传遍。阳关望远。说不尽相思，杜鹃行卷。我亦悲秋，倦游尘未浣。

多　丽

似园词集，限调《哀江南》

莽烽烟。南云隔断乡关。正年年、摩挲铜狄，凄凉汉阙移盘。况巢空、频惊栖燕，更野哭、遍诉啼鹃。华屋成邱，神州沉陆，忍看残影旧江山。已荒了、故园松菊，三径几时还。寻消息、谢庭萧索，雨泣芝兰。　　记当初、清欢俊赏，半生风月留连。系荃桡、西泠桥畔，访剑石、北固崖巅。转烛韶光，飘零身世，酒痕襟泪付轻弹。只自笑、及时行乐，犹恋古长安。依然是、茶香琴韵，伴我衰颜。

南楼令

风雪满层阶。悲深壮士怀。望欃枪、几度纡回。虎踞龙蟠王气尽，吹不断、角声哀。　　七宝好楼台。公输枉费才。听遗音、飞鸟频来。生怕阿房同一炬，适乐土、健帆开。

（以上选自《味莼词》民国三十年排印本）

徐钟恂（2首）

徐钟恂（1866—1928），字信伯、绍泉，晚号花隐，江苏山阳（今淮安）人。光绪甲辰科（1904）进士，选庶吉士，曾留学东京。后任江北高等检察厅长等。著有《花隐词剩》。

《花隐词剩》一卷，民国二十二年（1933）印本，附于《花隐诗存》。在其身后，由其子徐承之、婿裴锡颐辑录印行。卷后有裴桐壬申（1932）跋语。收丁卯（1927）年以前词十四首。其词数量虽少，却慷慨多气。

湘　月

题　画

繁华一瞬，逐香尘飞散，梦痕无据。归卧沧江经岁月，记得朝天旧路。龙战中原，河山破碎，问著身何处。今宵眼底，石桥流水烟树。　　正是怨笛传声，瘦筇偎影，缓步频回顾。一角弯弯西下月，却被罗云兜住。大地虫沙，仙源鸡犬，搅乱人心绪。阑干倚遍，不如扶醉归去。

珍珠帘

流虹桥感事

长虹流影蓝桥暮。断肠人、记旧时吹箫处。偷眼看三郎，正银河半渡。一把红丝牵不住，便有梦、梅边飞去。无据。剩小影心头，黄金牢铸。　　无奈玉折兰摧，纵青禽传语，重来崔护。灰冷返魂香，问情天何补。流水落花春寂寞，怕再到、旧相思路。更误。看夹道窥帘，燕羞莺妒。

（以上选自《花隐词剩》民国二十二年排印本）

张克家（9首）

张克家（1866—1919后），字仲佳，号志齐，天津人。清光绪十七年（1891）举人。历任直隶督练处总参议、探访局提调、直隶警务公所顾问、禁烟处处长等职。幼承家学，以诗闻名于清末民初天津诗坛，晚年常与严范孙、章式之、华世奎等人往来唱和。有《如法受持馆文》四卷，《如法受持馆诗》二卷及《如法受持馆诗余》一卷。

张克家早年即对词有兴趣，自称“幼时案头得《词律》纵读，爱而惮之，将求师而从学焉”（《如法受持馆诗余跋》），但真正学词较晚。他认为诗词有别，“诗以道性情、正风俗、明礼义也”，“词则不然，其志淫，其气靡，其辞纤而缛，其音噍杀而哀”（同上），对音律要求也较高，因此历史上南人较为擅长。张克家以为，词发展到今天，不能太拘泥于传统的声律和题材要求，否则“若还黄钟定中声，此种自然销灭矣”（《如法受持馆诗余小引》）。他自称：“我本颓然自放身，得句即将书茧纸。凄凉噍杀两失之，感时伤遇不由己。”（同上）因此其词较有特色，词中“咏留声机”“咏电灯”“咏风扇”“咏消防队”等，都是别具一格的题材，表现了词在时代风云影响下的变化。据作者自称，《如法受持馆诗余》所收词作主要作于乙卯（1915）之夏、己未（1919）之春。

减字木兰花

远山如画。送眼一泓秋水卖。十四年华。妒煞昭阳姊妹花。背人弹泪。堕落红尘无意思。暗解罗裙。缚作风帆上白云。

好事近

好事隔红绳，流水一湾清浅。西风不知侬意，送檀郎帆转。从教芳讯阻三年，情思难消遣。欲寄一封书去，又瞢腾心懒。

满庭芳

西下斜阳，晚来风弱，霞采散尽红绡。青楼夹路，飞燕逗纤腰。两扇蜃窗开了，经行处、掷果相招。个侬是，徐公城北，先尽邓通邀。　　金貂。呼换酒，珠围翠绕，玉凤金翘。任凉州按笛，邗上吹箫。感起十年旧恨，兴亡事、浊酒频浇。江南道，龟年太白，一样叹无憀。

踏莎行

载饼高阳，炙肝章武。游春早被春皇怒。豪华几日已堪怜，杜鹃啼血风兼雨。　　万点青磷，一抔黄土。才拼得霸才无主。悲歌慷慨属幽燕，莫教后橹催前橹。

多　丽

问前身，业缘曾造何因。恁胡涂、随风坠落，轻尝弱草栖尘。

怅前途、铜驼泣汉，追故主、禾黍思邠。赋就牢骚，生来婞直，感时伤遇不由人。便强作、脂韦滑笏，啼笑总非真。终留得、几番侘傺，两字嶙峋。　　更难堪、连朝止酒，清秋一病经旬。药炉温、疏烟避鹤，蒲扇静、凉籁驱蚊。击节高歌，解衣起舞，狂花败叶莫须嗔。惜少却、嵇康咸籍，把臂入山林。无聊赖，旧愁新恨，绕梦纷纭。

台城路

电　镫

频邀月入华堂里，不分晴暝弦望。夕照笼烟，暮霞余绮，一颗掌珠擎上。是光明藏。任雨箭风梭，更教神王。透彻中边，金丝卷虿早荷样。　　长绳系来碡碌，推移劳翠袖，莫愁偏向。落蕊敲棋，爆花卜信，畴昔事成虚诳。助余惆怅。似懒妇膏油，撂蒲弥亮。少逊空王，十方无色相。

柳色黄

风　扇

火伞高张，少女潜踪，小阁人闷。乍添一缕秋飔，疑是晚凉来趁。轻罗叠雪，珊珊玉骨冰肌，已无汗液融香粉。移坐向檀栾，情话容相近。　　休轫。雷车激荡，蚁磨盘旋，不差分寸。大转轮王，恰好解吾民愠。今番快也，莫管竹悴荷憔，瓮头春且开佳酝。只苦醉乡中，老眼生花晕。

大　酺

丙辰十月初三梦书楹联，亡妻为按纸，醒而苦雨终日。兀坐寡俦，感而赋此。

甚得千愁，万愁绝，便把青天愁破。廉纤还淅沥，打窗间一例，叶零枝堕。拥被思量，梦魂昨夜，半晌惺忪枯坐。寒衣凭谁寄，想长楸短草，妖狐野火。纵剪碎秋声，催开暮霭，纸灰风裹。

浮云容易过。百年事、究竟先归妥。看镜里、头童齿豁，老入花丛，只教他、小娃眉锁。领取孤眠意，自检点、袁安高卧。须不用、卿怜我。空庭帘幕，冷雨阶前断续。似闻道可可。

浣溪沙

小院无人秋气深。好风吹过隔墙砧。匡床璧月照孤衾。　　雁北雁南催岁暮，欲归未去费沉吟。虫声如雨乱庭阴。

（以上选自《如法受持馆诗余》民国八年排印本）

赵恒（3首）

赵恒（1866—1917），字次咸，号乙庐老人，赵廷璜之三子，赵怡之弟，贵州遵义人。光绪十九年（1893）举人。光绪二十五年（1899）曾任川东盐运大使，父母兄长皆能文，饱染翰墨，著有《乙庐诗稿》《乙庐老人词》。

《乙庐老人词》又称《次咸词》，一卷，民国钞本，前有题辞曰："次咸不作词，偶然见猎心喜，颇似萨天锡《雁门词》，惜所作太少耳。"录词十二首，其中《清平乐·庭际牡丹将谢》一词，注"丁巳"，当为作者卒年所作。赵氏生逢离乱，晚年艰苦备尝，故词中多辛酸语。

扬州慢

寄从弟乃康，时携子女避难江津。

漭漾烽尘，萧疏长道，憩鞍知傍谁边。念乱离骨肉，比岁尽飘残。自坡颍、乘风归去，蜀山千点，磬室羁悬。剩一腔别泪，年年空洒江烟。　　惠连清俊，也荆摧、弦折堪怜。似长夜鳏鱼，断行惊雁，绕树啼鹃。巴国莺花重到，凄凉甚、襁稚绷娟。待何时联榻，剪灯话雨同眠。

迈陂塘

春日登望江楼，怀乃康江津。

搅流红、闲愁万点，春随锦水天远。绿波南浦依依在，别恨游丝牵罥。帘幔卷。正掩乱、斜阳烟柳津亭晚。空劳望眼。叹白发王孙，青山国故，此际有谁遣。　　衡门好，底事幽栖未稳。尘泥又踏红软。鹃声远岫苍烟里，一种离痕难刬。谁重簪。算只有、何甥谢舅相姝暖。东山老懒。念小小阿戎，婷婷谢女，千里寸肠断。

琵琶仙

成都乱后，答胡玉津

簇锦宫城，问何事、一霎乱鸦惊起。蓦地月黑云红，砰訇炮盈耳。浑不是、昆阳破垒，又却似、周郎纵毁。屋瓦横飞，弹雷震脑，生死休拟。　　但闻得、杜老悲吟，正户户、春风可怜里。夜半携家抖擞，向仓黄谁倚。十二通、阛横堑断，冷炊烟、万灶无米。凭讯隔叶黄鹂，故人饭否。

（以上选自《乙庐老人词》民国钞本）

董康（6首）

董康（1867—1942，一作1947），字授经，亦字绶经、绶金。江苏武进（今常州）人。光绪十六年（1890）进士，曾任刑部主事。后赴日研习法律，历任大理院院长、司法总长、财政总长等职。1927年任上海法科大学校长、北京大学教授。著有《书舶庸谈》，与王国维等校订《曲海总目提要》，刊有《五代史平话》等。

满庭芳

题玉儿和装小影

谢媛风神，秋娘年纪，依然雾鬓烟鬟。入时妆束，休认步邯郸。镜里惊鸿绰约，蓦消得、腰褪裙宽。须防者，有人忍俊，屏角滚偷看。　　长安。何处是，霓裳遗制，尚在人间。更春花秋叶，点染多般。写出玲珊瘦影，心头事、常露眉弯。双袖薄，修篁倚处，向晚可禁寒。

水调歌头

即事书示玉儿

深邃山之麓，缥缈驾层楼。楼上瓶花娟楚，楼下绿莎柔。消受华清腻涨，寓内温泉为此间冠。想像摩诃初夜，依样擅风流。且祓漂零感，狂态剩吾俦。　　潮声激，风声咽，镇无休。久醒春明残梦，何乐更何忧。起视天空皓魄，恰好时逢八月，是日适为旧历七月之望。一例酹中秋。共此苍茫景，聊作五湖游。

（以上选自《词学季刊》第3卷第3期）

水调歌头

书瓢亭壁

宇宙一何窄，濯足此间游。东山长日坐对，黛写镜中秋。此是长安都市，京都袭唐时旧名，亦称平安府。可有唐时人物，与我互赓酬。不尽苍茫感，都付洛川流。　　春去也，江南忆，总休休。料想个依此际，妆竟怯登楼。箧贮名山著述，笔挟玉台诗思，落拓孰为俦。且买瓢亭醉，一浣古今愁。

金缕曲

将发京都，题旅舍壁

僝僽经年也。又廉纤、几番风雨，饯春迎夏。一棹图书愁共载，可奈乡关戎马。寻旧巷、恐非王谢。秦鹿楚猴翻故事，严笔诛、谁继麟经者。新亭泪，空挥洒。　　摩天壮志销沉罢。未忘情、五湖深处，烟波陶写。梦里帘栊经历惯，记得相逢昨夜。蓦褪却、裙腰一把。虔卜刀镮今始准，伫云帆、定在江干迓。相慰问，银缸下。

水调歌头

玄海放歌

上下玻璃碧，著我一扁舟。容与周髀之内，几点辨沙鸥。人道沧溟灏森，余曰沧浪清浅，濯足任长讴。东望蓬壶接，西指是神州。　　环柱匕，当筵鼓，足千秋。昨宵攲枕，仿佛大集古人谋。既向中流击楫，更上燕然勒石，夙负略为酬。炊熟黄粱未，依旧付浮沤。

凤凰台上忆吹箫

题紫式部小像，所著《源氏物语》，为和学最高深课本

宫漏移砖，衣香题句，衣衿遍书和歌。个侬翰墨翩翩。奈罗敷花艳，青女霜坚。本是迦陵俊侣，蠹天恨、谱入哀弦。妾心似，盈盈

古井，不被风牵。　　堪怜。仗湘管一枝，挥洒年年。比绛芸选梦，滕薛谁先。相传情节类《石头记》。此是三朝实录，重鸡林、争解囊钱。《物语》泰西俱有译本。且博得、然脂人丽，为作长笺。某女士解以现代体。

（以上选自《同声月刊》第1卷第3期）

刘毓盘（6首）

刘毓盘（1867—1927），字子庚，号噙椒，浙江江山人。光绪三十三年（1907），以明经第为陕西知县。辛亥鼎革后，绝意不出，教授杭禾间。民国八年（1919）秋，就北京大学聘。期间，完成《词史》《唐五代宋辽金元名家词集六十种辑》等著述。刘毓盘幼承庭训，从父学词。著有《濯绛宧存稿》。

《濯绛宧存稿》有刻本三种、抄本一种，分别收词六十六首、六十八首、七十九首和六十六首，均不分卷。其中，收词六十八首之本刊于民国二年（1913）或稍后，收词七十九首之本刊于民国八年秋至九年季冬（1919—1920）间，除较前者多出11首词外，其余内容皆同。

刘氏在自识中指出："律据音先，意写言外。"（刘毓盘《濯绛宧存稿自识》）经过多方探索与实践，逐渐形成了他自己的词学祈向，即在浙、常两派"各有可取"的基础上，又偏向于浙派重协律的一面。同时将此一词学主张贯彻到词作中去，取得成效，他曾向人推介道："凡载在这册集子里的词，没有一首不能按之管弦的。"（查猛济《刘子庚先生的"词学"》）吴梅评道："合白石、白云为一，而又得其声律之微。"（吴梅《濯绛宧存稿跋》）集中大半是悼亡之作，或是"很工的愁语"，或是"愁语中带着绮语"（查猛济《刘子庚先生的"词学"》），且"语多寄托"（王易《词曲史》）。

解语花

施梅川体

南归后，寄孥西湖，与王翰臣德录、封翁结邻，翰臣携酒过饮，醉后同登宝石山作。

新笳送怨，旧笛迎欢，江关素秋冷。翠禽啼竟。荒祠外、社鼓暮鸦犹竞。归觞未整。先忘却、鸥波渔艇。空自笑、云水霏微，重访招提境。　　斫地哀歌暗省。有风摇九子，铃语相应。废墙颓井。休看作、松菊故园三径。闲花吊影。谁怜我、无家陶令。向此间，一任鱼龙唤梦醒。

瑞鹤仙

孙花翁墓

断碑残恨瘗。一千年占得，赵家弓地。仙城翠云起。指樊楼灯火，故都荆杞。蓝桥万里。又卖药、文箫自喜。便功名、画上凌烟，百战将军休矣。　　空记。书沉天远，袖薄寒轻，牡丹开未。栏干第几。相思在，宝钗底。恁吴山越水，鹴裘尘暗，不向长安索米。借东风、替赋招魂，玉樽更洗。

浣溪沙

旧恨空中记不全。一窗花落又今年。玉珰缄札诉缠绵。　　未必有情成眷属，明知无路访神仙。芳尘如梦梦如烟。

喜迁莺

史梅溪体

鸳湖在嘉兴东门外，风景殊胜，惜无山以供点缀尔。时重葺烟雨楼成，拈此题壁。

一篙新涨。尽好风吹皱，布帆无恙。接叶淞消，平莎茸浅，春在杏花梢上。浣纱人去后，谁问讯、采菱歌唱。系情处，有鸳鸯对对，飞近双桨。　　心赏。又片向。数遍旧游，便作乘槎想。燕国吟香，鱼天索梦，遮住软红千丈。自怜诗鬓换，空恋说、玉蓉仙掌。怕醉墨，写不成、翠微西爽。

蕙兰芳引

春到绮窗，有心事、素鹦能识。正十里花开，枝上嫩寒又勒。闹红艳影，算俊侣、一筝尘隔。恁钿车别后，断却香鞯消息。
瘦月眉肥，轻云鬟重，旧梦留得。向深院秋千，重数绣罗凤迹。垂杨如画，替描冶色。偏弄人、天气晚来风急。

清平乐

重游燕京作

觚棱日丽。宝玦珊瑚腻。残蝶惺忪扶梦起。不是秦宫花底。
王孙芳草无多。踏青时节虚过。一路玉泉山色，为谁深锁双蛾。

（以上选自《濯绛宧存稿》民国八年至九年刻本）

唐咏裳（2首）

唐咏裳（1867—1936），原名日赞，字襄伯、健伯、多寿，号敉庐、健堂老人，浙江钱塘（今杭州）人。同治六年（1867）生，光绪二十六年（1900）岁贡生，曾任浙江大学堂监学官。一生穷困潦倒，以至于感情深厚的正室、继室先后变卖饰物供其刻书。但二人先后离世，子女中亦有二人未婚而夭，其辛酸悲苦，非常人所能知。善曲，亦能词，著有《庸谨堂文存》《庸谨堂诗钞》《洞仙秋唱》。

《洞仙秋唱》一卷，民国十九年（1930）左右绍兴印刷局排印本，前有作者自序，集中收录作者怀念两位亡妻之作以及模拟二妻亡灵口吻代作，皆调寄《洞仙歌》，惟末附《一七令》两首。作者自序称“凉风夜雨，谶他萧瑟之吟；铁拨铜琶，雪我酸辛之涕。颓年自顾，非秋亦悲；贤媛两亡，舍死何恋！”故名《洞仙秋唱》。其词不事雕琢，直写情、事，故虽有芜率之弊，终不失赤子之心，情调悲苦，在词人中独具特色。

洞仙歌（二首）

忆王安人壬戌七夕

当年夙约，被辰星钩起。织女黄姑判生死。到清秋、但遇明月当头，挥锦瑟，十九年来咽涕。　　断弦鹍奏后，梁伯鸾家，挈女拖儿婿乡徙。荏苒值沧桑、在六旬中，宣统三年八月晦，先妣弃养。九月十四日，杭州陷，十月晦日，先考捐馆。皋鱼恨、赤眉丛里。有家国、终天鲜民哀，痛迭萎、椿萱问卿知未。

青天碧海，与常娥同逝。渺渺银潢隔秋水。洗车天、莫望云里仙軿，搔首处，秋雨郎当况味。　　兜心禽向愿，无地楼台，也要般般做家计。宣统三年春，大女适长兴朱景延，六年次子秉文先授室，使居绍兴。八年闰月，长子秉哲娶妇。地下又双雏，婚嫁事、要娘留意。亡女榜花今年二十三岁，亡男秉成今年二十一岁，设其在世，亦婚嫁毕矣。是者等、人天恨难平，恨两折、孙枝，秉文出继三弟，兼祧二、四两弟，丁巳得子绍祖，以二亡弟妇不慎，夭。秉哲戊午得子绍曾，庚申秋在外家惊风，归杭，不半月亦夭。问卿知未。

注：“地下又双雏”句后疑缺四字。

（以上选自《洞仙秋唱》约民国十九年绍兴印刷局排印本）

吴昌绶（10首）

吴昌绶（1867？—1918前后在世），字伯宛，号甘遯，晚号松邻，别号印臣、印丞等，浙江仁和（今杭州）人。光绪二十三年（1897）举人，官至内阁中书。民国后任北洋政府司法部秘书。以藏书、刻书著称。所刊《吴氏双照楼影刊宋元本词》影响颇大。有《松邻遗词》上下两卷，收入《松邻遗集》；另有《城东唱和词》一卷，收录与张祖廉的唱和之作。

浣溪沙

壬子春在居庸南口作

浩荡年光迅电波。纷纭轨辙驶岩阿。劳人相望互成歌。　　二月霜棱寒约束，半春花梦病销磨。愁心较比乱山多。

好事近

艺风老人别一年矣，频得诗函，重辱眷眷。顷授经自海外归，从狩野博士得元刻《草堂诗余》，将寄南中，景摹上板。因以小词奉酬来旨。

明日又重阳，忍泪把君书迹。记否惊烽相送，恰经年离别。　　萸荒菊老总含凄，孤斟黯愁夕。难得故人风雨，暂归来瀛客。

高阳台

闲庭风起，草际飘坠，词笺题曰：新正小雨。不识何人作，依韵和之。

病枕欹晨，昏灯酿夕，不知犹是春非。丝雨濛愁，寒深峭掩重帷。落红错拟佳人命，尚娇扶、香喘沉微。剩相怜，楼上呢喃，旧日乌衣。　　韦郎惯唱江南好，有黄金袅缕，绊尽征蹄。荏苒番风，韶光误却年期。女夷曾受司花箓，祝琼台、芳讯休稀。漫教人，杜宇声声，道不如归。

高阳台

和茗簃韵

曾未离茵，何尝坠溷，飘零漫怨韶华。已谢还开，东风自换年涯。灵香夜爇梅魂醒，又繁枝、密蕊交加。莫随他，飞絮匆匆，沦落同嗟。　　珮环月下伤幽独，爱燕支山近，渲染晴霞。梦断江南，昭君笑惯胡沙。海棠未老新妆靓，更休怜、故国山茶。愿东皇，尽划愁根，再茁情芽。

寿楼春

湘篴词人赋赠蝶生，娟镜楼主人和之垂示，依韵奉酬。

含春娇蜂黄。觑髻偏烛底，頩笑筝旁。为道芳华沉怨，泊离他乡。悲风远、流波长。鬲指腔、新声伊凉。有俊侣灵和，经行旧曲，肠断杜韦娘。　　兰茝思，飘巇湘。况濛阴絮乱，颤夕花狂。谁与藏莺栖燕，斛尘珠量。歌妙子，怀稠桑。梦锦鞋、前欢销亡。又枨触闲愁，重寻玉觞脂唾香。

寿楼春

山荷寓斋夜集，座有南来粲者，言迫重午，行将归去。客自长沙还，得奂彬近讯，又听朱生琵琶数曲，辄依前韵，杂缀成篇，皆本事也。

鬌修蛾宫黄。乍湔裙花外，密座帘旁。扑面京华尘土，祝侬还乡。归装近、搴条长。漫沾襟、酒痕波凉。有倦客侵寻，相怜身世，潇雨唱吴娘。　　双梅影，怀三湘。共十年一觉，杜牧清狂。漾曳春情无限，海深难量。琵琶恨，弹沧桑。万古愁、休论兴亡。盼天际罗云，遥缄玉珰心字香。

寿楼春

春园蝶禊后，花事垂尽，旧雨忽来，仍以此调赋赠湘篴，茗理继之，言愁欲愁，不自知回肠荡气一至于此也。

倾螺杯鹅黄。认苕镌腕底，华唾襟旁。省识春风莺燕，旧游柔乡。秦娥忆、相思长。话宵残、铜荷灯凉。有绻柳离痕，吹绵瘦影，同赋洛中娘。　　江南弄，凄弦湘。正踏花蹄紧，乱舞鳞狂。萦损愁丝如织，尺钿难量。淹碧海，枯红桑。拾泪珠、心徂魂亡。只闲梦吴天，飘帘枣花沉水香。

寿楼春

顷来屡依此调与山荷、湘篴、茗簃酬和，有怀吴门旧燕，辄复继声。

惭哀颜栀黄。听盐声鹊外，蜜语蜂旁。犹记揉云梨梦，腻脂莼乡。歆宝瑟、如人长。风城南、秋衾宵凉。恨卸朵鬟花，凝冰泪酒，轻别踏摇娘。　　嗟飘泊，浮江湘。赠回文锦字，少年疏狂。谁遣蕉抽心卷，藕连丝量。悲弱絮，怀猗桑。问空梁、燕泥存亡。误石上三生，吴宫屧廊春草香。

寿楼春

补和娟镜主人长辛店送别之作

含梅酸金黄。送春阴岛畔，晓月桥旁。忍话惊尘燕市，撇波鲈乡。新病起、征途长。莹云容、单襟酥凉。祇烟驿传音，风轮碾梦，浑似唤娇娘。　　嗟刖玉，同吟湘。惹吴儿肠断，楚客歌狂。莫漫杯倾影乱，斗深愁量。思远柳，罗敷桑。天各涯、绡零珠亡。有一样缠绵，临分客装莲瓣香。

点绛唇

题缪筱珊《垂虹感旧图》，盖为蒋鹿潭作也

一曲垂虹，顿成千古伤心地。灵均怨思。祇托微波寄。　　旧梦松陵，曾共双桡舣。回望里。水云无际。枉费词人泪。

（以上选自《松邻遗词》，《松邻遗集》民国十八年刻本）

吴放（7首）

吴放（1867—1932），原名蔚光，字我才，号剑门，武进（今属常州）人。曾师事王先谦，屡试不售，官中书科中书，改盐大使。宦游粤东，交游足迹半天下。辛亥后归里。创立苔岑诗社。有《剑门诗文集》等。

霜天晓角

自题《蒲团图小影》

情幽韵洁。不受人怜惜。寂静坐蒲团候，敢自道、抱仙骨。善怨怨尽灭。工愁愁又绝。休问旧时花月，花与月、长销歇。

蝶恋花

李琴生倩题蝴蝶帐额

日暖风和香径午。芳草芊眠，凤子飞无数。未忍齐纨轻扑取。描来一幅滕王谱。　　夜合前身还记否。到处迷花，总被多情误。不管江南春欲去。留他宝帐深深住。

长亭怨

送　春

算心事、年来重叠。除却桃花，更和谁说。多少相思，澜翻清泪背人滴。东风不管，又飞过、双双蝴蝶。芳草斜阳，那刚过、断肠时节。　　寂寂。看重门深锁，愁煞声声鹈鴂。多情飞絮，犹偷入、几层帘幕。想只有、明月团圞，也一例、替人惜别。妒池上鸳鸯，此味不曾尝得。

凤凰台上忆吹箫

书　怀

骚客幽栖，美人遥隔，潇湘几费沉吟。任眼前群艳，孰订同心。多少红情绿意，春梦破、蝶也难寻。丰姿淡，珊珊秀骨，不受尘侵。　　深深。九秋结佩，竟体袭芬芳，空谷传音。把离愁幽思，都付瑶琴。惟有含冤屈宋，千古恨、说到而今。孤臣泪，江边大招，读罢沾襟。

凤凰台上忆吹箫

有　赠

一桁清风，半竿红日，此时曾否梳头。笑阿依疏懒，犹卧情楼。记得临歧话别，愁不语、独上扁舟。频回首，几声将息，两意句留。　　休休。明珠十斛，买不动相思，清泪双流。订归期何日，细数更筹。瘦骨难支多病，这次第、只索生愁。从分手，一言问卿，还忆侬不。

百字令

春　意

余寒庭院，恰文园赋客，病身初起。柳正垂髫花总角，春似小鬟年纪。婴武帘边，秋千架畔，无限留人意。阑干倚遍，多情芳草知未。　　枝上百啭流莺，丁宁劝我，好做寻芳计。可奈休文消瘦甚，孤负红情绿意。南浦沙棠，西陵油壁，一任闲罗绮。药炉诗卷，先生今日风味。

菩萨蛮

春　雨

春山浅淡依然否。画眉曾借张郎手。明月又初三。照人恰一弯。　　相思杨柳碧。相望荼蘼白。疏雨太多情。留人不放行。

（以上选自《纫秋轩词钞》，《苔岑丛书》民国十年铅印本）

徐大坤（3首）

徐大坤（1867—1915），字贞六，号芥龛、破戒比丘，辛亥后自号髡道人，江苏常熟人。屡试不第，尝纳粟为国子生，后弃而钻研经史，攻金石、绘画、诗词。著有《蚁珠精舍遗稿》。

《蚁珠精舍遗稿》一卷，民国二十三年（1934）印本，前有李猷题签、俞钟銮《徐芥龛传》、金鹤翔《哀词》、沈汝瑾《故清太学徐君墓铭》及病鹤题辞《凄凉犯》。收甲辰（1904）至乙卯（1915）年词。沈汝瑾称其“每作画填词，但书甲子。画多山水，萧寥淡远，词亦如之”。金鹤翔《哀词》称其“三十后尤通词学，以玉田入手，近见所作，行登石帚之堂。今年‘送春’一阕，缠绵悱恻，寄托遥深。又孰料词墨犹新，竟随春而俱去耶”。

浣溪沙

癸丑初春，严君绎如属写《剑城归棹图》。

破碎河山画不成。聊凭吟卷写归程。夕阳红树莫邪城。　　浙水宦情春梦淡，江乡诗思晚霞明。教人那不忆先生。

如梦令

壬子九日，王君子嘉、金君继琴，与余携酒登高。由西山入维摩寺，归就崖颠观落日。次晨写图，并填此呈同游，惜往日也。

去岁登高无友。未得翠微携酒。今日试重来，满目湖山非旧。且就。且就。写取残阳衰柳。

蝶恋花

乙卯饯春，适遇小疾，追起，已迟数日矣。感事填此。

小病兼旬春竟去。絮絮花花，满目真无主。锦绣楼台歌舞处。寻巢燕子来争住。　　岁岁饯春春莫驻。只道重逢，谁识长离苦。欲遣愁怀凭绿醑。醉乡宽大容谁踞。

（以上选自《蚁珠精舍遗稿》民国二十三年排印本）

张鸿（1首）

张鸿（1867—1941），初名澂，字映南、隐南、师曾、诵堂，号璚隐、琼隐、蛮公、蛮巢居士、燕巢居士、燕谷老人、童初馆主，江苏常熟人。光绪十五年（1889）举人，甲辰（1904）进士。曾任内阁中书、户部主事、外务部郎中、驻日本长崎与神户及朝鲜仁川领事。1916年归里，任县图书馆馆长、红十字会常熟分会会长等。抗战时期寓居上海。著有《续孽海花》《长毋相忘室词》《蛮巢词稿》等。

《长毋相忘室词》一卷，有光绪二十四年（1898）刻《题襟集》本，收词二十首。《蛮巢词稿》一卷、《怀琼词》一卷，民国二十八年（1939）印本，与《蛮巢诗稿》合刊，书前有姜殿扬、冒广生题签。《蛮巢诗词稿》有徐兆玮总序；《怀琼词》前有曾璞序，后有杨无恙跋。据徐序可知，1937至1938年因日寇空袭，张氏诗词文稿遗落山城家中，后为徐兆玮之女曾桂取出，张氏遂为编年分月，辑出诗稿一卷，词稿两卷，由瞿凤起、杨无恙校订付梓。张氏亲历戊戌之变、庚子之变、辛亥革命、淞沪抗战等，所闻所感，“凭臆而出，不假雕琢，自然合度”，徐兆玮称之“足企风人之逸旨，追变雅之余音”（《蛮巢诗词稿序》）。

念奴娇

丙子六月，陆彤士来，别二十余年矣，握手惘然，赋小调以寄别绪。

重逢劫后，恨东风吹得，须眉都白。回首长安如梦影，销尽落花三尺。碧斗飞樽，红喧送板，槐绿词人宅。坠欢难拾，莫寻当日裙屐。　　闻道故国春残，朱樱乱点，狼藉垂杨陌。秋鬓凋疏多少恨，新旧和云堆积。院角庭心，丹萱空灿烂，泪中谁摘。夕照无限，黄昏携酒珍惜。

（选自《蛮巢词稿》民国二十八年印本）

赵熙（10首）

赵熙（1867—1948），字尧生，号香宋，四川荣县人。光绪庚寅（1890）进士，授翰林院国史馆编修，转江西道监察御史。清亡后携眷返籍，以逸民自处。赵熙初不填词，民国五年（1916）后始涉倚声，“以周吴之格律，参苏辛之气势，凝重奔放，兼而有之，树词场之异帜焉”（王易《词曲史》），遂享誉词林。著有《香宋词》。

《香宋词》共三卷，初刊两卷，为成都图书馆民国六年（1917）刻，前有林思进署签、牌记“丁巳秋成都图书馆督雕”及作者自序。此集收录赵熙丙辰（1916）、丁巳（1917）两年居乡所作。后又曾益以戊午年（1918）作，合为三卷，此后不再作词。自序谓：“‘香宋’者，汉许君有言‘宋，居也’，《离骚草本疏》中‘其芳菲菲，树之维宜’，而余今实无一椽之庇。噫！自欺而已。”（《香宋词自序》）赵熙词作以咏物、山水、酬答、抒怀为多，下笔常含悱恻之思，寄骚雅之意。又于时事变幻感慨尤深，如《台城路·蛇衣》讽袁世凯：“添足求工，残鳞换世，身价今轻于纸。焚灰化水，怎医遍金疮？虫沙万队，蛇子蛇孙，祖龙新秽史。”《望海潮·用淮海韵，题南海戊戌与雪庵绝笔书》忆戊戌变法：“当年衣带，如今禾黍，囚尧忍梦东华。含血喷天，椎心蹈海，青牛远放流沙。”故胡先骕称其“词赋伤乱，一如杜陵，可为诗史，初非词人泛泛之伤乱可比也”（胡先骕《评赵尧生香宋词》）。

齐天乐

成都雨夜

竹梢留得西风住，千山万山凉雨。头白惊秋，镫红碎梦，遮断江关前路。檐声太苦。算一月离家，明朝白露。枕上荣州，夜潮心涌乱松处。　　横流沧海四注，我思兮不见，人在黄浦。松坡孝怀。乌鹊南飞，阑干北望，来日阴死难悟。皇城动鼓。更战马频嘶，砌蛩如诉。晓郭夫容，万花谁作主。

贺新凉

九霄顶，北山第一高处

一朵荣州翠。是人间、埃风净处，万年秋气。大埶山形雄西北，乱阜镵天无次。似大海、鲸牙千队。盲左腐迁传战纪，纵文澜、百怪浑如此。松风响，天鹅翅。俗名天鹅菢蛋。　　高台合向峰尖起。坐台中、呼来皓月，问开天事。一臂苍苍陵州界，横绝铁山围地。铁山下、拥斯茫水。晋代蛮荒诸葛迹，洒长空、不尽神州泪。阵云在，江声里。

三姝媚

下平羌峡

凉烟秋满灞。出平羌，山光水光如画。近绿遥青，衬小滩蓑笠，夕阳桑柘。雁路高寒，闲动了、江湖情话。半世天涯，无福移家，海棠香社。　　前渡嘉州来也。指竹里龙泓，酒乡鸥榭。一段天西，想万苍千翠，定通邛雅。断塔林梢，诗思在、乌尤山下。淡淡青衣渔火，寒钟正打。

征　招

薛涛井，和瓠庵送归之作

春风一井桃花水，离亭古今南浦。人到画栏秋，吊香魂何处。漂[illegible]卿未苦。付身世、唐家节度。世外埋愁，草间偷活，乱山无主。　　前路汉嘉程，人归也、风声水声无数。莫唱桂华词，剩月中田土。蘋洲渔笛谱。羡君在、锦江头住。倘重对、茗碗花笺，念白头开府。

疏　影

黄　叶

金风弄色。又树头晒晚，归雁时节。绿意全非，人立黄昏，枝枝照眼明灭。诗家合号秋边影，妙绘出、江南清绝。悟打头、笠子声轻，片碣老僧寒月。　　门外青山瘦了，酒家一二里，林际空阔。各送秋光，菊本花残，莽莽燕方微雪。霜寒一片琉璃殿，定落遍、万鸦宫阙。甚美人、眉萼舒春，只觅御沟红叶。

八声甘州

寺　夜

任西风吹老旧朝人，黄花十分秋。自江程换了，斜阳瘦马，古县龙游。归梦今无半月，蔬菜满荒丘。一笠青山影，留我僧楼。　　次第重阳近也，记去年此际，海水西流。问长星醉否，中酒看吴钩。度今宵、雁声微雨，赖碧云、红叶识乡愁。清钟动、有无穷事，来日神州。

望海潮

用淮海均，题南海《戊戌与雪厂绝笔书》

当年衣带，如今禾黍，囚尧忍梦东华。含血喷天，椎心蹈海，青牛远放流沙。书笈故人车。托白头老母，餐饭先加。不是金轮，更谁纤手送唐家。　　江湖岁岁吹笳。又六旬进酒，二月飞花。知己半生，灵光一座，先朝信史空嗟。烟柳上洋斜。剩血痕泪点，浓墨翻鸦。柴市招魂大星，芒角耿云涯。

绮罗香

红　叶

秋艳于花，霜浓似酒，万树鲜明山态。斜日争春，幅幅绿阴全改。出射堂、诗笠还堆，上樵担、酒家能卖。问群仙、几日还丹，赤城标起白云外。　　南朝金粉一片，还记天平十月，翠尊曾载。碾碎珊瑚，烧得万山成海。自归来、吴水空寒，纵落去、御沟何在。只词人、老景相看，断霞留几块。

齐天乐

秋　荷

水窗无避秋声处，田田半宵凉雨。翡翠无家，玻璃浸月，欲逼西风何路。生涯恁苦。记小叠青钱，一群沤鹭。转眼铜仙，玉盘圆贮泪如许。　　托根曾隶太液，翠华三海地，都化南浦。暗绿摇天，枯香换世，叶叶洪荒一度。情天漫补。便战地黄花，也愁霜露。老付禅心，妙莲华万古。

婆罗门令

两月来，蜀中化为战场，又日夜雨声不绝，楚人云：后土何时而得干也。山中无歌哭之所，黯此言愁。

一番雨、滴心儿醉。番番雨、便滴心儿碎。雨滴声声，都装在、心儿里。心上雨，干甚些儿事。　　今宵滴，声又起。自端阳、已变重阳味。重阳尚许花将息，将睡也、者天气怎睡。问天老矣，花也知未。雨自声声，未已流一汪儿水。是一汪儿泪。

（以上选自《香宋词》民国六年刻本）

郑元昭（5首）

郑元昭（1867—1943），又名淑端，字岚屏，侯官（今属福州）人。何振岱室，林则徐外孙女。生子五人，皆有所成；生女一人，何曦，亦有才名。能诗词，有《天香室词集》。

喝火令

秋夜寄外

梦远疑无准，愁多恐废眠。菊花时节薄凉天。只恨花从愁里发，月向别来圆。　　转瞬秋将老，含情夜似年。诗心一缕袅炉烟。记否凭肩，记否碧窗前。记否灯青人睡后，昔昔教调弦。

减字木兰花

寄巧先

茫茫烟水。空泫天涯知己泪。伫立闻阶。忍耐西风月不来。　　绕廊蛩语。惯惹怀人情思苦。不管黄昏。唱瘦寒花欲断魂。

疏　影

黄昏时候。听雨声滴滴，添写孱僽。记得花时，并坐灯前，爱此潇潇和漏。而今天气令人恼，遥念及、天涯禁受。闻说道、弥月愁霖，想见词人消瘦。　　知否红窗翠箔，晚来扶倦坐，凉迫罗袖。酒后吟余，着意相思，怎让星星红豆。垂杨不绾东风住，恨只绾、鹅黄仍旧。把离情、诉与红窗，一任香销金兽。

玉漏迟

清阴匀小院。新虫语里，闲愁一片。莫倚栏杆，今夜明蟾如练。不怨清寒梁案，只难遣、年年离怨。江路远。双飞贴水，此情羞燕。　　可奈减却芳菲，误几信花风，他乡犹恋。试问罗衾，漫道别情禁惯。昔昔思眠还醒，展翠幕、春星寒转。凭几倦。人静更深谁见。

高阳台

西园春览，三月廿一日

晓气吹香，东风送暖，西园闲遣芳辰。京国看花，今年恰趁浓春。碧桃初放新杨嫩，步长堤、草色匀裙。甚多情。小蝶伶俜，偏好随人。　　日斜更上层楼望，叹前朝遗迹，画栋生尘。何似青山，依然槛外长新。艳阳时节须行乐，约重游、莫厌来频。漫逡巡。如此沉吟，可少清樽。

（以上选自《天香室词集》民国油印本）

周树年（6首）

周树年（1867—1952），字谷人，号无悔，江苏江都人。光绪丁酉年（1897）拔贡。曾任扬州商会会长、教育会会长等。祖上皆能词章，少好考证历史地理，五十以后始学词，为如社成员，著有《无悔词》。《如社词钞》载其词十余首。

《无悔词》一卷，民国三十五年（1946）印本，与诗合刊，前有题签（无具名）、作者《无悔诗词合存自序》。当作者八十大寿之际，子孙请为刊刻此集以贺寿，其中词作经过包剢斧、吴白匋选定。词作以时间排序，收词起止时间不详，其中有辛未（1931）至癸未（1943）间作品。因作者五十以后始作词，故可知集中应无清末作品。其词以题图、酬赠、咏物、怀古为主，多写迟暮之感及故国哀思。

高阳台

过媚香楼旧址

吊古秦淮，寻芳白下，南都小驻游踪。燕子飞来，泥痕惆怅梁空。词流艳说桃花扇，认香巢、临水房栊。笑东风。人面当年，依约门中。　　渡头咫尺笙歌地，记涉江根叶，共采芙蓉。绝代佳人，古今遭遇难同。衣冠复社皆陈迹，话沧桑、绮梦匆匆。最愁侬。一曲春灯，妆泪啼红。

南乡子

过香影廊

水槛引风凉。一道裙腰石级长。响屧偶来寻旧梦，思量。目送杨花过女墙。　　短鬓染繁霜。不见当年傅粉郎。坐久茶烟团暝色，微茫。往事还须问夕阳。

诉衷情

春老。莺俏。花意恼。冷红飘。粘坠絮。和雨。涨溪桥。水国向东遥。迢迢。何时将恨消。问回潮。

惜红衣

用白石韵，夏日游玄武湖

遣兴湖天，追凉夏日。浪生风力。对景牵情，晴波荡愁碧。移船载酒，谈故事、六朝如客。幽寂。荷静晚香，隔城阓声息。

回瞻绮陌。熏醉游人，芳塍绣茵藉。池台暗忆旧国。暮云北。见说藕丝冰水，不似那时经历。正未须重道，丘壑一般形色。

一萼红

秋清剑外，草木变衰，败柳残荷，乱人离思。十儿书来，为作此解，用草窗韵。

感清幽。正金风剑外，芳事已全休。褪尽红衣，飘残翠缕，岁时经过悠悠。漫钩引、莼鲈逸兴，航锦水、不是五湖舟。一味秋凉，旅人心上，联系成愁。　　惊换殊方物候，怅鹃啼蜀道，鹤梦扬州。东北支离，西南漂泊，看花还怕登楼。更何堪、衰荣无定，扰羁怀、翻悔少年游。要把天河倒倾，净洗沉忧。

西　河

偶忆瘦西湖，用清真“金陵怀古”原韵

游钓地。当年画舫能记。兰桡十里荡春风，棹歌四起。杜郎豆蔻措词工，珠帘高卷空际。　　柳堤外，愁杖倚。隋家锦缆曾系。楚腰何处问青楼，酒消块垒。蜀冈隐隐望中来，迢迢偏阻烟水。　　二分素影夜半市。想光明、依旧千里。一梦惊回尘世。怕红桥、冷月玉人，愁对肠断凄凉，箫声里。

（以上选自《无悔词》民国三十五年印本）

陈昭常（1首）

陈昭常（1868—1914），字平叔、简持、简墀，号谏墀、简盦，广东新会人。光绪甲午（1894）进士，曾任刑部主事、邮传部右丞、延吉边务督办、吉林巡抚等职。民国初任吉林都督，曾极力反对袁世凯到南京受任。后退居沪上，甲寅（1914）卒。著有《廿四花风馆词钞》。

《廿四花风馆词钞》一卷，民国十九年（1930）陈同轼刊本，与诗钞合刊，封面有陈庆龢题签"廿四花风馆诗词钞"，谭祖任题签"廿四花风馆诗钞""廿四花风馆词钞"及李家驹《廿四花风馆诗词钞序》，后有其子陈景苏（同轼）跋尾。李序及陈跋称陈昭常于乙未（1895）、丙申（1896）之际曾与江孝通、曾习经（刚父）等人相酬唱，所作诗文众多，然丁未（1907）曾遭大火，嗣后所作亦不自存，故存者寥寥。此集由其子陈同轼在其殁十余年后辑录而成，大抵为庚子（1900）以后所作，存词四十三首。《廿四花风馆词钞》所收最后一首为《金缕曲·题〈篁溪归钓图〉》。张伯桢字篁溪，号沧海，友人为作《篁溪归钓图》，并遍征题咏，集《篁溪归钓图题词》一卷，其中收录此词。众人题词所署时间皆为甲寅（1914）、乙卯（1915）、丙辰（1916），可知此词当作于1914年。参考陈同轼跋，《廿四花风馆词钞》或许正据《篁溪归钓图题词》辑入。其他词作系年暂无可考。

金缕曲

题《篁溪归钓图》

放棹烟波去。渺思量、泽边渔父，江潭屈子。曾钓巨鳌瀛海外，休论吴头楚尾。试冷眼、人间何世。七里滩头风浪恶，遍江湖、都是伤心地。且收拾，作归计。　　篁溪一曲清如许。料难忘、石矶西畔，旧游俊侣。夙昔忘机鸥鹭狎，略识孤篷滋味。更莫问、众人醒醉。风雨倘寻西塞约，看桃花、片片随流水。蓑笠重，鳜鱼美。

（选自《廿四花风馆词钞》民国十九年陈同轼刊本）

邓邦述（20首）

邓邦述（1868—1939），字正闇，号孝先，晚号群碧翁，又号沤梦老人，江苏江宁（今属南京）人。为两广总督邓廷桢之孙。光绪二十四年（1898）戊戌科进士，改翰林院庶吉士。1901年为端方幕僚。1905年奉派出国考察。1907年任吉林民政使。1911年辞官回北京。后移居祖籍江苏吴县（今属苏州）。喜藏书，筑群碧楼，藏书近四万卷，其中有一千余卷为宋刻本。工书法，善画，以词名于时，自称“四十学书，五十学诗，六十学词，七十学画”。著有《沤梦词》。

《沤梦词》四卷，乃词人四部词集之合编，分别为《霜笳集》《燕筑集》《吴箫集》《齐竽集》。每卷之前有一小序，说明此卷的写作背景及起讫年代。卷一《霜笳集》为早年之作，收自宣统纪元（1909）迄癸丑（1913）的词作；卷二《燕筑集》，收自甲寅（1914）迄辛酉（1921）年间的作品，为词人“蛰居沽上”之作；卷三《吴箫集》，是词人返归故里吴门之后，“迄壬申（1932）五月”之作；卷四是己巳（1929）之夏于吴中“消夏”之作，因“笑敝帚之自珍，忘滥竽之等诮”，故名曰《齐竽集》。《沤梦词》有两个版本：其一是稿本，其二是民国二十二年刻本。刻本因晚出，故其收词数量远超民国稿本，共收词作一百四十六首。此外，刻本还对稿本中的词作作了较大改动，词作顺序变动也较大。据许宏泉

《学人翰墨邓邦述》，邓邦述是“在极悲哀的情绪中刻了他的《沤梦词》”，此亦构成其词的情感基调。即便第四卷《齐竽集》中的消夏之作，也萦绕隐隐哀思。

绿　意

杨花，依玉田

客愁渐著。向晓风卷取，依依塘角。抛与香尘，一缕飞扬，还比冶条轻薄。斜阳密雨无人省，只不许、绮楼先觉。恐游骢、惜涴连钱，负却酒旗城郭。　　疑有离筵泪点，怅春去太骤，幽忧潜托。度径沾衣，空惹缠绵，依旧风漂莺泊。浮踪吹系青萍上，料不似、银钩翠幕。想片时、越过前汀，早共暮烟零落。

换巢鸾凤

宝月楼建于乾隆中叶，东连社稷坛，垣北通南海。初，将军兆惠征准噶尔，以回妃归，即世所称香妃也。入宫不屈，高宗思缓其意，居妃父母于缭垣外，而筑楼垣上，使望而慰之。妃怀匕首自卫。孝圣太后知不可夺，会高宗入斋宫，召而赐死。妃顿首就缢，竟全其志。癸丑之夏，凿垣为门，署曰“新华”，即楼上置守卫焉。余感其事，因赋此解。

迎旭双扉，认鲸鳞乍动，凤羽曾篏。锦茵融藉草，绣毂趁飞花。铜仙辞汉怅无家。坠欢有如斜阳晚霞。兴亡感，剩几队、暮雅闲话。　　墙赭。开广厦。回棹柳边，人似春无价。浸碧楼台，闹红庭宇，重见吟鞭嘶马。应劝凭栏莫凝眸，暗云终夜笼鸳瓦。芳魂归，念家山、别泪盈把。

浪淘沙

凉雨一丝丝。秋已先知。蝉声低曳过前枝。昨夜空阶风露里，凝立多时。　　衰柳拂长堤。乍飐还垂。愁肠万缕诉伊谁。人道西风来忒早，侬恨来迟。

玉京谣

朗润园者，荫坪上公之赐第也。园在西直门外，旧为直庐，花木萧疏，亭榭幽敞。光绪戊午之夏，五使以考察政治，自海外归国，建策中朝，厘定官制，妙选才俊，就议纲条。爰假斯园，以为休沐。余谬厕兹选，信宿其中，朝歌夕吟，流连不舍。乃改革未久，钟簴已移。庚申秋日，复过此园，则缭垣犹存，双扉永闭。念空桑之曾宿，伤离黍之旋歌。伫立徘徊，感随涕下。归度此曲，庶几言哀之已叹也。

竹树窥人远，弄影将迎，似感诗魂瘦。懊恼情怀，当年曾寄杯酒。怕系马、重语斜晖，认客过、鞭丝非旧。颓垣柳。朱门草没，栖乌知否。　　悲吟自检青衫，热去泪重弹，记倚栏独久。游目西山，修眉慵展晴昼。怪恁时、园馆簪裾，便幻比、白云苍狗。行莫骤。肠断更休回首。

惜秋华

以画扇赠赵叔雍。叔雍方自辽海言旋，复有济南之役。东邻肆侮，行有戒心。既图明湖秋色以壮其游，更谱此词，藉拟绕朝之策。

放眼沧溟，念一琴伴鹤，归舟无恙。旅梦乍回，哀蝉夜鸣凄响。山容近接秋光，怕斗失、疏林青绛。伤心，便霜毫细涂，难胜惆怅。　　此际甚情况。看矗峰乱列，烟云飞宕。夕照正殷，千叠怒波吞荡。新愁并入笛中，怅暮色、鹊华方朗。吟赏。倚雄风、泱泱欲上。

南　浦

《寒灯听雨图》为商云汀、藻庭昆仲两太史题

风珂散玉，记当年、分辔入沧溟。金爵觚棱无恙，燃乙敛宵荧。短梦谢塘春晚，料吟怀、又逐草边生。正唱骊初罢，露华如水，迢递去蓬瀛。　　叵奈涴尘乍涤，对修门、无地共韩檠。云汀游学还朝，已逼辛亥之变。寿骨遥知犹是，坡颖各崚嶒。漫道壮游归后，倚匡床、万感任销凝。问夜窗何似，忍逢潇晦数前盟。

解语花

题《隋蜀王董美人墓志》拓本

香蘼篆碧，镜蚀苔青，篏风渠边路。倩魂何处。幽宫渺、博得翠珉千古。深情艳语。算输了、旧时眉妩。修丽辞、黄绢才多，恐被中郎妒。　　拚断愁丝万缕。问娇娆身世，谁记歌舞。锦江春曙。相如老、琴里尚通柔绪。风流似故。料早引、词葩争吐。迟异时、花蕊摩诃，联洞仙吟侣。

潇湘夜雨

题陈述庐《瞻麓图》

烟锁丛峦，云封环岫，叩弦欲诉湘灵。滔滔江月，掩映数峰青。仙乍渺、尘容久蜕，人不见、林影长扃。归来后，翩翻鹤化，访旧倘呼丁。　　皋鱼犹溅泪，望中独恨，飞絮飘零。况频年兰芷，枉诵芳馨。流正永、萦回似带，松恰茂、浓幂如屏。晴岚好，何时鼓浪，吹梦早扬舲。

忆旧游

虞山宁静禅院，外舅能静先生之故园也。易主而后，舍以为寺。辛未三月，余与耿吾策杖重游，去光绪己丑就婚之日，四十有三年矣。乔木已摧，池亭如故，寺僧煮茗，黛语楼下，兀坐移时，俯仰前尘，凄然无语。归而赋此，不知感涕之何从也。

认垂虹度水，叠嶂侵窗，畹晚楼台。未被桃花妒，笑刘郎别后，今又重来。画廊暗寻红萼，思旧几朋侪。向十顷溪光，流连照影，撩乱情怀。　　空阶。漫行过，正馔洁伊蒲，庭扫莓苔。漫忆当年事，语夕阳残黛，愁近山斋。坠欢只如飞絮，飘惹遍天涯。叹醉拂吟笺，消磨恨笔无此才。

扬州慢

张夕庵《题襟馆消寒图》，不署年月，以《赏雨茆屋诗集》考之，当在乾隆乙卯。胜迹虽存，题词已渺，因用白石自度曲补题卷尾。抚今怀昔，含毫邈然。

杯引琼酥，壁笼珠唾，渺思只在红桥。趁歌船月满，便雅集频招。问宾主、吟髭断未，盛时簪盍，谁换金貂。对江山、清绝无边，羁绪都消。　　二分胜赏，怪凉蟾、遍照无聊。笑杜牧去犹狂，何郎渐老，同叹飘萧。话到旧游如见，鹅溪绢、点笔曾描。怕流风垂歇，无人来听吹箫。

徵　招

荷荡小集

长塘寂对莲房晓，明漪靓妆争炫。路曲桨穿花，袅菱歌声浅。压陂香自远。记前约、白鸥曾见。梦忆吴宫，卅年羁怨，此时须践。　　展转数芳期，寻盟乍、亭亭倩魂先劝。漫道不飘零，恐西风倏现。碧筒深更翦。肯孤负、露华风片。晚归好、月落湖平，共醉吟忘倦。

江南好

喜芯庐同年北归，并简同社诸子

梅雨酣晨，蕙风喧午，岁华重说江南。感时花好，铅泪泻春衫。归客缁尘浣否，鞭丝绾、垂柳江潭。销魂处，贞元踵尽，休更唱何戡。　　尊前当胜夕，哀丝怨曲，一辈都谙。但沉吟，凝睇容我狂憨。省识千钱沽醉，却赢取、纱帽斜簪。消磨未，湘帘水縠，凉意逗银蟾。

鹧鸪天（三首）

村居即事

山　村

长日人家静掩茅。炊烟一缕上林梢。汲将涧水和云煮，拾取山枝带露烧。　　峰叵匝，岭岧峣。平冈迤逦绝尘嚣。怕人说是秦时宅，只种桑麻不种桃。

水　村

桑叶参差豆叶齐。丝丝杨柳覆长堤。张帆估客通桥北，举网渔郎向水西。　　烟隐约，雨凄迷。依家旧住若耶溪。溪边不绾游春棹，只有闲鸥自在栖。

郭外村

新拓疏窗近翠微。萧寥景色眼中非。却看怖鸽依林闹，又见栖乌绕堞飞。　　菰米贱，芋苗肥。棕鞋箬帽过从稀。邻翁自厌家醅薄，尽日城闉醉不归。

垂　杨

秋　柳

流年暗度。甚晚蝉抱叶，倏惊凄楚。画舫青溪，软风曾记纤腰舞。斑骓犹系斜阳树。又吹老、白门笳鼓。傍颓垣、低飐晴烟，罥乱愁如许。　　休道婆娑似汝。换青袅渭城，别时朝雨。漫说无情，也应同诉伤春苦。而今往恨无重数。更著恁、柔丝缕缕。盼东皇、急放春归，眉再妩。

水调歌头

沧浪亭

幽筑已千古，迤逦对吾庐。昔贤于此歌哭，花竹尚扶疏。岂不萧条身世，更惹羁栖百感，聊用乐琴书。俯仰自堪喜，何事羡群鱼。子美《沧浪亭诗》有“自嗟不及群鱼乐”之句。　　倚澄川，披老干，意何如。忽思绮岁，曾共游钓迹还无。东有皋桥春石，北有桃花园宅，总是古人居。但愿同来往，终老命巾车。

早梅芳近

西崦钓雪

山月潜，江风舞。暮色明荒渡。拂琦枯苇，荫陌空林暗飞絮。破怜蓑笠去重，冻觉篷身俯。正孤舟向寂，归去指烟渚。　　问安之，未定所。拟觅幽深处。星虚客濑，梦绕桃源在何许。羡鱼方举网，有酒须谋妇。待寒消，挂罾闲更补。

琐窗寒

寒山寺

绀宇门荒，栖乌叫月，杵余钟瞑。春波梦渺，漫搅客愁归艇。搅霜华、夜残未眠，倦怀苦忆渔灯影。试倚阑伫立，依稀重认，荔墙苔井。　　幽靓。僧堂静。记自刈山茅，伴云结顶。新欢缔否，被尔鸳俦偷省。世传和合二仙为寒、拾二师。绕轩窗、岚霭自青，晓枫坠叶声正冷。剩诗心、暗驶东瀛，张继诗，日本有家弦户诵之致。赚人吟怀迥。

满江红

寒　鸦

云影凄迷，正目送、荒野暮寒。疏林外、破巢初露，枝格低盘。画意浓皴霜叶出，诗心孤恋夕阳残。问玉去颜、何处共徘徊，飞又还。　　相随意，期风翰。万家树，几重山。尽绿云佳丽，学点双鬟。却笑狂涂真潦草，碧空谁与写丝阑。算怎如、鸥鹭不上相猜，秋水间。

（以上选自《沤梦词》民国二十二年刻本）

金兆蕃（14首）

金兆蕃（1868—1951），字篯孙，号安乐乡人，浙江嘉兴人。一名义襄，字茂赞，号伯匡，别署药梦。光绪十五年（1889）顺天乡试恩科举人，曾以内阁中书待阙京师，甲午后改官江苏，民国后任财政部会计司司长、赋税司司长，有经世之才。曾任清史馆纂修、总纂。著有《安乐乡人诗》四卷、续一卷，《药梦词》两卷、《药梦词续》一卷、《药梦七十后词》一卷。

据《〈药梦词续〉跋尾》，《药梦词》乃是删存壬子（1912）以至庚午（1930）所作而成，《药梦词续》是辛未（1931）至丁丑（1937）秋所作词，《药梦七十后词》乃是丁丑以后所作。金兆蕃词长调居多，以深沉见长，小令则时有隽语。

烛影摇红

得王冰镜同年秣陵书

恋醉忺寒，短檠孤盏沉沉夜。梦魂偏自绕秦淮，风雨花开谢。漫说流光暗借。忆年时、桃根未嫁。东风定笑，诮麦嗔葵，客何为者。　　淡淡斜阳，柳阴一片钟山赭。可怜金粉不胜春，收拾前朝也。旧迹青溪酒洒。换新词、红桥语冶。江南消息，不是兰成，更谁能写。

摸鱼儿

黯消凝、那时门巷，春残花谢人去。危楼合署千峰树，绕槛乱山无数。云阁住。漏一线、斜阳惨淡中原路。谁堪共语。但屋角铃声，疾徐断续，镇日向侬絮。　　临邛术，碧落黄泉两误。长生痴愿仙妒。钧天未阕琼浆酽，枉拟绿章重诉。空起舞。尽镭铁、沉渊难补兰根土。停辛伫苦。莫更问元都，燕葵兔麦，无觅旧游处。

寿楼春

题张彦云《红楼饯月图》

悲吴江枫黄。怎残春旧梦，犹绕伊旁。苦忆猿啼烟驿，鹤归云乡。欢绪短、离愁长。博山灰、将温旋凉。试起擘蛮笺，灵犀彩凤，珍重慰徐娘。　　身燕市，心衡湘。尽消磨酒圣，排遣诗狂。漫问华珰前赠，明珠今量。笼水柳，知风桑。补窦家、回文诗亡。只烟柳模糊，危楼夕阳图画香。

露　华（二首）

西馆植榆叶梅，与桃同根，每岁花开，桃先梅后。曩尝邀孝先、阶青二君同赋。顷闰枝用碧山词平韵咏桃，仄韵咏梅，更与同馆诸君依韵和之。

一枝秀发，尽嬉晴媚雨，娇借春魂。华清赐浴，东风初展眉痕。依旧十分明艳，舞柘枝、霞点罗裙。还未爽，渠依暗约，再茁灵根。　　刘郎十年相对，叹客鬓霜添，慵赋长门。凝烟带露，愔愔却又黄昏。咫尺汉宫千里，似佩环、人忆江村。红雨洒，庭芜碎落冷云。

绛跗渐坼。胜露井新开，那样颜色。倦燕倚风，衔得余霞低拂。怪他醲绿酣红，不似当年高格。重唤起、罗浮翠禽，为换仙骨。　　徘徊使我心恻。怕月屿星街，双误吟魄。正是恋春春去，剩蕊忺摘。剧怜半面残妆，巧借黛螺描出。芳意尽，明年再看那得。

秋　霁

秋老亭皋，讶怨涧惭林，又减颜色。水咽津桥，石殷栈路，暮寒杜鹃无力。劲飙未息。翠微亦敛长眉碧。忆故国。空剩、酒醒裘敝浪游客。　　尘影尚在，暗掷苍茫，种桑高原，如此寥寂。夜将晨、绳横斗落，孤星低隐片云白。谁唤渡河行未得。只自魂断，凄绝倦旅心情，听猿江峡，度鸿霜驿。

水调歌头

醉钟馗，和夏闰枝

胡不舞长剑，挥霍倚余酲。否亦推杯而起，一啸百灵惊。竟尔颓然自放，狼藉绯衣皂帽，庄蝶两忘形。倘赴钧天宴，酩酊觐瑶京。　　恣酣饮，尽余沥，枕空罍。手拊鸱夷一笑，螺盏梦中擎。漫道皤皤空腹，旧径终南芜矣，幻入井眉瓶。乞汝一椎中，瓮破汝应醒。

瑞龙吟

闰枝偕书衡、曼仙崇效寺看牡丹，用清真韵属和。余今岁未过城南，尝诣春耦斋，牡丹正盛开，赋七言长句，复谱此阕。

春归路。弥望细草萋烟，夕阳殷树。朝来宣武坊南，东风烂漫，花开几处。　　更延伫。仍忆梓花飘径，枣林环户。何人策蹇同游，被花赚取，纱笼好语。　　休问唐宫遗事，沉香亭上，环妃仙舞。千载羽衣霓裳，风韵如故。凝香裛露，犹诵青莲句。萦遐想、回阑深倚，长廊闲步。心逐余春去。蛮笺未尽，元都怨绪。云织愁千缕。何况又，匆匆连宵风雨。梵林梦绕，游丝飞絮。

蝶恋花

召南以闰枝手写庚子壬寅旧词装长卷，征题

莫讶前宵风雨横。鹤怨猿愁，多恐朝来更。窗外月扶残菊影。丛丛似乱亭亭整。　　小院三更虫语静。天自沉酣，人自凄凉醒。老眼不禁双泪迸。愁踪梦迹难重省。

霜叶飞

悼秦右衡，用清真韵

露晞原草。令威返，凄然临睨云表。病槐檐际太凋疏，正晚风寒悄。拥积雪、愁昏怨晓。琼楼人去萧斋小。扫翳席凝尘，拟往日、巢痕似旧，岩电收照。　　还记暂出天南，昆池佗海，使节春与俱到。饥凰垂翅殉枯蟫，那更开怀抱。况绝笔编摩未了。床琴虽在难成调。念昨游、人天恨，门掩西州，幽慨多少。

高阳台

残　雪

薄沍溪冰，微封村径，晚晴犹觉衣单。谁拨云开，斜阳深浅螺鬟。玉龙化去余鳞爪，尚棱棱、留与人看。黯庭芜，瘦柏孤擎，髡竹轻弹。　　抨弓洒入寒林画，衬岚光淡染，苔点浓攒。寄语飞鸿，重来泥迹全残。山深未改先时白，尽风尘、不涴高寒。试凝眸，依约巢痕，怅触愁端。

御街行

又简次公

镜霜新映衫尘旧。容易西风又。虫鱼岁月马牛身，拚与仙蟫相守。招邀近局，一年已到，橘绿橙黄候。　　朝来湖上堤边柳。青似春前否。黄花慰藉白衣人，不许花怜人瘦。飞君金盏，借侬铁笛，吹破秋阴厚。

（以上选自《药梦词》民国二十年印本）

金缕曲

樊山《彩云曲》传诵一时，仆曩亦尝见其人。一昔入梦求诗，诿以樊山在前，仆当阁笔，乃请为词，要必诺乃去。旦而异焉，为拈此解，不敢以长公梦盼盼比也。

燕去楼空矣。夜深沉、灯昏月暗，倩魂憔悴。依约凌波真耶幻，底事远山敛翠。还重话、庚辛旧事。一骑桃花千重柳，压罗襟、斜佩朝天紫。沙董辈，定输此。　　海山沦谪归无计。尽推排、红心拔尽，黄粱醒未。几度党家销金梦，几度陶家茶味。更谁惜、蜉蝣身世。汉燕唐环生无分，掩柴门、白发青裙死。添一段，玉台史。

（选自《药梦词续》民国二十年印本）

水调歌头

己卯上巳，与同里诸君客上海者共饮酒家

令节复何有，尽醉不须推。海上流人四集，客自故乡来。休问年时花信，却映战场草色，烂漫逐春开。咫尺还乡水，昔昔一帆回。　　展情话，愍离乱，托深杯。此地故无烟雨，空忆旧楼台。千古永和癸丑，当日神州何状，沉陆有馀哀。谁喻右军指，今古重徘徊。

（选自《药梦七十后词》民国二十年印本）

李权（9首）

李权（1868—1947），派名李德桂，字直生，后更名李权，字巽孚，晚号博父，别号郢客。湖北钟祥人。学者李济之父。晚清曾在学部任职。民国后兼任北京学务局创办的女子第一中学校长，教授国文等课程，又兼国立法校、中央政法学校伦理课程。著有《郢客词》。

阳　春

海澜狂，云影幻，天外一峰飞矗。幽响碎琤玐，蓦回首、雪练千尺喷寒瀑。佩环仙簇。帘半卷、芳容堪掬。牵袂顿怅香车杳，空余小窗残烛。　　正揩眼沉吟、愁魔引，浑又见、樠苍臼绿。依稀吾庐咫尺，抚当年、手植松菊。何人夜雨伴读。恍到耳、机声相续。怎孤枕、待诉相思苦，啼乌过屋。

白　雪

光阴过客，朝镜览、赢得鬓发双皤。人海粟藏，神山剑化，斜阳自照荆驼。漫悲歌。暗凝伫、水上风过。便谁料、奕枰闲阅，小立烂樵柯。　　频把泪眼问花，愁肠殢酒，尽销磨。众口任滋谣诼，端悔画双蛾。休更怨、美人迟暮，岁月本如梭。梦中谁唤，醒来笑揖春婆。

上二调系杨补之自度曲，万红友疑《白雪》有误，刻意为更订，未便率从。长夏无事，仍依杨谱各赋一首。词意奚属，亦不自知云何也。郢客自识。

瑞龙吟

用清真韵

西垣路。依旧丽藻澄波，秀枝辉树。沉思尧雪何年，傍楼话往，黄埃到处。　　久延伫。遥见绀宫琳宇，澹云遮户。前山锁却铜驼，付谁照料，流莺自语。　　惆怅长安人倦，走笺飞尽，曾酣歌舞。惟有旧时桃花，欢笑如故。吟情顿触，都是伤春句。空回忆、当风快饮，兰台移步。万里鸿飞去。那曾寄得，离人意绪。横笛歌金缕。春渐老，楼台都迷烟雨。落红待扫，满天飞絮。

念奴娇

题王青垞（葆心）考订李孝子鹏飞、夏忠节璿事略

屈醒陶醉，是两般风度，一般怀抱。拄腹撑肠画万卷，尽把落花闲扫。一抹斜阳，几湾流水，老至空凭眺。丰城腾气，得来双剑堪宝。　　任说劫石长存，荒村无恙，轶事都能道。淮雨别风相傅会，毅魄贞魂谁表。藜火昭幽，秦灰拾烬，揭出忠和孝。四维无绝，狂澜回得多少。

（以上选自《词学季刊》第2卷第1期）

摸鱼儿

送春日，用碧山韵，怀季英汉上，适得沈小藩同年噩耗，故及之。

趁晴空、正寻春色，无端春又归去。送春今日情何极，忍忆送君南浦。君记取。倘梦绕江南，只向秦淮路。消愁甚处。仗玉笛梅花，间聆三弄，暂可系侬住。　　春堪惜，最惜平生旧侣。年来多委黄土。休文惊又随春杳，老泪那禁如许。君信否。算过客光阴，只是无凭据。为君寄语。自听罢霓裳，怀人叹逝，空自觅诗句。

花心动

和石斜柳絮

闲倚层楼，望江南、已饶十分春色。桃叶渡头，燕婉莺娇，倩影似曾相识。小移莲步轻尘起，斜飏飏、轶绵飘额。觅诗料，因风入咏，被谁收拾。　　鬓掠青丝几日。偏瘦了、腰肢扶春无力。搓雪为球，黏草成茵，剩有绿阴千尺。浮踪尽向萍乡转，知偕得、野鸥朝夕。送春去、闲看众山翠滴。

（选自《词学季刊》第 2 卷第 4 期）

霜叶飞

和石斜

故都云渺。城南路，依稀魂梦频绕。蓼疏枫冷隐江亭，正夕阳红好。蓦看得、天涯倦鸟。联翩都自归林早。记几度凝思，便买醉、新丰酒市，遣愁多少。　　佳节又值重阳，依然客里，旧途遮莫重到。老来踪迹怅萍飘，但助侬词料。问甚日胡尘净扫。吉占空望灵氛告。念故人、抒吟兴，一卷离骚，美人香草。

（选自《词学季刊》第 3 卷第 1 期）

摸鱼儿（二首）

生日感赋

便菟裘、可容吾老，家山惊念新破。浮生一梦原为客，百代等闲虚过。华发堕。曾几日、桑弧蓬矢悬门左。名缰利锁。试暗忆生平，为谁系住，应笑镜中我。　　今衰矣，一曲阳春正和。滔滔偏降奇祸。残黎已果蛟龙腹，说甚瀫来烽火。天意叵。未必是、红羊换劫真无奈。乾坤自大。问禹迹茫茫，回澜既倒，此责仗谁荷。

试回头、去年今日，蓬莱曾访宫阙。入山肯采长生药，赢得海天空阔。吟袖拂。但望到、白山黑水时凄绝。光阴倏瞥。怎火势燎原，积薪争抱，此事更谁说。　　樵柯烂，尽把棋枰饱阅。神机何敢轻泄。堂前竞献延龄酒，那解老怀如结。吾奚托。算只有、江头唤渡根和叶。把杯问月。问自有秦淮，几更人事，天上几圆缺。

（以上选自《词学季刊》第 3 卷第 2 期）

李哲明（4首）

李哲明（1868—1936），字惺樵，号舣民、静娱、迂石，湖北汉阳（今武汉）人。光绪戊子年（1888）举人，壬辰（1892）科进士，选庶吉士，任翰林院编修、侍讲。民国后，不问政事。曾入清史馆，1920年参与《夏口县志》修撰。有《自然室诗文集》《舣民词学》。工词，未见结集，散见于《国闻周报》《华中季刊》等。其词多学清真，叶恭绰称其《氐州第一·用清真韵》一词“高浑遂逼《片玉》”。

齐天乐

用清真体，赋新燕，和樊老

年年风信春来惯，雕梁故巢何许。目睇莺邻，心怜雁客，还向天涯胥宇。差池试羽。看芳径芹泥，亚栏花雨。翠翦初分，旧堂王谢黯无语。　　乌衣前度梦远，丁宁难更托，残照谁主。绣阁回飞，晶帘怕入，一霎狂飙如虎。黄昏意苦。念白玉楼台，径将雏去。慎莫因循，乱愁和絮舞。

（选自《国闻周报》1928 年第 5 卷第 22 期）

浪淘沙慢

用清真韵

晚风劲、乌栖废垒，雁语遗堞。笳拍哀音间发。筀歌大雅竟阕。剩独自回肠千缕结。指霜堠、秃柳休折。怕更倚红楼望云远，珠帘闭愁绝。　　思切。念君雾艇空阔。向浩淼江天，斜阳处、隐隐寒水咽。知赋罢销魂，无限伤别。冻醅未竭。留瓮香还赏，归时明月。幽梦难通山重叠。银屏冷、兽炉烬歇。素娥巧、更番圆又缺。叹人去、日染衣尘，换旧色，关河古道茸裘雪。

（选自《国闻周报》1929 年第 6 卷第 7 期）

八声甘州

效柳屯田

望家山万里阻天涯，客心杳空濛。叹荒芦枯苇，蓉塘冷落，摧尽秋红。那更凭高瞩远，短发野亭风。原上铜驼影，残照蒿丛。　　鹊渚相思人老，况凤城紫陌，都是愁踪。看茫茫云海，飞去数上宾鸿。拟归来、安排渔具，棹小舟、闲趁雪蓑翁。湘江晚、篠竿轻浪，怕惹蛟龙。

（选自《国闻周报》1929 年第 6 卷第 16 期）

寿楼春

感　旧

留升平馀风。记听歌看舞，南市游踪。往岁花楼闲聚，桂樽常同。愁过眼、欢朦胧。叹逝川、滔流安穷。渐玉果凋霜，黄尘变海，何地置衰翁。　　悲生事，随飞篷。只山阳怨笛，江渚凄鸿。况是榛茅横路，武陵难通。拼挂屐，慵携筇。怪楚歌、伤怀兰丛。念词笔输春，花才散时禅也空。

（选自《国闻周报》1929 年第 6 卷第 25 期）

吴士鉴（1首）

吴士鉴（1868—1933），字䌹斋、炯斋，号公詧，钱塘（今杭州）人。光绪十八年（1892）进士，曾任顺天府乡试同考官、湖北乡试副考官，二十四年（1898）任江西学政，三十二年（1906）任翰林院侍讲，后任安徽提学使。宣统年间任翰林院侍读。民国后，曾任清史馆纂修、总纂。冒广生曾游其门。著有《式溪词》。

《式溪词》一卷，民国二十五年（1936）排印本，前有汪兆镛题签，后有其子吴式洵跋语。跋语称："先严对于填词尝谓不可多作，以词学弥工者，往往其境遇弥啬。但偶一为之，故所录存者仅此一卷，自署《式溪词》。"据此，词集当为作者生前手订，又集中最末一首为《侧犯·题林铁尊〈半樱词〉用蒿庵、彊村二公韵》当作于《半樱词》即将刊刻之际（1927年左右），故此集手订时间当在1927至1933年之间。集中其他作品多无系年及明确线索，收词时间范围不详。

侧　犯

题林铁尊《半樱词》，用蒿盦、彊村二公韵

风尘眼倦。过腔鬲指间开卷。消遣。看似水华年、暗中换。江湖践俊约，满把吴菱贱。蓬转。有翠管琼箫、此身伴。　　餐樱梦寂，吟望东溟远。渔笛谱、咽蘋洲，归计未应晚。几度销凝，举醅相劝。欲写羁愁，为君题遍。

（选自《式溪词》民国二十五年排印本）

杨寿枬（14首）

杨寿枬（1868—1948），原名寿棫，甲午（1894）改名寿枬，字味云，号苓泉居士，别署云薖，江苏无锡人。光绪十七年（1891）举人，历任商部主事、度支部郎中、度支部参议等。民国后曾任山东财政厅厅长、北洋政府财政部次长、参议院议员等。曾入须社、梦碧词社，著有《鸯摩馆词钞》。

《鸯摩馆词钞》有两种版本：一为稿本，题曰《鸯摩馆词钞》，无序跋及属稿时间，页眉偶有作者转录他人批语。一为民国十九年（1930）刻本，一卷，附《鸯摩馆词补钞》一卷。前有壶公庚午（1930）题签、汪曾武序、郭则沄序。两种版本收词及顺序皆有不同。郭则沄尝称："云薖间出新作，芊绵绮靡，有玉田、小山风调，而丛台暮雨之恨，烟柳斜阳之悲，亦往往于弦外会之。侪辈叹诧，以为软红尘海中罕其人也。"（《鸯摩馆词钞序》）

迈陂塘

秋　水

渺鸥天、蔚蓝千顷，林峦倒映清峭。绿波南浦销魂后，又是五湖秋早。重倚棹。爱藻影蘋香，翻比花时好。莲衣褪了。剩几点青荷，渔娘眉翠，还向镜中扫。　　横塘路，前度湔裙曾到。如今枫荻都老。江天一色涵空碧，衬着落霞残照。归梦杳。问蟹舍鱼村，何日容垂钓。愁心缥缈。更遥指红墙，盈盈一水，银汉挂清晓。

金缕曲

樊山丈由燕京来津，偕桐渊、暗公、寒云饮于酒廛，即席赋呈樊丈，并邀诸子同作。

柳外东风峭。近清明、梨花酿熟，采芝翁到。重认旗亭青帘影，袖角京尘未扫。看海上、红桑已老。法曲飘零宫羽换，听玉琴、弹出清商调。浑不似，旧怀抱。　　寥寥故国空文藻。剩当年、萝溪画卷，茗楼词稿。璧月铜街行乐地，换了冷烟残照。更愁绝、江花江草。无限兰成萧瑟感，莽风尘、头白知音少。归梦远，楚山晓。

渡江云

咏　桂

檀霞娇似绮，画阑西畔，一树锁凉烟。万花攒琐碎，散雪团云，缀就蕊珠圆。馞馧五夜，向定中、参到犀禅。还认取、前身金粟，宝月写娟娟。　　堪怜。蟾寒影瘦，蠹老香残，望银河秋浅。

料上界、清虚紫府，也种桑田。吴刚玉斧浑抛却，问几时、谪下瑶天。寻旧梦、露华冷湿铜仙。

永遇乐

词社五十集，查湾席上赋呈同社

南月愁乌，西风惊雁，哀角如雨。蜡泪炉香，画堂清夜，人似春星聚。词场跌宕，鸳笺麝墨，争写四红宫谱。一声声、冰弦弹遍，最怜锦瑟音苦。　　兰成老矣，平生摇落，剩得江关诗赋。千古凄凉，唐愁汉恨，借玉筝低诉。那堪重忆，黄骢陌上，一片残箫倦鼓。寻燕市、荆高酒伴，狗屠在否。

双调忆王孙

秋　草

远近关河残照里。空满目、冷烟荒翠。裙腰黯澹玉钩芜，渐瘦到、红心死。　　青袍一例伤憔悴。似老去、庾郎身世。衰萤化碧照秋坟，是千古、伤心地。下阕伤闇公之逝也。

剔银灯

闻　雁

清夜谁调筝柱。弹入霜鸿哀谱。孤馆灯残，空堂酒醒，勾起凄凉百绪。天涯倦羽。比听到、啼鹃更苦。　　岁岁衔芦觅侣。且为稻粱留住。阵断冲寒，声高警月，常此流年暗度。北来南去。试问尔、定居何处。

（以上选自《鸯摩馆词钞》民国十九年刻本）

金缕曲

送春

开过荼蘼了。怎朝朝、风风雨雨，云屏寒峭。只有杜鹃啼最苦，啼彻红楼春晓。恨底事、春归太早。又听鹧鸪声声唤，道黄尘、遮断关山道。行不得，此间好。　　年年废苑生芳草。更堪他、珠钿零落，玉颜易老。青子绿阴惆怅日，销减鬓丝多少。况天末、锦鲸人杳。试问铜沟漂花片，共沧波、趋海何时到。谁知我，甚怀抱。时弢庵丈新逝。

疏影

咏影

红窗寂寂。唐人曲名有《红窗影》。任映花掩柳，行处无迹。乍度回廊，旋入疏帘，惯似惊鸿飘瞥。空阶立尽梧桐月，又蓦被、轻云遮隔。最怜伊、生小相亲，步步镇随鸳屧。　　金粟前身悟彻，是人是我相，真幻难识。长记华年，惨绿衣裳，照得春波一色。如今人比梅花瘦，尚伴我、醉筇吟帻。更那堪、破碎山河，还共玉蟾圆缺。

（以上选自《鸯摩馆词补钞》民国十九年刻本）

蓦山溪

寒食

花朝过了，又是清明近。春色已三分，尚恁地、留寒做暝。江乡此日，酒熟杏饧香，槐火暖，柳烟轻，门巷东风静。　　天涯倦旅，减却看花兴。懒检蹋青鞋，怕明日、阴晴不定。汉宫传蜡，旧事总凄迷，城南路，钿车稀，一碧蘼芜冷。

东风第一枝

咏唐花

棠梦惊回，梨魂唤起，春风忽到瑶圃。那知酿雪时光，却动探花兴趣。鸾台饯腊，讶翠翠、红红无数。且趁他、青帝无权，颠倒蕊宫花谱。　　凭密密、屡窗障护。待细细、鹊炉熏炷。暖融万朵绯霞，香滃一重绛雾。黄金争买，只几日、脂蔫粉污。怎及我、纸帐梅花，独对冷香觅句。

春草碧

本　意

东风吹尽酴醾雪。但一片平芜、粘天碧。极目古道长亭，烟雨霏霏弄春色。何处最销魂、铜驼陌。　　还记裙翠飘鸾，扇香扑蝶。玉鞭冶游人、今头白。空剩满地红心，年年绣遍啼鹃血。愁煞旧王孙、归未得。

玲珑四犯

听　雨

梅雨如潮，记十二红楼，珠箔慵卷。锦瑟华年，销尽舞衫歌扇。中岁独上吴船，但满目、冷云哀雁。更打篷泻玉声乱。烟水楚江凄黯。　　只今衰鬓星星换。伴闲房、药垆经卷。苔花湿处阴虫泣，禅榻孤灯暗。句起万斛旧愁，待谱入、玉箫魂断。雨中闻邻院箫声。想断魂应在，杨柳外，芭蕉畔。

探春令

咏紫影

柳丝冉冉荡春云，化愁心千点。张宪诗："万点愁心飞絮影。"恰落花、风飏珠尘软。蝶扶起、莺捎乱。　　碧痕印上红窗浅。逐晴丝低转。乍空濛、一片飘烟坠，雨斜照、深深院。

还京乐

喜苍虬至自海上，宴集同赋，用清真韵

楚江晚，且把蓉裳蕙带重料理。叹碧梧枝老，凤栖未定，鸾肠空费。更劫尘无际。沉沉万甲沙场委。伴倦旅，惟有绛蜡，灰心垂泪。　　酒痕襟底。甚年年秋燕，春鸿关塞，星霜谙尽世味。飘流暂寄修椽，只琴书、半床行李。话前游、忆细雨梅天，吴篷烟水。廿载沧桑梦，相看青鬓憔悴。

（以上选自《烟沽渔唱》民国二十二年印本）

俞陛云（16首）

俞陛云（1868—1950），字阶青，号斐盦、乐静、乐静居士，晚号娱堪老人，浙江德清人。俞樾之孙，俞平伯之父。光绪二十四年（1898）探花，授翰林院编修。二十八年（1902）任四川乡试副主考。民国时期曾任浙江图书馆监督、清史馆纂修。著有《乐静词》《乐静词二编》。

《乐静词》《乐静词二编》，民国十八年（1929）刻本，与《小竹里馆吟草》合刊。《乐静词》由俞陛云婿许宝蘅题名，卷末有小识“己巳中夏男铭衡敬书讫”，铭衡即其子俞平伯的名。《乐静词二编》字体与之相同，且无扉页题签，栏款仍为“乐静词”，照版面情况看，《乐静词二编》应该相当于《乐静词》卷二。《乐静词》多有小序，骈散相间，是极清雅的小品文。词作内容广泛，有记游忆昔、追怀恋情、赏画读碑、感慨时事，不一而足。词风清雅峭拔，有书卷气，倜傥之致近姜夔。

木兰花慢

乱后渡江感赋

莽秋怀无际，又孤艇、石头城。看风猎牙旌，霜沉朔吹，萧飒堪惊。鸥群。乱翻雪羽，掠寒涛、欢舞逐船行。故国周遭山色，新塘日夜潮声。　　残兵。剑底抚余生。往事感东征。念磊落勋名，循环劫烧，天意难凭。惊魂。畏闻鼙鼓，任千畴、衰草罢春耕。极目荒荒波路，一丸海月孤明。

金缕曲

白门怀旧

断雁啼霜紧。溯秋风、蹇驴茸帽，萧寒庾信。衰柳旗亭残酒在，谁与画阑同凭。且携上、石城诗艇。打桨六朝山翠里，旧烟波、泻尽珠帘影。让鸥鹭，眠沙稳。　　围棋宾客西园盛。访残碑、盦空宝华，绛云同烬。欲倩四弦商妇手，弹向秋空月冷。恐未必、流莺解听。自分凝妆眉洗黛，晓窗寒、错怨红芙镜。尽踏遍，蘼芜径。

金缕曲

题京师枣花寺所藏青沟禅师绘《红杏青松卷》。禅师官明崇祯朝副将，随洪承畴出关，易代后弃官为僧，是图盖隐寓松杏山之战，纪亡国之悲也。卷长三十余丈，二百年来名流过客题咏殆遍，或流连光景，或托讽微言，鲜赋其事者。甲子夏五，宗子戴姊丈自江南来，偕游萧寺，展卷移晷，归寓赋此，未题卷上也。

凌纸冰霜气。是当年、弓刀宿将，隐悲身世。松杏河山空战骨，待把英魂唤起。借几笔、萧寥画意。夜雨僧房怀旧侣，卧沙场、刘杜真男子。忍回首，东征事。　　恒沙浩劫飘风逝。陌年来、名卿硕彦，长笺留字。零乱清愁无写处，一片斜阳古寺。复我辈、登临此地。辽鹤归来人代换，覆棋枰、同是伤心史。谁重洒，新亭泪。

金缕曲

寒鸦，和章式之原均

遗构何王殿。舞东风、龙池烟柳，春华瞥箭。午夜延秋门上唤，废宅更谁依恋。倘尚有、谢家堂燕。泊凤飘鸾成一慨，共摧颓、那复雌雄辨。青鸟信，渺无便。　　天涯羁托年时惯。尽回旋、毕逋身世，呼晨噪晚。浩莽秋原无宿处，落木荒城一片。只岁晚、饥鸥相伴。守定残枝甘瑟缩，任长空、苍狗云衣变。丈人屋，付虚愿。

鹧鸪天（二首）

剪水轻阴掩画楼。愔愔凉意上琼钩。黄姑怜我经年别，紫燕窥人两鬓秋。　　云漠漠，信悠悠。揽衣推枕小淹留。粉墙东角凝眸处，一寸斜阳一寸愁。

记遍重山复水程。小阑干划玉钗轻。梦随楚角微茫转，愁与江潮往复生。　　笼短烛，数寒更。残笺余馥总关情。年时怕听红船橹，无那西风误雁声。

满江红

南归道中

匹骑冲寒，把激荡、孤怀谁诉。莽千里、霜低土屋，风严戍鼓。坏壁金丝东鲁宅，荒原戈戟南徐府。数兴亡、起灭几雄豪，成今古。　　沙路尽，辞淮浦。人语杂，兼吴楚。看马头晴翠，隔江烟树。夜静潮声沉铁锁，云开山色环金柱。吊英灵、杯酒洒中流，鱼龙舞。

齐天乐

兵灾绵结，归路阻修，以工部之怀人，兼太尉之伤乱，出郊极目，以写我忧。

关山直北烟尘际，危楼暮寒孤倚。茂苑清歌，余杭残酒，都化一襟梦雨。堕欢飘羽。况腹痛回鞭，西州故侣。荞麦摇青，荒陂凫雁自相语。　　渊明三径何处，泛波涛萍梗，身世焉寄。沧海鲸翻，连城虎踞，莫问天涯行旅。瑶京信阻。任归燕巢林，画堂谁主。掩抑湘弦，自笺离恨谱。

（以上选自《乐静词》民国十八年刻本）

菩萨蛮（二首）

扁舟生小吴趋路。烟波只合招渔父。芳草步全迷。新潮没旧堤。　　云低风更急。盼断归飞翼。残月响秋砧。夜寒江上深。

钿车过尽雕轮迹。香泥依旧铜驼陌。今古几消沉。飞鸿天外音。　　莺酣兼蝶醉。赢得人憔悴。残酒自温存。春衫深浅痕。

玉京秋

和草窗

秋宇阔。危楼正孤倚，醉歌清切。断雁低霜，饥鸦噤晚，风摧万叶。天末残阳红闪，映楼台、千树晴雪。拥吟袖。独惊寒向，酒边谁说。　　倦旅长途心怯。况衰迟、头童齿缺。世态云衣，年光箭羽，壮怀都歇。簪菊吟梅，且点缀、蓬门残冬时节。莫笳咽。一片铜街冷月。

浣溪沙

重过陶然亭

山色林光一碧收。小车穿苇宛行舟。退朝裙屐此淹留。　　衰柳有情还系马，夕阳如梦独登楼。题墙残字藓花秋。庚寅春，偕宗子戴、姜颖生诸君来游，见西墙有雪珊女史题句云：“柳色随山上鬓青，白丁香折玉亭亭。天涯写遍题墙字，只怕流莺不解听。”卅载重游，旧题已漫漶矣。

浣溪沙（三首）

忆苕溪旧游

十里初阳上柳枝。烟消城郭见参差。小风吹梦片帆迟。　　舵尾香炊新熟稻，案头闲续未成词。水窗清味白鸥知。

数点蘋花映钓矶。几弯桑径隐柴扉。溪中云影逐帆飞。　　秋水黄欹渔簖竹，朝阳红晒舵楼衣。乡园风物总依依。

薄晚轻舟任所之。沿流村屋上灯迟。归雅占尽绿杨枝。　　芳草久荒高士宅，残花犹发女郎祠。夕阳吟望自移时。

蝶恋花

容易春光过九十。展遍杨枝，不展眉心结。耐尽清寒无气力。画屏几点梨花雪。　　莫唱回波伤远别。郎比行云，妾比山头石。但使山头终古碧。云飞应有归山日。

（以上选自《乐静词二编》民国十八年刻本）

蔡宝善（15首）

蔡宝善（1869—1939），字师愚，号孟盦，浙江德清人。清光绪二十七年（1901）举人，光绪二十九年（1903）经济特科乙等及第。1930年后，卜居苏州沧浪亭畔，与张茂炯、费仲深、邓邦述、吴梅等结词社，诗酒唱和，不问政事。

词集有《绿芜秋雨词》一卷、《箫心剑气词》一卷、《瓶笙花影词》一卷、《沧浪渔笛谱》一卷。《绿芜秋雨词》完成于光绪十八年（1892）（蔡宝善《绿芜秋雨词自序》），之后至1908年的作品收入《箫心剑气词》中，之后至1930年的作品集于《瓶笙花影词》中。1930年以后至1936年所作，删存一卷，收入《沧浪渔笛谱》，有民国二十五年（1936）印本。

其中，《绿芜秋雨词》《箫心剑气词》曾于光绪三十四年（1908）以《绿芜秋雨词》之名刊行，宣统元年（1909）改题《一粟庵词集》刊行；《绿芜秋雨词》《箫心剑气词》与《瓶笙花影词》于民国十九年（1930）以《听潮音馆词集》之名印行。

从《绿芜秋雨词》到《沧浪渔笛谱》，前后时间跨度较长，可以窥见词人前后词学意识的变化。《绿芜秋雨词》托体绮丽，情致缠绵。《箫心剑气词》“词旨悱恻，得骚辩遗意，眷彼幽情，感余身世”，“用寄篇什，以写郁伊”（蔡宝善《菩萨蛮》题序），虽多以温、韦面目示人，中实多寄身世之感，甚而直抒胸臆，如“如此江山宜痛饮，只我伤今吊古。叹冷眼、几人迟莫。万马齐喑天又醉，更中原、棋局翻新谱，思往事，泪如雨”（《金缕曲》）。《瓶笙花影词》写于1909年之后，国事多变，生民屡艰，词作多有沧桑慷慨之语，如“怅大好河山，满目兴亡泪。韶光逝矣。叹一例消沉，青磷白骨，残月晓风里”（《摸鱼儿》）。《沧浪渔笛谱》“感怀身世，寄托遥深”，“隐然以粪洲自况”，又“芬芳悱恻，与梦窗差近”（张茂炯《沧浪渔笛谱序》）。综合来看，其词多深沉悲慨，时有清婉之作，间杂佛禅语。

高阳台

春莫，和徐芷升同年

丝雨牵愁，重阴阁暝，嫩寒犹锁花枝。廿四番风，今番吹到荼蘼。惜花人怕寻芳晚，奈人来、春已先归。最凄迷，负了韶华，误了佳期。　　门庭已改非王谢，剩营巢燕子，辛苦衔泥。似水流年、能消几局残棋。朝来愁病禁多少，叹沈腰潘鬓都非。漫低徊、一树垂杨，犹恋斜晖。

菩萨蛮

门前一带垂杨碧。花骢系处谁家宅。何处最魂销。江山忆六朝。　　人家桃叶渡。打桨来还去。姊妹住青溪。小桥流水西。

虞美人

游莫愁湖

斜阳一角城西路。烟柳迷离处。六朝如梦去无痕。只剩半湖春水荡春云。　　年年愁共春波涨。画舫时来往。美人名将自风流。分占湖楼一席各千秋。

蝶恋花

满地落红春又莫。才见花开，又被风吹去。一桁珠帘笼薄雾。轻烟化作濛濛雨。　　画栋雕梁谁是主。莺燕归来，苦说将伊误。芳草天涯知几许。门前一片伤心路。

蝶恋花

山上蘼芜山下路。刚道相逢，偏又匆匆去。逝矣班骓谁系住。夕阳红入桃花坞。　　多少楼台都易主。轻薄杨花，犹作漫天舞。一霎漂零无限苦。禁愁禁病禁风雨。

临江仙

漠漠轻阴疑作雨，酒醒何处天涯。紫骝嘶处那人家。小桃红破萼，新柳绿抽芽。　　草色粘天青不断，遥山一抹云遮。鞭丝帽影夕阳斜。离愁清似水，春病瘦如花。

高阳台

程伯臧同年悼其姬人潘俪青女士，书来征题，为赋此解。

鹃泪煎愁，奁波写影，梦回情绪愔愔。一片商声，为谁弹折瑶琴。刚风吹堕青鸾羽，折双飞、并命文禽。怨漂零，花采将离，草种红心。　　垂虹照影秦淮碧，迓仙軿当日，素旐而今。堕珥遗簪，十年忍付消沉。彩云易散琉璃脆，把香山、诗句重吟。最凄清，地老天荒，埋玉深深。

清平乐

病中作时客蚌埠

清清冷冷。人与花同命。帘外落红三两阵。狼籍春光谁问。

可怜春已无多。销魂病榻维摩。禁得几番惆怅，尊前客泪成河。

摸鱼儿

苏州公园晚步园为张士诚故宫遗址

数南朝、旧时宫苑，伤心今日余几。颓垣断瓦漂零尽，禾黍离离无际。愁未已。怅大好河山，满目兴亡泪。韶光逝矣。叹一例消沉，青磷白骨，残月晓风里。　　繁华歇，幽径吴宫漫比。侯王蝼蚁醒未。亭台几处萧寥甚，点缀马龙车水。歌哭异。看拾翠人来，鬓影衣香腻。斜阳废垒。听负鼓盲翁，谈瀛海客，茗话豆棚底。

扬州慢

游平山堂

筠卷帘波，锦飘帆阵，卅年梦影伶俜。话沧桑小劫，只再到堪惊。自觞咏、风流歇后，旧时莺燕，谁问漂零。剩萧寥、残照池台，三两疏萤。　　绿杨郭外，看凌波、微步盈盈。记画舫征歌，虹桥饮禊，禁几消凝。认取隔江山色，凭阑望、一抹青青。御天风鹤背，泠然何处萧声。

壶中天

苏州公园步月，次均和莲士。

银河垂地，卷流云叶叶，秋清如许。出海冰轮光乍涌，谁驾彩蟾飞去。络绎啼烟，残蝉咽露，都是凄凉语。清歌何处，笛声催换朝莫。　　因念旧日池台，风流俊赏，谁是司勋杜。花草吴宫随劫幻，零乱狂华飞絮。断甓苔荒，枯荷雨碎，摇落知难主。河山凭吊，一尊相对酸楚。

鹧鸪天

村居即景

雅爱幽居避市尘。槿篱茅舍自成村。远山有约青当户，流冰无言绿到门。　　鸠唤雨，鸟鸣春。提壶酤酒过芳晨。醉眠一枕忘昏晓，自署羲皇以上人。

西子妆

西　湖

孤艇冲波，垂杨系马，梦里看花如雾。西溪西去小桥湾，怅何时、浣纱人去。流莺自语。浑不似、当时眉妩。向坡仙，问淡妆浓抹，如今宜否。　　清游误。几处楼台，几处污尘土。六桥风景认依稀，载春归、画船箫鼓。珠歌翠舞。叹如此、湖山谁主。更销魂、一抹零烟断雨。

飞雪满群山

喜　雪

冻雀翻檐，寒鸦栖树，海天万里同云。金鞭茸帽，寻诗何处，断桥野水荒村。倚阑看玉戏，正酣战、群龙舞纷。是花还认，非花一晌，飘堕了无痕。　　重问讯、孤山当日约，记缟衣林下，仙袂翩翻。冰壶澄澈，玉楼冻合，塞鸿爪印圆匀。怅然凝望久，眩银海、光摇梦魂。絮因风起，吟怀畅好谁共论。

（以上选自《瓶笙花影词》，《听潮音馆词集》民国十九年印本）

倾　杯

缺月窥帘，淡烟梳柳，黄昏画烛无色。漏点乍歇，永夕念别，溯水程云驿。销魂莫听伊凉调，冷玉关芦笛。前尘记取，寻梦影、历历愁痕如织。　　更忆。龙华劫后，几经桑海，芳讯迟归翼。恁化鹤人来，河山重吊，感哀时词客。采绿吟成，嫣红开遍，倏忽皆陈迹。话邦国。鹈鴂愁、满林新碧。

（选自《词学季刊》第2卷第4期）

桂赤（3首）

桂赤（1869—1915），原名念祖，字伯华，江西德化人，与夏敬观同师皮锡瑞，光绪丁酉（1897）中副举，曾参与康梁戊戌变法，失败后一度避居乡里，后从杨仁山学佛。民国四年（1915）病逝于东京，死前邻家火起，著述多毁（欧阳渐《九江桂伯华行述》）。其词存六首左右，分别见于《艺蘅馆词选》《忍古楼词话》等。梁启超《饮冰室诗话》称其诗词："以绮语说法，感均顽艳。"

丁香结

积雨侵阶，同云蔽野，墙外屐声来往。倚绳床经案，朝又暮、时霎龛灯都上。文园情绪减，才触拨、禅关又放。人间天界，刹那轮转，肠回无像。　　惘惘。记三五年时，秋月春花同赏。绿酒红灯，银鞍绣毂，尽劳追想。无奈存没聚散，苦乐殊今曩。惟何恩何怨，尚隔莲邦肸蠁。

蓦山溪

春光欲尽。未得天涯信。早起镇恹恹，减裘带、馀寒犹嫩。古碑临罢，独枕故衣眠，魂无定。身慵困。酿就维摩病。　　谁家巷陌，红满香成阵。旬日雨风频，减多少、游踪逸兴。忏除烦恼，赖有贝多经，帘押静。香篆烬。终卷阴移寸。

虞美人

凄凉十五年中事。苦了他和自。香残红退画堂空。早是柔魂销尽夕阳中。　　他生有分相厮守。拚共天长久。仙山楼阁也迷茫。只要双心一意向西方。

（以上选自《忍古楼词话》，《词学季刊》第1卷第2期）

郭坚忍（9首）

郭坚忍（1869—1940），原名玉珠，字延秋，一字韵笙，江苏扬州人。郭氏为辛亥革命前后扬州妇女界的领袖人物，曾开办女学，任“私立扬州女子公学”校长；宣传解放天足，成立不缠足会，自任会长；协助成立红十字分会等。著有《游丝词》。

虞美人

得二女申江来信

一封书到千重喜。反覆重头视。可怜娇小赋孤游。料得痴儿不敢诉离愁。　　言言只问平安不。珍重慰慈母。生成诸女孝于吾。引我奇酸透鼻儿欷歔。

河满子

镜里鬓云半白，壮怀耿耿难休。怀抱无穷牢落感，生来耻作依刘。知己谈何容易，同心更莫轻求。　　亦解封侯无分，偏教志羡兜牟。我欲乘槎天上去，凌云探极寻幽。按膝傍惶四顾，前尘后事悠悠。

贺新郎

题真州汪小莼先生《春辉寸草图》

乌兔奔难住。一转瞬、秋光萧飒，春辉过去。回首儿时依膝下，宛转那离跬步。偶小别、牵衣嘱咐。痛煞归真双驾鹤，叩仙山、肠断亲何处。抱此恨，终千古。　　从兹废诵伊蒿句。听栖鸦、哑哑长夜，尚知反哺。罔极劬劳兼苦节，又遇干戈兵苦。时有洪杨兵事。得显扬、稍偿凄楚。我亦伤心成永感，负慈恩、深重空生女。展斯图，泪如注。

蝶恋花

画梅花赠蒋毓秀女士别

玉骨冰姿无俗思。林下风流，久仰芳名字。调铅草草聊将意。愿教花月长如此。　　疏懒自知为世弃。深感多情，称许为同志。闻说锦帆行去矣。离愁万斛纷然起。

浪淘沙

癸丑春暮沪上作

春色已萧条。处处无聊。此来举目少心交。掩耳懒闻家国事，不禁魂消。　　江水恁滔滔。无定风潮。笑他过客为谁劳。我自欲歌歌不得，恐怒龙蛟。

浪淘沙

一抹淡斜阳。暮色苍茫。寂寥人见更凄凉。多少兴亡牢落感，齐付沧浪。　　遥望奔长江。何处吾乡。阿谁省识旧行藏。明日挂帆归去也，耕种麻桑。

风蝶令

独坐知更永，倚阑怯夜寒。西楼明月又团圞。惆怅此回书信、恁般难。　　联步形如雁，同心气似兰。分飞不觉十年间。怎不相思相忆、泪频弹。

河　传

惆怅。凝望。路三千。音讯无人可传。亚阑曲廊宵更寒。垂帘。绿窗香暗穿。　　宝鸭炉边和闷坐。清泪堕。谁念凄凉我。忆前游。江水流。难留。断鸿沉又浮。

唐多令

绣华居士来词，羡居扬州之好，步其原韵召之。

怅望燕云边。伊人雅可怜。料英姿、公瑾当年。诗意清新词秀逸，似柳在、晓风前。　　壮志淡如烟。情怀软若绵。一行行、写入吟笺。倘爱莺花十里路，来醉赏、好春天。

（以上选自《游丝词》民国三年排印本）

洪汝闿（11首）

洪汝闿（1869—1944），字泽丞，号勺庐，安徽歙县人。民国时在北京参加聊园词社、蛰园律社，与陈匪石、邵瑞彭等唱和。1922年，与吴承仕、程炎震、邵瑞彭、杨树达等八人假座北京歙县会馆结成“思误社”，商榷朴学。20世纪30年代初，在上海参加沤社的唱和活动。著有《勺庐词》。

《勺庐词》一卷，民国间尹山堂朱印刻本，陈匪石校勘，无序跋。除《勺庐词》一卷外，洪氏另有词续一卷，未见刊刻。《勺庐词》集中所收词作多作于北京，基本为京中旧派文人生活的写照，题材略显狭窄。词风倾向苏辛一路，豪宕精警，有一些联章体的边塞词，在浙西、常州派仍占主流地位的民国词坛很有特色。

六　丑

花市见芍药作

渐酴醾过了，怅满眼、残红狼籍。带围艳痕，金铃勤护惜。芳讯尘隔。次第丰台去，市边坊底，问楚娇消息。莺帘燕户东风寂。剩粉荒阶，狂香绮陌。雕阑但寻陈迹。堕钗行十二，遗恨谁识。　　扬州欢夕。记年时倦客。数点梢头雨，春弄色。清游醉倚瑶席。看宫衣半褪，玉鬟微侧。歌丛里、几人横笛。空孤负、十载司勋俊语，对花头白。江南事、生怕重忆。只梦中、碎锦虹桥路，都难到得。

霜叶飞

过废园感赋

故家台榭。宫街畔，春来箫管齐罢。半湾池水绕妆楼，尚暗漂花麝。念昔日、堂开秀野。东山游宴真多暇。更选舞征歌，惯醉把、清尊笑语，金屋朝夜。　　今日陵谷迁移，繁华尘散，户外无复行马。剩留梁燕说兴亡，记稗官残话。傍一角红墙翠瓦。凄凉都是伤心画。问旧人、谁还在，往事平泉，那堪重写。

采桑子（四选其一）

枕上追忆旧游，偶成四解。

金陵千古伤心地，虎踞龙盘。霸业凋残。满眼南朝劫后山。　　旧经行处愁重过，花雨空坛。大小长干。门巷东风燕子寒。

霓裳中序第一

木芙蓉

秋花媚素节。认作春看还艳绝。明镜十年恨结。算无计拒霜，空惊回雪。前身翠靥。是孟家移贮瑶阙。仙郎去，一枝瘦玉，冷落向天末。　　攀折。暮江愁涉。叹锦袢韶华顿别。荒波谁载画楫。洛浦人归，楚佩香歇。怨红歌乍阕。又梦老蛮乡倦蝶。芳丛里，西洲重到，但唱采莲叶。

长亭怨慢

是何处、渔阳鼙鼓。惊破华清，霓裳歌舞。细柳新蒲，眼看春去曲江路。玉京人老，问花事、今谁主。唱罢董逃行，更魂断、津桥鹃语。　　情苦。听秋坟雨泣，恨惹绿窗儿女。哀时庾信，但愁赋、江南枯树。尽再招、辽鹤东归，恐城郭、人民非故。甚帘外西山，还斗春来眉妩。

八声甘州（二选其一）

前词成后，又叠作二解，将并寄次公南中，索其赓和。

更何须弹铗恨无家，天涯惯淹留。只旧人何处，津桥南望，鹃语堪愁。哀角声声四咽，吹雪满征裘。洒尽悲秋泪，日暮登楼。　　谁向歌筵烛底，把沧桑往事，谱入珠喉。笑深源北伐，青史至今羞。听辽海、西风夜起，又关榆、萧瑟撼高秋。空怀感、倚危阑看，日没幽州。

虞美人（二首）

题画册

芦　雁

金河几日传书至。多少伤弓意。稻粱得似旧时无。烽火连天无处认江湖。　　回看海上红襟侣。辛苦辞巢去。相将随分宿芦花。又听笳声哀怨起平沙。

落　叶

离愁不断谁能扫。门掩孤吟悄。眼看大树已飘零。岁晚关河摇落尽伤情。　　阑干无复浓阴羃。入耳商音急。宫沟流水怨荒寒。怕趁题红呜咽到人间。

（以上选自《勺庐词》民国尹山堂朱印刻本）

六州歌头

南归留别都门同社，用东山体

河桥镫火，一舸客南归。风雪里。惊笳起。渺愁思。忆年时。歌舞云台际。入兰茝。家纨绮。招摇指。搀枪坠。偃旌旗。十载京尘，销损英游气。檀板乌丝。更雕戈铁甲，海水莽群飞。斜日城西。听鹃啼。　　念中原事。纷旅赘。蛮触戏。等儿嬉。珠囊弃。金瓯碎。草萋萋。霸图非诃壁。天沉醉。新亭泪。不须挥。浮生计。莼鲈味。芰荷衣。他日登临，重过琴尊地。应梦元晖。但吴云燕树，树望感分携。话旧苔矶。

六　丑

丙寅元夕，用梦窗韵

又铜街放晚，绣幕底、金铺催掣。绮游凤城，珠尘随步灭。花下佳节。尚记西园夜，绀荷千蕊，映海山光揭。仙霞倒影空晴热。钿毂波回，重帘眼缬。星娥试妆琼阙。看鱼龙百戏，鳌驾过彻。　　年芳易歇。怅天涯鬓发。更访笼纱，地情事别。东风故恼鹈鴂。换当筵翠袖，踏歌罗袜。南楼宴、柘枝凄绝。依前是、席上传柑，素手旧人新月。津桥畔、鹃泪啼雪。任社鼓、送得愁蛾去，春镫恨结。

迷神引

次公、匪石、铁尊、仲坚同作

鹈鴂催人园芳晚。嫩绿小红都换。高楼景物，恼伤春眼。绮罗丛，登临地，絮尘乱。谁奏铜鞮曲，镇凄怨。惆怅城鸦起，画骢断。　　万感尊前，向此哀多难。说碧山遥，沧溟浅。过江裙屐，早零落、如烟散。霸才空，年涯老，楚歌变。残酒镫窗侧，闻去雁。惊心淮南北，尚征战。

（以上选自《词学季刊》第1卷第2期）

胡嗣瑗（8首）

胡嗣瑗（1869—1949），字琴初，又字愔仲，别号自玉。贵州贵阳人。清光绪二十九年（1903）进士，授翰林院编修，历任天津北洋法政学堂总办、江苏金陵道尹等职，是清废帝溥仪最亲信的大臣之一。工诗词书法，与朱彊村有交游，曾参加须社。

齐天乐

奉怀彊村前辈海上

江南自古伤心地，伶俜廿年都忍。绝代芳馨，哀时涕泪，何减湘累天问。回瞻斗柄。更宫阙全非，黍离凄哽。茧足曾来，拜鹃臣甫写孤愤。　　公归几见朝雁，岁寒盟不改，身世无闷。异国登楼，残宵看剑，偏我繁霜欺鬓。壶飧从径。恁歌哭无端，海风相应。欲翦淞波，梦中忘路迥。

（选自《沤社词钞》民国二十二年铅印本）

祝英台近

咏　苔

废城阴，荒殿春，愁碧邃如许。石上诗尘，凄断旧游处。尽他铜辇秋痕，玉阶宵印，也经受、几番风雨。　　枉凝伫。归掩芳草闲门，落红散无主。零乱青钱，不买好春住。可堪叶下残碑，花迷寒甃，总分付、夕阳终古。

凄凉犯

咏冬青

细花散雪。残阳外，南山恁地萧索。晋宫汉寝，兴亡阅尽，恨生边角。横飙更恶。托根到珠丘尚薄。是何时、蛟龙破匣，幻影出溟漠。　　休问承平事，薛步花砖，听钟长乐。万年未有，莽寒芜、碎琼零落。泪洗繁霜，满枝血鹃魂记著。待春回、石上历劫，认旧约。

蝶恋花

咏秋蝶

瘦尽春魂春不住。风露衣单，惯受新凉否。旧日香栖无觅处。双飞且过西园去。　　粉褪愁痕余几许。天外罗浮，归梦何曾度。更醉花时谁可语。美人总易伤迟暮。

尾　犯

咏雁字

万里一绳秋，颠倒个人，天外消息。笔势翩翩，倘家鸡摹得。传别恨、霜榆未远，厌书空、云蓝更拭。暮寒惊起，爪印依稀，晴雪尚留迹。　　群鸿还戏海，波三磔、写照深碧。风泊鸾飘，恐人间难识。旧筝柱、斜行愁断，画锥痕、圆沙梦窄。稻粱谋短，淡墨塔尖谁爱惜。

霜叶飞

赋落叶，用梦窗韵

满天凄绪。西风紧、新愁先著高树。片红谁送出宫沟，飘梦纷如雨。甚一曲、零商断羽。哀蝉身世无今古。忆旧别长安，酒冷十霜余，早换箧中纨素。　　休问三币无依，千林渐秃，此日萧瑟难赋。汉南人老意何堪，销尽英雄语。怨不极、虫丝半缕。回飙都纵秋声去。怕更豁、登楼眼，故国凋疏，夕阳明处。

定风波

咏夕阳

红过崦嵫更有天。六龙飞辔几时还。安得长绳牢系著。休落。金轮终古向人圆。　　东望榑桑知最远。愁晚。西倾葵叶为谁妍。未到黄昏无限好。难晓。断肠烟柳是何年。

更漏子

寒　夜

冻帘波，销烛泪。愁共梅花不睡。霜满镜，月沉扉。故乡无梦归。　　减清欢，孤旧约。听惯荒鸡声恶。诗苦瘦，酒初醒。垂天三两星。

（以上选自《烟沽渔唱》民国二十二年排印本）

梁文灿（7首）

梁文灿（1869—1928），字质生，号炙笙，山东潍县（今潍坊市）人。清光绪二十年（1894）甲午恩科进士，改庶吉士，授翰林院编修，官至福建道监察御史。清亡后，遨游大江南北以发抒其牢骚不平之气。《潍县志稿·艺文志》说他："幼聪颖，文笔矞黄典丽，不似饾饤小家数。自科岁考以讫乡会，每试必捷，毕生不知落第为何事。"梁文灿精研宋元人词，有《蒙拾堂词稿》《蒙拾堂诗稿》《宋金元怀古词辑》等。

《蒙拾堂词稿》，民国十八年（1929）印本，未分卷，由四词集组成，且基本按年份编排：《红豆词》，作于己酉（1909）至戊午（1918）间；《杏雨词》，按年编为四部分，分别作于己未（1919）、庚申（1920）、辛酉（1921）、壬戌（1922）；《积翠词》，分两部分，分别作于癸亥（1923）和甲子（1924）；《劫余词》作于乙丑年（1925）。

丁锡田在序中评梁文灿："尤工长短句，寄迹金陵时每有所作，士林争相传诵，名满大江南北。"梁文灿词兼有婉丽与苍劲之风。缠绵之作，有花间风味，如前期所作《菩萨蛮·感旧六首》、《浣溪沙》（雨洗残阳一缕霞）。慷慨之作，如《念奴娇·华严寺用稼轩赏心亭韵》《水龙吟·彭城怀古》《扬州慢·正月十九日过京口用白石韵》等，抒写家国离乱之忧，于厚重中见骨力。

浪淘沙

秋　思

落叶上帘栊。秋老梧桐。重阳消息雨声中。淡到黄花无觅处，瘦倚西风。　　无计遣离悰。一夜寒蛩。炎凉诉尽穗灯红。写入琴丝音更苦，寄与征鸿。

浣溪沙

己未春再观孙供奉菊仙演剧

海上归来鬓发皤。龟年老矣尚能歌。落花时节奈愁何。　　犹是当时供奉曲，故宫谁复忆铜驼。贞元朝士已无多。

念奴娇

华严寺用稼轩赏心亭韵

胜棋楼上，叹楼空人去，剩愁千斛。万顷渚莲摇落尽，堤柳苍凉满目。驻跸离宫，酬庸赐第，雀鼠穿梁木。怆怀今古，东山依样丝竹。　　更若一载南都，歌姬狎客，殿上薰风曲。三百年来金粉地，今日又成残局。淡月笼烟，浓云蘸水，影泛樽醅绿。暮天将雨，萧萧风打船屋。时正某帅诞辰，方招伶演剧，明弘光时，教曲在薰风殿。

浪淘沙

广陵怀古

十里锦帆遮。殿脚娇娃。扬州一梦尽繁华。不惜镜中头颈好，且看琼花。　　荒井句斜。腐草惊沙。离宫别院属谁家。堤上垂杨桥下月，啼煞栖鸦。

注："荒井"句依谱脱一字。

念奴娇

秦相故宅知寿林师用稼轩"书东流村壁"韵

一番风雨，恨无端又到，深秋时节。十里秦淮游客倦，渐觉单衫凉怯。宰相门庭，状元宅第，几度伤离别。余先后寓状元境秦相故宅三次。前朝遗事，至今故老能说。　　阅尽恩怨兴亡，东窗犹是，千古楼头月。娇小吴娃新度曲，当作悲歌重叠。雾里看花，杜陵垂老，肯把雄心折。旧情新恨，也应搔尽华发。

采桑子

汴故宫

六街行尽疑无路，迎面宫坊。夹道溪塘。芦苇丛中出野航。
楼高不见陈桥驿，佛殿荒凉。王气埋藏。镇塔铃声送夕阳。

扬州慢

正月十九日过京口，用白石韵

解冻风光，收灯天气，舟车递换邮程。待过江十里，认夹道山青。甚重叠、战云过后，哀鸿如织，唳鹤疑兵。但春潮、寂寞宵深，犹打空城。　　纶巾羽扇，料将军、谈笑无惊。问前度周郎，未应抛却，顾曲闲情。今夕不知何夕，风流歇、绝艳歌声。剩营前细柳，劫灰飞尽还生。

（以上选自《蒙拾堂词稿》，民国十八年印本）

刘富槐（4首）

刘富槐（1869—1927后），字树声、农伯、龙伯，号瑻园、矇叟，浙江桐乡人。光绪壬寅（1902）补行庚子、辛丑恩正并科举人，官内阁中书。民国十四年（1925），曾任北大史学系教职。工词，曾参与王鹏运、朱祖谋等人庚子唱和。著有《瑻园词录》。

《瑻园词录》一卷，民国十五年（1926）刻本，与《瑻园诗录》合刊，由其子方炜编次，前有作者民国十五年自序。《瑻园词录》共收词七十九首，以咏物、题赠、纪游为主。钱仲联称："龙伯《瑻园词》精严粹美，善写'西风残照，汉家陵阙'境界，遐庵所以有'郁伊善感'、'慷慨哀歌'之评。"（《光宣词坛点将录》）

六　丑

癸丑四月初二日，游崇效寺，牡丹已谢，芍药未开，感而赋此。

恨寻春较晚，正枣寺、芳菲都歇。旧京梦回，鞓红消眼缬。满院啼鸩。载酒人何处，暮烟颓照，恋梵王宫阙。新词写出元舆笔。珂玉鸣风，觥犀伫月。前游顿成销歇。剩杨花数点，来去无迹。　　兰成愁绝。但沉吟岸帻。看取残英在，那忍摘。华鬘望断消息。向咸阳道上，抚摩铜狄。人间世、雨煎风急。算来有、几朵将离替艳，难慰岑寂。高楼外、芳草如织。想陌头、多少蘼芜怨，催人鬓白。

水龙吟

为钱孙题药梦便面

旧宫门外花飞，九重记得巢痕扫。红鞓梦断，绿章音寂，含香人老。帝子旌旆，修罗刀戟，雨昏烟晓。剩铜仙清泪，瑶阶点滴，渲染出、红心草。　　认取凤池残照。几番听、鼯啼猿啸。芳时过也，朱唇素靥，蟪蛄曾吊。漫说兴亡，招魂重见，曼殊风貌。便停鞭、唤酌慰情，聊莫索嫣然笑。

注：原刻作“便回”，应为“便面”之误。

贺新凉

梁家园惜字馆，有老槐一株，虬枝四达，掩盖一庭，数百年物也。余寓居十载，依依有情。萧条寂寞中，今雨旧雨，其能日夕相对者，此君而已。子猷之竹欤？泉明之松欤？病榻沉吟，为作此解。

认取前朝树。荫高空、扶疏庵蔼，一庭烟雨。阅尽兴亡人间事，幻作苍龙起舞。看落照、荒荒无语。是处商量支大厦，掩重门、不放般倕顾。桃共李，炫行路。　　与君十载青霞侣。尽摩挲、柯铜干铁，岁华迟暮。培养轮囷非易事，乞取风雷呵护。肯便入、兰成词赋。且效淳于瞢腾睡，到南柯、也没安排处。人与蝶，蘧然悟。

水调歌头

冬至日，偕胡绥之、叶浩吾游北海。

大地莽摇落，烽火共销沉。故宫杉桧，昨夜风雨作龙吟。试看亭亭白塔，回荡云愁海思，天际卓瑶簪。落日晃虚牖，西北有层阴。　　一瓯茗，一枝笛，洗烦襟。人间何世，幼舆岩壑借登临。应笑江南丹橘，尚未逾淮为枳，同证岁寒心。缇室动灰管，春意渺难寻。

（以上选自《瑑园词录》民国十五年刻本）

吕凤（22首）

吕凤（1869—1933），字桐花，江苏武进（今属常州）人，工篆书，兼擅绘事，尤工倚声，世称桐花夫人。嫁晚清进士、同邑赵椿年（1869—1942），有“桐花集凤鸣，剑秋研石鼓，唱和两怡情”之誉。婚后生二子，长子赵琇孙，次子赵璧孙。著有《清声阁词》六卷。《词综补遗》收录其词二首，《广箧中词》收录三首。

《清声阁词》收词六百七十三首，卷一一百二十八首写于光绪壬辰（1892）至宣统辛亥（1911），卷二一百首写于壬子（1912）至癸亥（1923），卷三一百零二首写于甲子（1924）至庚午（1930），卷四为和小山词二百五十五首，卷五和漱玉词五十七首，卷六和淑贞词三十一首。而其中能反映吕凤文学生活的主要为前三卷，这些也是研究其生平的重要资料。从这些词作的内容来看，除了交游酬答之作外，主要还是吟风弄月、抒发闲愁之作，词境相对单一，反映了官夫人的闲情逸致，这也与其生活境遇相对安稳有关。然时人向迪琮对吕凤《清声阁词》评价颇高：“初似规抚常州宗派，但其浑俊槃礴之气不惟超迈常州，亦且平视汴京。盖夫人于唐季两宋词籍无所不窥，寝馈既久，造诣益深，以故小令诸作谐婉明丽，深得温、韦、欧、晏之旨，至于慢近诸词，朴茂秾挚，虽柳苏秦晁亦何多让。”（向迪琮《清声阁词四种序》）虽不无溢美之词，却也可一窥其词风貌。

浪淘沙

露砌乱鸣蛩。雁唳长空。已凉天气病愁中。忍说南方豺虎乱，客梦惺忪。　　书启故人封。离恨重重。恨侬犹恋软尘红。秋雨秋风全不管，惯事飘蓬。

鬓云松令

八月廿二夜病剧

短檠昏，深院静。久伏沉疴，入夜和愁迸。一枕黄粱将唤醒。续命游丝，偏是牢牵定。　　返离魂，还顾影。药碗重持，自觉添悲哽。纵有神方难疗病。半世愁心，此际凭谁省。

百字令

丁卯生朝

不逢棋乱，也年年愁集，芳春三月。自愧浮生无好梦，劫后馀灰休说。榆叶梅簪，丁香花发，验取肠千结。暖晴天气，东风户外吹彻。　　太息烽扫何期，时清久望，雅抱轻磨灭。争笑异乡椎髻陋，有酒不思杯接。吟阁人慵，画梁燕困，美景先抛撇。赏音难觅，涩弦尘浣迟拂。

意难忘

灯影摇窗。照秋衾阁梦，病枕回肠。庭阶喧木叶，风雨近重阳。天做冷、露为霜。觉瘦骨郎当。怅一朝、知音分散，清事抛荒。　　东篱早又花黄。奈心孤赏负，人去山长。芳樽难共醉，秃管懒吟商。解别恨、少良方。抚短鬓添苍。听雁声、遥空嘹唳，客馆凄凉。

金缕曲

记事自题拙稿并《清声阁填词图》

胜地萍踪滞。数频年、望云望雁，听风听水。官舍霪霖成泽国，八口嗷嗷无米。把旧病、新愁勾起。蛟窟潜居时未久，偕伯鸾、作郡瞻山翠。道院静，幽栖遂。　　肯容吏隐天无意。报回车、瓜期已届，去思空系。故土凄凉慈荫失，痛绝重萱双萎。剩孤露、余生劳瘁。忆到衰宗终莫补，赚羁窗、俯仰情难慰。江月好，愁心碎。

金缕曲

客里催征棹。误相传、燕山景美，上林春好。同听钧天佳境少，宦梦中途颠倒。换击筑、悲歌怀抱。人海风云多变态，问生涯、怪底尘劳扰。衰病积，忧心悄。　　烽烟半壁荆驼道。斗鱼龙、城荒铁瓮，日沉琼岛。玉树歌残乡讯阻，酿出无穷懊恼。叹归计、稻粱误了。乱世难偿偕隐愿，笑文禽、共命风霜饱。丝鬓短，朱颜老。

金缕曲

孤抱凭谁语。数萍踪、软红尘里，积年愁旅。劫换红羊飞燕子，重指宣南芳树。觑蓟北、风云几许。击筑悲深前代梦，乱棋枰、人海繁星聚。锋镝后，笙歌补。　　西山依旧眉痕古。只怜他、嫦娥天上，华年轻负。死魄倒生弦晦易，不使蟾圆三五。谓阳历也。也一样、沧桑情绪。见说剧场袍笏变，唱新腔、喧遍花奴鼓。黄日落，江亭暮。

声声慢

用白云韵

荒寒台榭，凄冷霜风，穷年雨雪霏霏。白战诗成，终朝不卷帘衣。围炉自伤倦旅，有芳醪、难解乡思。揩冻眼，认行行清泪，洒向谁知。　　客里休惊物候，早初寅罢建，月误圆期。故国梅花，多应笑我忘归。辜他结茅有约，尽连宵、寻梦疏篱。摇落后，抚山川、不是旧时。

贺新凉

七夕立秋

夜永莲筹悄。望迢迢、银弯清浅，瘦蟾低照。见说双星同驾鹊，令序安排乞巧。刚听得、井梧秋报。此际天孙云锦丽，占新凉、仙侣相逢早。离合话，知多少。　　瑶台千岁春长好。任人间、海桑变易，情天难老。玉宇无尘风露软，依约鸾軿潜到。指翠帔、霓裳飘渺。良会一年虽一度，诉相思、两地犹同抱。愿莫放，鸡催晓。

贺新凉

屏角凉生处。早听他、露蟾噪急，砌蛩吟苦。展到秋风人意懒，添得鬓丝几许。感摇落、天涯情绪。极目家山烽火乱，指南云、忍把哀鸿数。消息断，乡书阻。　　鲸鲵掀浪鱼虾附。积江干、成流怨血，看飞红雨。万木同悲生意尽，一霎又催寒序。问何计、安排饥羽。但得天心能厌乱，让中原、无恙承平睹。荆棘刬，金汤固。

南乡子

驿路迢迢。探梅吟侣怅难邀。尘浣牙签慵不理。愁深际。避寒镇日重门闭。

百字令

春融燕市，赚春寒乍减，感春人倦。劫换红羊棋局变，弹指又催春转。有恨青衫，无愁红粉，共踏春尘软。喧阗车马，浓霜后夜不管。　　知否罩日征云，掀天湘浪，南望烽烟乱。一枕春酲慵唤醒，明镜长看春满。世界更新，绮罗争艳，照眼花光炫。春风吹早，春情生出无算。

蝶恋花

冰镜当头明似昼。悄步闲阶，霜气侵罗袖。青女素娥妆共斗。风狂蓟北寒生骤。　　天籁远传人定后。教卖长街，花外催清漏。哀雁饥乌宵并守。炉红小阁茶声凑。

百字令

戊午五十自寿

此身堕地，有百千磨折，百千烦恼。酿就沉疴人不识，卢扁重来难疗。与病为缘，抱愁阅世，暗里精神耗。童心未改，聪明磨灭偏早。　　怪底尘梦因循，闲情悟彻，朗月灵台照。憔悴庭柯生意在，那信雪霜餐饱。一念观空，寸阴自惜，遥指青山笑。莺花三月，生辰占得春好。

贺新凉

月当头

霜锁闲庭院。朗层霄、溶溶冰镜，素辉圆满。望到当头能几见，偏是北风吹乱。赚频岁、天涯人倦。一样良宵寒气重，想嫦娥、心事终难遣。守寂寞，瑶台畔。　　还丹分付蟾蜍炼。试新妆、娟娟千里，深情流远。悟彻盈亏欢意浅，不独华年轻换。尽耐尽、严更无怨。照到人间棋局变，恐神仙、也觉眉慵展。清梦阁，柔肠转。

点绛唇

禊事风流，胜游占得人潇洒。桑田纵改。旧苑春如海。　　沟叶苔花，陈迹评量再。啼莺在。兴亡休慨。兵气和风解。

更漏子

城头催，花外转。隔巷被风吹缓。听断续，一声声。愁人梦不成。　　赚永夜。铜龙泻。响逐霪霖沉下。伴犬吠，待鸡鸣。声随曙色停。

一箩金

壬戌中秋夜，怅触旧梦，黯然魂销，仍用卅年前短调重填一解。

寻思旧梦愁回首。人老天涯，百倍增僝僽。少日情怀抛已久。团圆华月还依旧。　　佳节当前慵把酒。良夜迢迢，露气寒罗袖。生事年来劳瘁彀。心尘愧向嫦娥剖。

声声慢

先母忌日

神伤往事，鬓短斜阳，愁人百倍添愁。忌日思亲般般，苦集心头。慈云感深失荫，望江南、一片荒丘。剩弱质，奈招魂乏术，入梦空求。　　欲觅音容何处，叹积年、羁旅痛泪长流。碧落红尘，终天恨抱无休。谁怜半生潦草，负乌私、良愿难酬。风料峭，做严寒、孱病顿勾。

蝶恋花

听彻催归啼碧树。天气阴寒，连日风兼雨。长昼愔愔深闭户。烟迷雾锁闲庭宇。　　酿出病愁知几许。睡思瞢腾，镇是恹恹处。一盏安排清茗苦。开帘怕睹漫天絮。

踏莎行

宣武城南，陶然亭北。积年有个愁人伏。春花秋月赏无心，黄芦苦竹抬双目。　　浅印鸿泥，看翻棋局。闷怀抚遍阑干曲。患深江海怒涛生，太平难望天何酷。

高阳台

寒　夜

酿雪风尖，斗霜月皎，顿惊料峭严寒。酒薄裘轻，红炉镇拥温难。灯昏香灺琉璃冻，听天街、远漏敲残。破清寥，野犬声哤，嗷雁声喧。　　消寒术少愁来集，赚孤吟无伴，顾影凄然。凋谢吟朋，低回旧梦心酸。老梅枝上迟春讯，度穷冬、烽火绵延。掩屏山，茗碗闲倾，病枕慵眠。

（以上摘自《清声阁词》民国二十五年刻本）

邵启贤（10首）

邵启贤（1869—?），字莲士，号纯飞，浙江馀姚人。《民国人物别名索引》称其生于1873年，误，《如社词集同人姓字籍齿录》称其“同治己巳生”，即1869年。清光绪年间荐举经济特科，民国后，任江西赣南道道尹。曾任交通部办事员、编审委员会委员。（《交通公报》1933年第512号、1936年第768号）著有《赣石录》三卷、《王学渊源录》二卷、《江湖夜雨集》九卷等。善词，为南京如社成员，有《纯飞庵词》。《如社词钞》收其词十首，《广箧中词》卷三收其《台城路·秋日与孟盦同游留园暮归感赋》一首，《词综补遗》卷八十九收其词三首。夏敬观《忍古楼词话》称其“文采斐然，词名相埒”。

倾　杯

简半樱，用屯田韵

梦雨飘春，暝烟沉昼，漫空又换愁色。倦旅乍息，旧恨暗咽，寄一枝梅驿。天涯几许回车泪，避酒边筝笛。闲情忏尽，拈锦字、懒付回文重织。　　却羡。星槎万里，海云东去，曾展垂天翼。料别后风光，樱花憔悴，为江关词客。白社传笺，青溪飞桨，认遍泥鸿迹。忆乡国。凭翦取、圣湖寒碧。

换巢鸾凤

用梅溪韵

帘外花娇。帐书沉阆苑，梦断皋桥。坠欢抛楚珮，别恨咽吴箫。年来量遍沈郎腰。几重为伊，离魂暗销。相思泪，算只许、玉蟾偷照。　　心悄。愁渺渺。重叠绮疏，难锁春怀抱。瘦损镫痕，细飘烟篆，收拾灵均香草。千转回肠沸如潮，等闲明镜羞人老。听声声，恼啼鹃、怎不催晓。

换巢鸾凤

和听潮同年之作

新涨平桥。正风来树杪，日转廊腰。燕嗔春已谢，蝶化梦犹娇。清游谁与慰无聊。絮果易迷，花魂倦招。观河影，怕更向、绿波愁照。　　垂老。幽恨渺。陶写未能，哀乐馀多少。逸兴濠梁，旧盟烟水，归计负他鱼鸟。词赋空传动江关，感时铅泪盈襟抱。辽天寒，最惊心、鹤语华表。

绮寮怨

用清真韵

又是江南春老，倦游人渐醒。问底事、一曲阳关，声声怨、催送旗亭。低徊旧时哀乐，十年梦、忏尽镫影青。只剩他、燕悴莺憔，应怜我、镜边霜雪盈。　　缥缈山邮水程。金轮咒遍，瑶台傥见飞琼。已分凄清。怕风笛、不堪听。天涯几经肠断，怎遣此、别离情。迢迢碧城。阑干倦倚处、凉露零。

玉蝴蝶

用梅溪均

隐隐西楼残照，斜穿疏柳，暗曳新蝉。倦客先秋，消息蓦到吟边。恨难收、酒痕狼籍，诉不尽、梦影荒寒。忏馀欢。重寻旧苑，记取长干。　　千端。随缘起灭，炉看引篆，漏听移莲。瞥眼沧桑，剑花红堕一灯前。蝶衣湿、疑瞋宿雨，燕泥冷、似咒晴暄。帐如烟。窥人眉月，犹斗婵娟。

惜红衣

玄武湖观荷，用白石均

倦旅经秋，孤吟送日。遣愁无力。打桨闲寻，湖烟荡凉碧。红衣翠盖，看一笑、盈盈迎客。幽寂。香定始闻，话鸥边消息。
菱塘柳陌。明镜奁开，脂痕怕狼籍。扁舟却忆故国。断桥北。唤醒水云残梦，几处钓游曾历。只玉蟾无恙，犹照旧时颜色。

红林檎近

老去收残泪，劫余寻坠欢。尘染酒痕黯，愁随带围宽。销尽蟠胸剑气，付与逝水华年。等闲花事阑珊。惊心雨潺潺。　　旧垒迷倦燕，客路听啼鹃。痴魂化石，凭谁重补情天。纵沧溟清浅，蓬山咫尺，晚风无奈吹梦还。

绕佛阁

峭寒骤敛。莺僝燕僽，春尽池馆。双鬓搔短。倦看片片、飞花度闲幔。旧时月满。肠断凤侣，兜率天远。残语凄婉。只愁梦隔，朱楼绿杨岸。　　锦字怕重织，却忆回文拈彩线。销减泪潮、余痕留镜面。算有限凉宵，催遍虬箭。几生曾见。便捣麝成尘，幽恨零乱。袅炉烟、为谁低展。

诉衷情

疏雨。侵曙。灯自语。记依稀。残酒醒。香烬。梦初归。鬓重枕函欹。凄凄。心事定谁知。恼春迟。

女冠子

天涯春老。惨绿惨红多少。夕阳残。细草迷香屧，垂杨黯画阑。　　镜窥鸾影瘦，梁认燕泥干。归梦无凭准，见应难。

（以上选自《如社词钞》民国二十五年印本）

汪文溥（2首）

汪文溥（1869—1925），字幼安，号兰皋；别署去非、忏庵，江苏常州人。汪渊若从弟。清末参加革命，曾被系入狱。先后编《苏报》《民声日报》《中华实业丛报》等。擅书法。南社社友，有词见于《南社》等刊物。

消　息

有感，集秀水词句

如此江山，几人流涕，把莓苔扫。宝镜尘昏，金仙泪尽，六月长安道。曾听吹箫，难邀梦雨，定笑画眉人老。问长途、斜阳瘦马，止记得思归调。　　老去填词，空中传恨，掐破麻姑仙爪。百尺红墙，五湖秋水，何处无芳草。青兕多才，铜驼结伴，吟得井梧秋到。又疏影、月明如昼，露浓风小。

（选自《南社》1914 年第 11 期）

翠楼吟

丁戊之交，闻南北争岳州有感，用姜白石均

胡马窥江，亡秦三户，天骄未必天赐。洞庭张乐后，甚鱼鸟都逃笙吹。君山飞峙。剩雾髻风鬟，朝来凝翠。湖山丽。锦帆过处，浪鳞鳞细。　　细柳，谁是将军，笑棘门灞上，真同儿戏。大堤肠断曲，对雄戍巴丘千里。醇醪风味。那得似当年，周郎豪气。高楼外，为招黄鹄，半川新霁。

（选自《南社》1919 年第 21 期）

魏友枋（4首）

魏友枋（1869—1948），字仲车、仲章，号端夷阁，浙江慈溪人。曾应蔡元培之聘任教于北大，后回浙江高等学校教授国文，六十岁回甬上。《清代朱卷集成》第二九七册记载其光绪壬寅补行庚子、辛丑恩正并科举人。著有《端夷阁近三年诗词》一卷、《端夷阁六十后诗词》一卷，分别有民国二十三年（1934）、民国三十五年（1946）菜缘社印本。

金缕曲

得屺怀词，次均和之，时君木丧，自沪归。

旧友飘零矣。更谁怜、荒江老屋，有人憔悴。瞥见朵云天外落，云是元龙陈子。肯三叹、把书轻废。夙昔词肠如槁木，便枝枝、摇动春雷底。魂一缕，为催起。　　重来壮岁曾游地。幸相将、高阳旧侣，颓然同醉。但得杖头惟买酒，了此馀生而已。搔首问、人间何世。我与兰成同一哭，道归骸、洛浦谁堪此。春尽也，动哀思。

满江红

和润卿"抹云楼感事"原韵

何处慈云，正凝望、愁心兀兀。阑槛外、一川含暝，千山沉碧。安得春晖萱草护，长承甘露杨枝滴。只留将、一卷报恩经，明窗北。　　谈往事，贻来哲。寻永爱，前尘灭。念衰亲劳苦，半生冰雪。莫岁白华方供养，新栖乌鸟空心血。剩莪蒿、万古写悲哀，情何极。

（以上选自《端夷阁近三年诗词》民国二十三年菜缘社印本）

浪淘沙令

朱君鄮卿藏有老友君木与蕙风联咏《浪淘沙》遗墨，倩赵叔孺写意征题，为倚原韵。

晓色画阑侵。虫语花阴。词人才调美人心。一片繁霜哀怨意，付与瑶琴。　　缣素未销沉。影事追寻。新凉天气诉兰襟。记得缃荷妆阁畔，搴袂联吟。四十年前曾坐缃荷阁，与君木有《更漏子·白莲》倡和词。

忆旧游

双照楼《落叶词》出，吴稚老依韵斥之，余亦继声。

叹阴阴夏木，一夕惊飙，顿变商清。好向深根护，漫园丁迅扫，飘泊浮萍。待得回黄转绿，莫辨晓霜经。纵乌柏林荒，丹枫江冷，暂尔凋零。　　何心共摇撼，趁东流远去，别作繁荣。檐铁琤玐里，有蝉哀蛩苦，院落声声。知否疾风劲草，岁晚自成馨。只秋雨凄凉，支离病榻愁茂陵。

（以上选自《端夷阁六十后诗词》民国三十五年菜缘社印本）

夏仁沂（16首）

夏仁沂（1869—1937?），字枚叔，号晦翁，江苏江宁（今南京）人。出身于金陵书香门第夏氏，夏垲之孙，夏家墉第三子。恩贡生，戊子、辛卯科荐卷。曾官陆军部员外郎。入民国后任直隶邢台、宁河、丰润等县知事，整饬水利，赈济灾民，兴办学校，颇有政声。“七七事变”后逝世于赴汉口途中。仁沂与其兄仁溥（博言）、弟仁虎（蔚如）皆有词名，为南京如社成员，曾参与“扫叶楼唱和”，著有《晦翁诗词稿》一册，稿本今藏南京图书馆。《如社词钞》收其词十六首，《词综补遗》收其词二首，《金陵词钞续编》卷五收其词十四首。

倾　杯

烛刻琼筵，调排芦管，倾杯正值芳节。俊侣共酌，有客画壁，识小鬟佳绝。闲披鹤氅酬觞咏，似六朝人物。浮名换了，歌扇底、寂寞秦淮烟月。　　听说。残梅落后，断肠词谱，传唱江南热。想玉笛声中，贞元朝士，感飘零华发。酒绿灯红，宵阑人散，不觉春潮咽。醉将别。惊客舍、柳花飘雪。

换巢鸾凤

秦淮感旧

淮月犹娇。恨无情碧水，瘦影红桥。冶游思谢妓，矮屋话奎箫。迎风衰柳尚弯腰。坠欢早随，春潮尽销。啼莺苦，料掩幔、镜屏羞照。　　楼悄。人缥渺。襟上酒痕，何处琵琶抱。夜泊空船，唱寻商女，惆怅吴宫花草。香梦迷离莫重提，旧时巢燕天涯老。良宵长，问邻家、笛意谁晓。

绮寮怨

乙亥端午，风暍盼雨，闲居感赋

午酒家家欢宴，老尴酣未醒。念往日、画鼓秦淮，龙舟好、竞渡河亭。前游依稀记得，波光艳、照彻双鬓青。叹岁时、吊屈无闻，灵均怨、素发肩上盈。　　过去漫谈故程。天风震荡，尘心厌倦飞琼。罢浴神清。乱蚊聚、那堪听。榴花向人红皱，抚瘦影、更伤情。梅黄遍城。江乡旧雨梦、残雾零。

绮寮怨

静掩闲门清昼，小园春正阑。听远笛、漾起新愁，斜阳里、望断千山。无情东风太恶，金铃响、顿觉花事残。那更堪、浪蝶游蜂，邻墙矮、镇日飞又还。　　藓径任教燕穿。寻香斗艳，谁家护住篱藩。卧榻高悬。肯轻易、与人眠。流莺纵能娇语，好梦醒、恨无端。孤吟向天。桃源自有路、非世间。

玉蝴蝶

漫问吠蛙何事，正感久旱，恰遇甘霖。好雨知时，还又五月江深。枕函边、荷喧远沼，笛韵里、梅落荒浔。昼阴阴。片云头上，诗句催吟。　　寒侵。苔阶藓径，齿迷尘屐，冷透疏襟。杖策披裘，世间何处有知音。任高卧、琴书静润，且放怀、梧竹萧森。霭沉沉。晚晴佳甚，足慰农心。

惜红衣

荷花，依白石声韵

逭暑吟香，凭阑送日。斗余诗力。照眼摇红，凌波漾澄碧。轻舟画桨，湖上路、花深留客。清寂。珠露染衣，拂沙鸥眠息。
停桡柳陌。调到冰丝，筒杯共芬藉。芙蓉自是净国。水天北。似惜采莲人倦，入梦雨云曾历。剩苦心憔悴，羞说昔时颜色。

惜红衣

后湖荷花，水灾后，今年复盛蔚，第秋中南来，偕同赘叟往游，填此调以和倦鹤，因亦倚此和之。

岫染眸青，风欺鬓雪。泛鸥浴白。打桨湖滨，残花媚晴碧。台城近指，伤老柳、无情犹拂。堤陌。环珮魂归，怜湘妃踪迹。
斜阳影侧。夹路香尘，吴娃斗娇色。钿车未放绣箔。翠阴寂。三十六鸳何处，惆怅水南云北。只看花人面，藤杖芒鞋谁识。

水调歌头

秋夕歌楼感赋，和东山均

金粟蕊飘洒。月殿望中奢。淮滨游冶。雪肤花貌识吴娃。歌舫曾消长夏。玉笛还愁良夜。秋气倍清华。繁响风翻瓦。入听岂淫蛙。　　演春灯，思复社。客停车。旧游衰谢。桥边谁认卖浆家。钗向臣冠渐挂。霜是前宵才下。檀板遏窗纱。綦履浑无罅。人散鸟啼花。

水调歌头

金陵怀古，用东山体

城郭此间古。六代战争区。新亭俦侣。一时环顾目中无。天堑苕峣雄据。壁立东南谁惧。谈笑破秦苻。难道围棋墅。不是隐君庐。　　踞胡床，挥玉麈。学狂奴。画船桃渡。淮波摇梦话南都。门巷乌衣甚处。江上青山无数。名士集如鱼。啼鸟声声诉。冠盖总华胥。

高阳台

香扇尘埋，板桥烟冷，小桥何处藏娇。血迹桃花，倩他龙友轻描。闭门推出缠头锦，听琵琶、雪苑魂销。镇凄凉，淮水东边，送尽南朝。　　弹词漫诉兴亡恨，恨仓皇幕燕，犹自争巢。复社春灯，本来名士无聊。云亭妙笔凭装点，累书痴、搜索蓬蒿。问当年，并峙眉楼，身价谁高。

泛清波摘遍

后湖眺雪

冲寒艇小，隔水沙明，凭眺后湖无限好。四山晴雪，几点栖鸦破烟早。长堤道。渔村冷静，洲渚迷离，都被颓云遮断了。近接江城，画角声中怨多少。　　酒旗渺。诗思漫吟灞桥，古戍尚馀衰草。谁似孤舟钓翁，一去竿垂晓。玉去京杳。尘世倦鹤语寒，天边塞鸿书到。但见芦花衬白，向风倾倒。

红林檎近

北郊春游，用清真声韵

游冶春郊好，殢人桃杏香。嫩蝶恋晴树，渴蛙吠枯塘。道旁谁家怨女，袖手罢织当窗。妒煞燕子窥妆。檐语弄如簧。　　举目湖岸阔，吾欲老鸥乡。天机浩荡，浑疑身入濠梁。望青青烟柳，盈盈露草，更休惜别歌尽觞。

红林檎近

清明日游南郊，用清真声韵

尘陌车如雾，近郊春尚寒。路柳袅金缕，饧箫振琅玕。多少楼台变灭，点滴晓雨初残。马蹄香踏泥翻。游丝漾情澜。　　胜日逢禁火，鬓白且追欢。江城纵览，山光遥接龙盘。对梅冈烟树，风筝线索，太平时节常醉看。

绕佛阁

忆故都崇效寺牡丹

看花最记。崇效古刹，楸树阴里。姚魏黑紫。盛时惯引、游人聚车骑。岁华逝水。郊外送尽，无数朝士。觞咏余几。尚能点染，金台旧花事。　　艳色竟倾国，梦醒巫山空洒泪。曾傍画图、青松红杏贵。料佛殿香残，村眼相对。海桑如醉。便赠与双成，天上何世。黯东风、玉去栏谁倚。

诉衷情

风静。烟冷。云弄影。鸟相呼。寻旧雨。挥麈。爱吾庐。藓滑爱吾庐。徐徐。邻翁来一去壶。醉须臾。

女冠子

多愁多病。却听鸡声猛省。残月微茫里，悲笳断续声。　　玉关人未返，妆镜对还慵。侍婢偏娇语，指归鸿。

（以上选自《如社词钞》民国二十五年排印本）

徐珂（18首）

徐珂（1869—1928），字仲可，浙江杭州人。光绪十五年（1889）举人，官内阁中书。曾任职商务印书馆，师事周苕湄、宗啸吾、俞小甫诸人，后为谭献入室弟子，为南社成员。著有《纯飞馆词初稿》《纯飞馆词》《纯飞馆词续》《纯飞馆词三集》。

《纯飞馆词初稿》一卷，光绪十九年（1893）何恩煌刊本。卷前有沈颂清题签，牌记“杭州徐珂仲可学为诗古文词之章”，俞樾癸巳序，卷后有何恩煌（闽生）跋语。此本收录徐珂弱冠之前所作词三十二首，各词页眉处多附刻谭献词评。此本原已散失，徐珂曾自称“词不入格”，颇悔少作，遂不自惜。后为冯幵所得。

《纯飞馆词》一卷，民国三年（1914）徐珂之子徐新六刊行，入《天苏阁丛刊一集》，前有夏敬观本年序。词末多附有况夔笙等人评语。《纯飞馆词续》一卷，民国十二年（1923）印本，入《天苏阁丛刊二集》。前未见序文，后附有徐珂本年跋识。收录民国四年（1915）至民国十二年（1923）立秋前词作。此集与《纯飞馆词》《纯飞馆词三集》不同，所收以慢词为主。《纯飞馆词三集》一卷，民国十四年（1925）胥山朱氏宝彝室铅印本，入《宝彝室集刊》，封面为郑道乾署签，牌记题“乙丑夏胥山朱氏校印”。前有樊增祥、冯煦、冯幵三人题词，又有纯飞馆词旧刻序跋，录俞樾、徐琪、金石序三篇，吴汝让、徐琪跋两篇，各序跋后共附朱景彝识语四则。又有朱景彝乙丑年（1925）九月序。收录徐氏癸亥（1923）以后词作共九十五首，由朱景彝校印。

徐珂受业谭献，祖述常州，重寄托，标意格，朱景彝于序中特载徐氏之言："愿今之学者，薄小慧侧艳而不为，于明以后词悉屏弗观，惟以两宋名作涵泳玩所，求之于体格神致间，以蕲臻于浑成及拙重大之境。"可知其用力所在，故其词作能得两宋之长，况周颐誉为"秀不在句而在骨，密不在字而在意"。其民国作品可分为两期：早期词作或咏物述怀，或怀古托志，河山宴席之间，举杯浇泪，故多长声浩叹；晚期词风更趋内敛，闲游招饮、寻春送秋之际，把酒无言，转增深沉凄咽之感。

绛都春

夔笙前辈同游愚园，叠前韵

前尘梦里。念故国夕阳，桃花今世。载酒俊游，京雒朋簪还余几。蘼芜一碧伤春地。更谁惜、红英轻坠。旧林辞鸩，新巢款燕，怨歌情味。　　云气。烟光共暝，凭画槛、倦眼看去天沉醉。伫月举杯，司马青衫尊前泪。绿阴亭榭喧箫鼓。园有歌席。漫重话、沧桑陈事。剧怜萧寺残钟，暮鸦四起。园邻静安寺。况夔笙先生曰“淡远”。

绛都春

次韵呈况夔笙先生

相逢客里。怅燕麦兔葵，斜阳何世。旧柳汉南，阅遍番风知曾几。高楼西北登临地。怕沧月、愁边飞坠。隔邻歌管，严城鼓角，梦回情味。　　英气。花销不尽，忍都付、倦后茂陵吟醉。看剑问琴，同是天涯青衫泪。铜仙一作平去觚棱远。漫重话、长安春事。燕栖何处雕梁，曲尘又起。况夔笙先生曰：“秀不在句而在骨，密不在字而在意。”世人以枯淡之笔自命白石，以饾饤之辞自命梦窗者，知此可以反矣。同时，余与程子大赠答皆用此韵，勿谓“可与言人无二三”也。

浣溪沙

旧梦新欢两不真。东风故故惹香尘。相逢何处展芳茵。　　聚蝶阑干花弄暝，余莺庭院月窥春。回廊一笑一逡巡。况夔笙先生曰：“换头警句。”夏剑丞先生曰：“南宋人做法。”

望云涯引

金台怀古

蓟门烟树，暮云外，悲风里。故国铜驼，几阅霸台兴废。拔剑哀歌发，吊易水。逐鹿中原，问今日何世。　　望中辽鹤，海桑话，英雄泪。冷月卢沟，窥见倦游心事。剩有西山色，旧叠翠。日落觚棱，不断萧疏秋意。况夔笙先生曰："促节繁柱，慨当以慷。"

摸鱼子

呈郑苏戡前辈

又西风、沧江高卧，横流濯作平足曾几。某年，前辈秋晚度辽，舟中赋《小海唱》三篇，寄朱古微先生，有云："待我横流聊濯足，赌将黄海与人看。"河山信美偏摇落，木叶萧萧门闭。歌舞地。前辈侨寓上海。有词赋、兰成多少伤时泪。悲笳骤起。更白卷千波，青余一发，遥岛黯秋气。中华民国三年七月，奥斯马加以塞尔维亚暗杀其太子出师征之，德、俄、法、比、英、土、希七国相继牵入战团，欧洲大扰，乃日本以与英同盟，憎德之租借青岛，将雄长太平洋也。发兵往攻，祸且及亚洲矣。　　边才老，前辈曾督师龙州。犹是雄心万里。菟裘栖隐非计。澄清揽辔知何日，得鹿中原谁世。楼独倚。怕极目、哀鸿影瘦天无际。闲吟冷醉。只袖手凭阑，科头把卷，坐阅海波逝。况夔笙先生曰："沉著。"

蝶恋花

山色当楼春更好。得似眉痕，总待郎归扫。墙角碧云犹缥缈。天涯忍见蘼芜草。　　啼鸩声残庭院悄。花已飘零，莫遣游蜂闹。遮断征鞍西去道。玉关杨柳青多少。况夔笙先生曰：“言中有物，温韦胜境。”

浣溪沙

民国三年九月十一日作。是时政府方以全欧战争，波及青岛，守局部之中立。

雁阵横空起暮寒。西风战叶太无端。画屏香梦几重山。　　曲槛半危犹倚笛，中庭小立只低鬟。笑啼宛转向人难。况夔笙先生曰：“数十字中，著得如许感慨，语殊酝籍，而劲气直达。”

（以上选自《纯飞馆词》，民国三年《天苏阁丛刊一集》本）

祭天神

题李云谷残研拓本研为马夷初藏，尝拓以见贻。谱此。题之上有屈翁山所书陈白沙铭。

倚小楼江上听疏雨。几摩挲、片石韩陵差可语。渊襟自接峤南，莫道儒冠误。问而今剩水残山，谁是主。　　且守阙、文章府。试回首、斜日湖滨路。人间世，桑海泪，鸲眼无今古。更何堪、关河摇落，丘壑因循，老我天涯，砚北悲秋苦。况夔笙先生曰：“骨干清癯，神情肃括。语不嫌质朴，恰能得气味；笔无庸摇曳，却别有丰姿。词境臻此，进而愈上，便直入南宋群贤之室。乾嘉已后，词人何能梦见。”

西　河

艺社七课，题孙谷纫《秋思集》

歌舞地。铜驼几阅兴废。蓬莱宫阙易生尘，暮鸦四起。夕阳犹自恋江亭，秋声摇动葭苇。　　搔短鬓，阑独倚。频年书剑留滞。庾郎词赋郁清商，似闻鹤唳。待凭客燕话沧桑，西山依旧寒翠。酒酣击筑吊易水。望燕台、云树千里。光绪己亥，予在内阁，乞假出都，至癸丑，已侨沪十五年矣。我亦悲秋身世。更惊心、曙色催笳，吹残梦重寻，鸡声里。况夔笙先生曰："沉郁质重，清真之遗。"

百字令

春音词社十一集，为周梦坡题汤贞愍公《香雪草堂图》。

笛声吹怨，只冷香贞愍侨居白下之琴隐园，为王菊庄冷香山馆故址。旧月，宵深凉照。罢钓秋江贞愍有《秋江罢钓图》。容小隐，清福几生修到。绛雪晴融，碧烟暝合，胜地疑蓬岛。乱花歧路，翠禽应也啼老。　　金屋好与安排，愔愔琴趣，窗下凝妆晓。贞愍夫人董双湖，名琬贞，工画梅，善鼓琴，有《梅窗琴趣图》。贞愍为题《七娘子》词于上。贞愍有子寿民、女紫春，亦皆以画梅著。紫春并工琴。大地风尘偏澒洞，且索巡檐双笑。对此苍茫，为谁开落，鹤梦醒平宜早。六朝春色，至今惟有衰草。况夔笙先生曰："骨秀魂清，月香冰艳，非梅不称此词，非贞愍画梅亦不称此词。"

新雁过妆楼

春音词社十集，闻歌。歌者为素娥楼、春宵楼二校书，周梦坡招以侑酒者也。

倦旅江关。魂消处、襟痕烛泪频年。赏音谁是，凄断掩抑弦弦。压槛行云笼舞袖，隔窗淡月照低鬟。斗婵娟。素娥影怯，春尽宵阑。　　惊心丝繁革咽，唐李咸用诗："革咽丝繁欢不改。"便倚娇误拍，一梦钧天。薄嗔佯笑，哀乐蓦又无端。殷勤渭城唱彻，问何日旗亭寻坠欢。时座客邵次公将赴京兆。惺忪语，比听歌还胜，身世相怜。宋周美成词："惺忪言语胜闻歌。"况夔笙先生曰："赋情之作，不佻便佳。起调好。"

乌夜啼

汪兰皋属题《来台集》，仍用来、台、哀、杯韵。

中泽嗷鸿正急，荒村旧燕重来。楚骚身世沧江晚，衰柳定王台。　　斜日山河影碎，西风鼓角声哀。大招愁赋湘魂渺，流涕覆深杯。况夔笙先生曰："南渡雅音，自然妙造。"

（以上选自《纯飞馆词续》，民国十二年《天苏阁丛刊二集》本）

点绛唇

落叶寄孙师郑太史雄

鸦老巢空，晚蝉犹自吟枯树。夕阳低处。依约寒云路。李商隐诗："落叶人何在，寒云路几层。"　　怕听秋声，那更无声苦。回风舞。傍谁门户。莫向家山去。

浪淘沙令

昨夜又西风。新月悬弓。高楼都在雁声中。满目江山人面杳，老尽芙蓉。　　镜暗酒杯空。惯发秋慵。呢喃归燕语帘栊。旧国残阳如水逝，只是啼蛩。

鹧鸪天

为王湘泉锡荣题《宝箧印经》后

山色凭谁问是非。只今天地入斜晖。金涂银简沧桑几，学诵华严且息机。　　乡思迥，梦中归。摩挲断甓劫余灰。琼雕万轴飘零尽，鸦阵回翔路欲迷。

浪淘沙令

泛舟山塘，遂登虎邱

重理旧时狂。短棹回塘。悲秋身世更他乡。落叶西风谁管领，无主斜阳。　　扶醉上平冈。衰草枯杨。霸图消歇虎山荒。剩有万鸦盘暝色，天地茫茫。

卜算子

点鬓有吴霜，池冷芙蓉死。残照西风落叶飞，人在秋声里。　　灭烛听哀鸿，别院笙歌起。呜咽寒潮夜夜来，犹是年时泪。

踏莎行

雷峰塔圮，甲子八月二十七日。谱此哀之，同剑芝作。

过眼云烟，惊心风雨。霸图衰歇知谁主。人天不分有孤标，苍茫独立终何补。　　断续钟声，依微铃语。劫余归梦湖秋暮。江山如此只斜阳，而今无觅斜阳处。雷峰夕照，夙为西湖十景之一，今亡矣。

（以上选自《纯飞馆词三集》，民国十四年《宝彝室集刊》本）

杨铁夫（11首）

杨铁夫（1869—1943），名玉衔，字懿生，号铁夫、季良、鸾坡，广东香山人。《沤社词集同人姓字籍齿录》《如社词集同人姓字籍齿录》著录其字铁夫，号铁庵，生于同治壬申（1872）。光绪二十七年（1901）辛丑补行庚子恩正并科举人，光绪三十年（1904）应内阁试，钦取为第六名，曾任内阁中书、广西归顺知州、晋安知府。民国间历任无锡国专词学教授、香港广州大学教授、国民大学教授等。抗战时病逝中山（据郑天健《抱香词双树居词序》）。著有《抱香词》《双树居词》《五厄词集稿》《吴梦窗词笺释》。其中《抱香词》结集最早，收录民国十七年（1928）到二十三年（1934）词作，有民国二十一年（1932）油印本、民国二十三年印本。《双树居词》上下两卷（约1940年印行）、《五厄词集稿》一卷（1942年印行），所收皆晚年居港之作。

杨铁夫曾从朱祖谋治梦窗词，以《吴梦窗词笺释》擅名学界，创作上也奉梦窗为宗，往往造诣精深，力避凡近，深得梦窗三昧，又能自具面目。故叶恭绰云："铁夫校释梦窗词至于再三，可谓觉翁功臣，所作亦日趋浑成，七宝楼台，折之可成片段。"（《广箧中词》）

眼儿媚

和彊师韵

舞衣收箧罢薰篝。欢事分都休。最无聊赖，瞒伊心绪，辄上眉头。　　嫦娥不管人憔悴，今夕又当楼。人间何世，除非无月，我始无愁。

倦寻芳

和彊师韵

檐阴阁雨，帘隙梳烟，庭户催晚。绕树归鸦，戢戢欲栖还散。西崦斜阳鹈鴂苦，东风残信蘼芜怨。问天涯，王孙何处，春随人远。　　卜心事、灯花无语，百感孤单，鸳被羞展。陡忆前欢，已等弃余秋扇。客路歧多关塞黑，长门事去文章残。梦方圆，又丛钟，声声惊断。

双双燕

除夕，和梦窗韵

避嚣守岁，有檐竹临风，夜深敲户。沉檀自爇，翠缕拂帘千度。东壁欢呼博簺，好春在、红楼深处。萧然斗室琴书，独被牢愁羁住。　　慵举。依梁倦羽。芳讯报初番，酿寒花雨。九衢灯火，一任燕莺歌舞。多少痴呆意绪。待持向、东君分诉。薄酒不温，空负啭年莺语。

三姝媚

和海绡闰清明韵

飞花萦步绮。问东风春城，几人归思。万里关山，盼南天归雁，高楼重倚。缥缈鹃声，莫误认、瑶池鸟使。奈曲水裙遥，省识无人，商量花事。　　更感韶光逝水。看宿雨桃花，送春悬泪。旧约秋千，拚晓梦消磨，被莺呼起。病怯扶阑，消受惯、薄棉天气。门外传来消息，青梅有子。

汉宫春

为人题《蓟门秋柳图》

春去多时，换金堤旧影，风媚烟姝。低徊阅人倦眼，残梦模糊。灵和咫尺，问前尘、天路今殊。空剩取、长条管领，盘雕跃马平芜。　　沉醉软红梦醒，斗舞腰歌扇，解妒欢娱。西风玉关夜度，尘暗铜铺。宫鸦背冷，比台城、残照何如。眠起事、东君觑惯，等闲芳槛休扶。

念奴娇

落叶，追和冯君木

洞庭波阔，问悲秋宋玉，赋情何许。见说红衣南岸客，坐受西风老去。残画沧洲，余程水驿，头尾连吴楚。林疏露出，瘦山江上无数。　　时节烟景江南，阴阴浓绿，指点春归路。一碧无情千树冷，今剩昏鸦尔汝。客梦灯残，蛩声笛冷，又咽重阳雨。宫沟何处，题红枉费情语。

瑞龙吟

山中饯春，和清真韵

天涯路。年年坠劫风花，罥愁烟树。行人赶上江南，荒村绮陌，寻他甚处。　　枉延伫。陡忆上林春满，建章门户。五陵骄马嘶风，招展花枝，枝枝解语。　　转瞬东风老大，江南草长，群莺歌舞。无那令人销魂，痕烧非故。断肠婪尾，都是方回句。空相忆、藤阴买醉，蘅皋延步。魂逐潮来去。丝杨不续，尘缘断绪。理罢愁千缕。衣不著，纷纷诸天红雨。山深莺老，旧情休絮。

齐天乐

偕夏臞翁登市楼下瞰

黄沙白骨秦城路，谁驱五丁移此。断壁蓬支，空椽藓绣，王谢依稀邻里。斜阳半紫。犹凄恋当年，汉旌遗垒。歌舞繁华，漂花春去付流水。　　何堪重问往事。裹创犹肉薄，拳刃东指。捧土填川，挥戈返日，空使英雄垂涕。笙箫残市。有倦客凭阑，壶觞无味。逃酒逃禅，问谁知我意。

凤栖梧

读《中州乐府》李扶风“别有溪山容杖履，等闲不许人知处”之语，因广其意。

大隐市朝终我误。除却山林，难觅安心处。随意经行随意住。渔樵非是闲俦侣。　　拟买沃洲充隐去。纵许人知，知也谁寻汝。

夜里波涛风里树。跫然空谷山灵语。

西　河

长城怀古，和清真

形势地。秦关百二雄峙。燕头晋腹尾皋兰，龙蛇陆起。窥边猎火燎平原，黄沙红入无际。　　饮马窟，累冢是。安危钧发悬系。旌旆影靡鼓声沉，坏云崩垒。障亭落叶扫秋风，夜潮呜咽渝水。　　马茶见说久互市。甚渝盟、一蹴千里。锁钥丸泥何世。怅关门、牝铁宵飞，空说鞭石移山，渔歌里。

散天花

天台山某庵有栴檀观音像，去年九月间右掌中产芝一本，旋又于两腕上各产一本。花数十朵，白如玉，大如碗，厚而颇硬。至今夏间，经七八月而花逾茂，真灵迹也。

栴檀香老忽春生。维摩花雨散，著身轻。无根芝草恋珠缨。芙蓉亲手把、去朝京。　　斗印何须挂肘肱。搴芳三秀挹，玉亭亭。神仙洞府暮云青。天台千古月、伴琼英。

（以上选自《抱香词》民国二十三年印本）

陈步墀（8首）

陈步墀（1870—1934），字子丹，一字幼侪，号云僧，又号慈云，广东饶平（今属潮州）人。宣统元年（1909）己酉科恩贡，入读国子监。废科举后，从商于香港，为清末民国粤东名士。工诗词，与潘飞声等人多有唱和。编有《绣诗楼丛书》，其中有《双溪词》《十万金铃馆词》。

《绣诗楼丛书》本《双溪词》，收宣统元年（1909）以前词作为三卷，共七十二首，有黄映奎序，杨其光、潘飞声等人题词。《十万金铃馆词》两卷，刊于民国三年（1914），卷前有作者肖像一幅，刘景堂（守璞）、温肃、陈步墀三人题词，以及潘飞声《在山泉诗话》一则，共收词三十七首。其中有潘飞声、刘景堂等人唱和之作。《双溪词》闲情之辞为多，《十万金铃馆词》伤逝之感较厚，盖由山河易主、昔人飘零之运会所成。其中《菩萨蛮》拟花间旧体一组词，得便娟之趣；挽岭南先贤一组词，有慷慨悲风。

买陂塘

《十万金铃馆词》题词

黯冥濛、满楼风雨。问谁来吊今古。故家燕子知何在，又值落花春暮。心漫苦。正如梦如烟，缭乱衷情絮。填词觅句。借几个金铃，数声玉笛，哀断江头路。　　天涯远，孰是骚坛盟主。萧刘伯瑶、伯端。应算同侣。当年香粉依然好，吟到白头宫女。闲坐处。定怨绿啼红，会说玄宗去。人间莫住。便一卷泠泠，还须自爱，野鹤孤云趣。

绮罗香

护花铃

园卉千重，阑干六曲，色相和鸾差近。小弄轻圆，忙到一宵声紧。已生成、缀玉多情，休再道、司香无分。替东风、著力扶持，几番迢递报花信。　　蛛丝斜罩屋角，同是芳心挂处，飘残红粉。寥落知音，说甚空中传恨。恐狂蜂、浪蝶飞来，更燕子、衔将春尽。怅高楼、疑雨孤鸣，梦回须细认。

虞美人

怀家育卿

廿年落拓名心碎。满眼伤时泪。海隅同调问何人。惨绝雨亭君之居停，余之宗好。宿草在孤坟。　　平生不惯轻然诺。与世无交错。青灯黄卷案头埋。便有千回滋味个中来。

满江红

答刘伯端原韵

同病于今，休再问、故园春色。有几度、鹤唳惊传，鹃啼呜咽。绿到蘼芜归未得。青生荆棘何曾歇。共怜伊、东望路漫漫，无区别。　　尘土梦，谁安息。汹涌事，如秋汐。正凉风天末，杜陵怀白。逐客三更梁上月。关心千里程门雪。化寒蛩、遍地作微吟，声凄切。

摸鱼儿

家藏“岭南三先生”墨迹，感题其后

展寒窗、几行细认，前朝书妙如许。翁山元孝纵横笔，添个药亭仙侣。吾与汝。叹影事成尘，今日相怜处。新愁似絮。只断幅残编，晦明共对，斗室论风雨。　　诗中趣。绝好传神毫楮。离忧半又词语。人间轮转兴亡局，身世飘零无主。弹指去。想此后名流，更有谁千古。当年邝露。记绿绮藏来，死生同抱，一曲最心苦。

大江东去

伯端以词见示，原韵和之

紫云已杳，听千呼万唤，无情堪恼。旧日欢娱俱泯灭，不管天荒地老。十丈香尘，六街金粉，过眼何曾好。繁华如此，从今悔恨偏早。　　也算人去楼空，情根慧叶，错种红心草。惆怅堂前双燕子，几许衔泥重到。鸟亦惊春，花能溅泪，落尽凭谁扫。与君憔悴，为他心事绵渺。

蝶恋花

题《美人背镜图》

缕雪成肤云作髻。摇曳腰支，倚向菱花里。为妒惊鸿双影丽。含情不道伊名字。　　试唤回眸添妩媚。又背檀郎，辜负金莲细。好化荷珠来叶底。圆翻面面俱如意。

菩萨蛮

答伯端香江春日杂咏

红楼近水环三面。风光未许寻常见。几度绣帘垂。春深燕子知。　　阑干何屈曲。倚上人如玉。翠色接眉弯。隔江无数山。

（以上选自《十万金铃馆词》，《绣诗楼丛书》民国三年印本）

储蕴华（8首）

储蕴华（1870—1948），字朴诚，号餐菊老人，江苏宜兴人，储南强从侄。光绪癸卯（1903）举人，曾入白雪词社，著有《餐菊词》。现代研究者多不知其卒年，据储南强《家阮餐菊老人词稿序》，知其卒于民国三十七年（1948）。少年作文如苏轼，中年作诗尚张问陶、袁枚。晚年作词宗法辛弃疾、陈维崧。

《餐菊词》一卷，有民国三十七年印本。其中词作常以旧历佳节为题，抒物换星移之感，寓黍离麦秀之思，深沉悲婉。

龙山会

登蛟桥重楼啜茗

有约登高去。未见黄花，对酒无情绪。萧萧前夜雨。晴光转、才把痴云拦住。落帽正临风，怎忍听、哀鸿凄楚。暗销凝，题糕令节，肯教轻负。　　翩翩俊侣重携，绕遍双溪，更咏延秋句。三春曾小叙。流觞处、翻出兰亭新序。乘兴怕催租，推敲误、词仙应顾。倚层楼、遥天送爽，晚蟾当户。

霜叶飞

黄　叶

肃霜催老。秋容减，寒林一作平带枯槁。汉宫回首太凄凉，添许多凭吊。尚记得、红酣绿饱。十分春意枝头闹。奈飒飒经秋，鸭脚乱翻风，剩有半林残照。　　空令被酒崔郎，诗题绢素，盛名传遍江表。我生憔悴比苕华，恐惹前人笑。只满腹、骚愁暗搅。凉宵怕听荒砧捣。忆那回停车处，别有丹枫，艳红妆俏。

山亭宴

见山楼望南山

遂初既赋归来早。寄吟身、小楼闲眺。图画展晴空，况迎面、铜官似笑。扪天高可摘星晨，喜今朝、岚光看饱。举酒祝山灵，愿岁岁、长颜少。　　卜居自是关襟抱。镇相看、那须身到。佳气霭吾庐，更辉映、斓斑夕照。远峰无数扑檐青，问可似、西湖娟妙。不是学仙人，只为爱、楼居好。

山亭柳

春　柳

妆罢登楼。灞岸望归舟。眉锁翠，泪盈眸。几缕柔丝牵绕，顿添无数离愁。未化轻狂飞絮，何处埋忧。　　那人得意长安道，章台艳逐狭斜游。征妙舞，选歌喉。换尽汉宫春色，漫思张绪风流。悔说黄金斗大，夫婿封侯。

湘春夜月

春魂得“鱼”字

刈骚兰，一襟遗恨欷歔。楚些招遍江南，归信总模糊。旧约钿钗犹在，奈玉环仙去，入梦终虚。念步幽冉冉，柔情一缕，娇倩谁扶。　　蜂勾蝶引，鹃啼鹤唳，凄恻愁余。不惯胡沙，正想望、佩环声里，重返名姝。莺花似泣，聚落红、真个销无。算只有，向长亭远送、枫青塞黑，谁寄双鱼。

龙山会

重　九

嘉会成千古。九日良辰，约略无寻处。黄花浑懒吐。东篱外、难把高人留住。旧梦记双溪，顿触起、申江云树。更凄苦，黄炉白社，倍添离绪。　　无端恻恻愁余，重溯鸥盟，宿草今无数。招魂休再赋。肠断处、仿佛满城风雨。往事半模糊，招新雁、将愁带去。吊荒台、长歌写恨，闷怀谁诉。

蝶恋花

黯淡斜阳留恨意。为爱斜阳，不把窗儿闭。锦瑟年华愁里寄。斜阳也洒新亭泪。　　北胜南强如梦醉。惨绿愁红，不管花憔悴。听罢啼鹃回地气。天津桥上声声唳。

鹧鸪天

丙子上巳，寿陈鹤鸣七十

湖海文名动帝京。争迎倒屣几公卿。鲤庭头角峥嵘甚，祖砚楹书守一经。　　追往事，黯销凝。人生离合等浮萍。临行几次回头望，枨触当年白社情。

（选自《餐菊词》民国三十七年印本）

龚元凯（19首）

龚元凯（1870—1943后），字舜卿，号佛平、黼屏、蜕龛、鸥隐、鸥影阁主，安徽合肥人。龚氏为光绪二十九年（1903）癸卯进士，同年闰五月，改翰林院庶吉士，散馆授翰林院编修。入民国后曾跟随族亲龚心湛入中华民国政府任职。有《鸥影词稿》五卷，分别为《换芳集》《反袂集》《樯语集》《孤云集》《峨冰集》，民国十七年（1928）刻本。作者丙寅年（1926）所作自叙对《鸥影词稿》得名之由来以及创作背景有所交代："海客重来，又华表千年鹤迹；山僧何有，只蒲团百八钟声。未息吟蝉，先谋饱蠹，此《鸥影阁词》之所由成集也。""而是集也，倾意为豪，取语甚直，失婉约之旨，乖和平之音。不知引吭于不讳之世，何嫌何疑；采风于衰雅之年，亦变亦正。"朱孝臧在《鸥影词稿》题记中称其"照天腾渊之才，浑脱浏亮之笔，驰骋似后村而洗其犷，兀傲似须溪而去其犗，是真得稼轩髓者，读之令人神王（往）"，对其词评价甚高。

绮罗香

客窗雨夜，读少陵《秋兴》诸作，沧江回首，俯仰无尽，缀以此词。

酹酒神州，遗谯断垒，未少当年残霸。狂海秋潮，高挟两丸跳泻。麾鲁戈、难禁西飞，凿禹门、又防东下。便殷勤、担尽闲愁，所争徒占泪盈把。　　风云牵率满眼，谁信金戈玉印，如今还假。设想千秋，烟月易迷城社。饶得过、踞虎蟠龙，只多些、断砖零瓦。待回头、重讯人间，谬悠谁识者。

临江仙

过伏羲庙有感

万古穷荒天一角，年年陇水悲哀。乱山如磨蚁难挨。河流今恨去，雪带古愁来。　　此地又传灵胜地，怪它一画初开。枉将文字缚群材。鬼啼仓颉墓，人上柏梁台。

一萼红

月夜被酒，古愁荡胸，漫为此词。

竟无聊。又重翻青史，乱把楚魂招。华屋千雄，红妆万艳，杯酒应向谁浇。短檠在、双眸炯炯，泼孤泪、难洗骨尘高。无定河边，不周山下，此意徒豪。　　休论周秦长短，尽山愁水怨，总为前朝。衮衮年华，茫茫主客，浮世也到今宵。倚胡床、罗襦人远，月明处、须让我吹箫。拾取一襟蝶梦，万事鸿毛。

南　浦

花落梦痕销，倚玉阑，楼台寂寞相向。春泪走圆萍，流南浦、双桨又衔新浪。颦莺笑燕，殢人恩怨成回想。缦音易怆。拚收起琶弦，小怜休上。　　年年麝烬琴灰，叹如此山河，孤愁安放。旧事泠东风，骖鸾路、惟有断魂相望。移巢未许，碧云终是闲惆怅。酒怀试强。飘一片离襟，呜榔波响。

卜算子

帘卷暮烟平，山碧无重数。燕子何秋不别家，比翼天涯雨。
水急落花分，风定流萍聚。道是春归不当归，芳草年年路。

满庭芳

殿骑传诗，宫莺唼梦，殢人春绪如麻。惊风摇海，弹泪到天涯。眼底楼台换尽，匆匆又、迭换年华。停杯省，风残雨剩，安稳作飞花。　　飞花聊绻绻，几时弦管，几处云霞。奈不堪、秋老燕子辞家。何处相思明月，今宵正、冷落秦嘉。归期数，十年此误，闲杀钓鱼槎。

高阳台

坠叶分烟，眠花款露，秋光暗度重城。一笛高楼，远看汀渚寒生。王孙自是愁春草，奈眼前、江浦还青。莫凭阑，归雁来时，定笑飘零。　　酒馀镇对西风舞，送鸳波东去，冷落溪星。断尾荒寒，如今也不成声。江山随分留孤迹，又鬓丝、吹老霜棱。自销凝。且了瓶盂，赚个闲僧。

摸鱼儿

破寥空、一声雁起，江天高过千尺。断崖龙虎贪闲睡，休问当年陈迹。云一碧。便万里行空，瑟瑟风生腋。蓬莱望极。恁成火迷离，边沙旋舞，未是梦魂隔。　　沧瀛浅，几度飞仙换宅。瑶台花落如织。缑山凤辇犹沉雾，何况芝田凡翼。天又窄。怕鹤背吹箫，惊散蜉蝣客。哀弦漫拍。但人海藏身，天风荡眼，孤赏夜蟾白。

浪淘沙令

年事误人谋。倒影西流。乱分渠水到长沟。便是落红漂去也，梦已成休。　　人世一扁舟。占个清秋。渚花汀草莫言愁。一例天公都不管，那管闲鸥。

临江仙

不见溪桥烟断处，蓼花红上新枝。却无风物异年时。暗霜人北客，微月雁南飞。　　年去年来双鬓改，一蝉叶底先知。偶贪风露意迟迟。梦如流水软，情共懒云痴。

三姝媚

秋海棠

瀛山仙睡起。感尘寰西风，贮娇无地。几尺楼阴，记旧年凭处，未干鹃泪。不信秋花，还做出、唐宫春意。道是离魂，偏又墙东，为谁憔悴。　　如许深情相寄。但漠漠啼烟，杜秋心事。一样销魂，胜绛桃人面，断肠空系。吸尽红云，斟酌到、繁霜身世。便任胭脂匀染，芳心似水。

鹧鸪天

一逻山悬一桁天。背人呵壁问流年。春潮未响三千弩，秋月空明廿五弦。　　炉穗重，镜华圆。等闲记在晚春前。桃花命薄多风雨，莫向山城怨杜鹃。

满江红

际唐甲辰入词馆，近为甘肃渭川道尹，适有裁道之议，君亦乞休。来书谓前为“荼蘼翰林”，今又为“荼蘼道尹”，穷儒乖遇，极可嗢噱。倚此却寄。

一燕身轻，认襟上、几痕春雨。浑未省、荼蘼开后，舞香何处。万事难寻飞鸟迹，千山不阻游人路。指春潮、又送鷁东飞，扶桑去。若木时被命为留日学务总裁。　　蛾眉事，谁争妒。婺尾酒，君犹注。笑楚骚吟惯，美人迟暮。一梦便生沧海感，断魂惟与斜阳诉。算天台、从此白云深，无人住。渭川，余旧游地，台空风去，那得无情。

浪淘沙慢

一片商声，秋芳荡尽，不待歌成，桓子野已唤奈何矣。

晓笳动，霜阴骤起，旧苑花落。宫树盘鸦正急，衰阳瘦影遽削。甚不道封姨情意恶。浪飘尽、钿迹无著。暝翳重、孤鸿叫难省，弥天碎红雹。　　依约。翠窗誓海犹昨。况露湛风香，高华地、早暖珠树鹊。偏忘了前情，媒鸩谣诼。遁盟负诺。拚风鸾、成就今番飘泊。　　从此华林停芳酌。朱门悄、玉枝踔雀。杜鹃恨、无春何处托。揾铅泪、枉说留仙，送怨鹤。丁宁莫插红尘脚。

喝火令

暮春之初，微雨峭寒，花木尚无新意，之子之远，我劳如何。

积雨苔如梦，当风柳未丝。黄鹂三请怯褰帷。为道咽寒铜笛，声涩不堪吹。　　风信番番误，年光故故催。好春已过杏花期。可奈新花，不上旧年枝。可奈旧年枝上，又到落花时。

忆旧游

题太侔《楸阴感旧图》

宣南崇效寺，旧名枣花寺，有古楸二本，廿年前，太侔与徐芷帆、养吾昆仲每于花时饮宴其下。养吾殁后，芷帆作《楸阴感旧图》，朱古微前辈为题《绕佛阁》一阕。不数年，芷帆又殁，太侔辽鹤重来，悲念畴曩，更写是图属题。

又苔岑觅侣，枣刹喧春，爪印如篵。古木欺人瘦，透连番劫影，兜上心怀。词流暗惊憔悴，挥手画图开。荡一角楸阴，临风腹痛，悄立苍苔。　　徘徊。坠欢地，怅过去春花，雨绝云乖。几辈芳兰尽，倒不如松杏，丢了还来。寺藏《青松红杏图》，一僧众不谨，流入市肆，有知者购归之，乃完合浦。卅年倦游如我，邻笛那胜哀。愿放下悲歌，翻然入梦寻大槐。

探芳信

都门寒峭，群芳乍坼，已春尽雨声中矣。握管送之，怃然者再。

梦华路。便著意留春，无寻春处。总冻雷慵起，淹寒送时序。无聊莺燕忙酬应，强半瞢腾语。剩殷勤、点缀风光，暗花三五。　　婪尾甚情绪。纵闰过清和，韶光难补。似此蹉跎，千春也无据。流年空有黄金爱，谁念高楼苦。晓钟鸣、又滴千丝泪雨。

齐天乐

苣父以近作廿首寄示赋报

隔江飞羽传吟句，青山未容人懒。小阁偎风，虚岩坐月，网取残霞千片。流波意远。漫说与钟期，旧情难遣。内寄钟子年诗八首。柳老莺飞，露桃春泪为谁泫。　　天涯犹是倦侣，未胜离索感，聊和哀雁。舞扇尘生，弹棋劫紧，一例东风肠断。闲云自卷。荡不了春愁，故山休恋。夜雨窗寒，烛花红待翦。

蝶恋花

一角红墙深柳护。燕子低飞，门巷阴阴雨。把酒留春春不语。春魂几点馀花絮。　　闲立妆台衣试舞。才把鹦调，又被流莺妒。遮眼屏山千万树。思量不合高楼住。

（以上选自《鸥影词稿》民国十七年刻本）

祁景颐（2首）

祁景颐（1870—?），原名颂威，字敬怡，号谻谷。山西寿阳（今属晋中市）人。清末任府道、礼部侍郎等职。民国后为众议院议员。工书，善词藻。有《谻谷亭日记》。

金缕曲

瀚一姻世弟四十寿

斞酒为君寿。是令辰、齐眉鞠䏿，幔亭同酬。太乙门风文采盛，才地若君稀有。问饮景、餐霞似否。四十平头桑海易，竟卧游、大隐羲皇又。愿小试，丝纶手。　嗟今举世如中酒。任嬉酣、神州沉陆，舞衫歌袖。况是哀鸿中泽遍，说甚溺饥已负。震大地、元黄依旧。唤醒世间红紫梦，愿与君、共矢冰霜守。进椵颂，玉尊侑。

（选自《青鹤》第1卷第1期）

高阳台

和姜庵韵贻黄咏霓

风味流苏，鲲弦聘调，绿云倭堕轻娆。掩抑生姿，一时红泪难销。琼枝洗尽铅华色，试排当、那忍闲抛。忆春宵。绛绮犹疏，绿萼能描。咏霓艺事，余拟之突步绮霞，追踪缀玉。　征歌选舞都忘却，蓦相逢姑射，倾倒宫韶。蒨院双沙，几疑婉娈重遭。十年粉黛漂零尽，让云英、神韵多饶。愿灵箫。久驻华颜，仙珮尝邀。

（选自《青鹤》第1卷第8期）

吴曾源（9首）

吴曾源（1870—1934），字伯渊，号九珠，江苏吴县人。《清代朱卷集成》作“字守经，号伯渊，又号九珠”。光绪丁酉科（1897）举人，官内阁中书，工诗文，亦擅词。吴梅从叔。与邓邦述、张茂炯等人结六一词社，多有唱和。恪守家训，守律谨严。有《井眉轩长短句》，民国二十二年（1933）刻本，前有邓邦述题笺、张茂炯序及作者自序，后有吴梅跋尾，收录了1929年后与邓邦述、张茂炯、吴梅等结词社唱和的作品数十首以及一些旧作。

“集中多乐章、清真、梦窗涩体，且动倚四声”“其为词也，镂心雕肾，刻意出之，一字未安，至忘寝食，人服其律细”（吴梅《井眉轩长短句跋》）。吴氏在词律上精益求精，但并未限制其才情挥发，“炼字琢句，精警绝伦，同人皆俯首叹服”（张茂炯《井眉轩长短句序》）。

绛都春

壬申上元，用梦窗韵

晴舒柳线。又放眼禁城，心随天远。数点碎星，珠箔飘灯沉吴苑。烽烟频报声流怨。燕栖幕、群莺飞乱。奈何良夜，人疏病久，悄居深院。　　还见。烧痕绣陌，向霜后、做冷倚红停蒨。腻恋醉衾，寒勒游缰芳菲换。鳌山遮掩春娇面。问何处、天宽玉转。算来过了清明，蕙风布暖。

穆护砂

烛泪，用显夫韵

把诉心头苦。正无聊、一夜风雨。有金荷识得，荡摇无主。算来飞蛾犹妒。便扑灭、回光留几许。问底事、含情凝注。纵不到、成灰化蜡，早则是、开花著平树。温语绸缪，远离颠倒，天明相对判荣枯。想乐天衫透，昌黎檠短，身影瘦何如。　　最恨触人愁绪。默无言、许多凄楚。恐淡烟轻散，侯家如昨，乌能借筹玉箸。况只有、铜盘难小补。滋液减、炜煌非故。增世感、几同昙幻，劳客梦、渐饱霜腴。更比鲛绡，断红狼籍，末光照我锦囊书。试回头、直平北高楼，人间同草露。

惜寒梅

过春草间房，用无名氏韵

望断天涯，锁春烟、不管蝶勾莺约。偶步亭皋，想有幽人聚泊。拥书南面自行乐。乌衣燕、东风旧幕。羲爻占后，绿去满窗前，道传伊洛。　池塘句秀棣萼。况堂题孺宜，迹甘寂寞。生圹留铭，甲上子渊明寄托。那闻黄海怒潮恶。尽解带、不其瘦削。阿咸何幸，谓霜崖。垂杨借绿，扑砚花落。

江南好

喜潘蕊庐至，并怀高鲟隐

笺展题蕉，宴开沉李，暗惊头白重逢。洗残铅水，梁月去太匆匆。佳节曾酬酩酊，屏山倚、香拨上缸红。灯花媚，琴丝爽逗，帘细度薰风。　相看都旧识，莼乡酿熟，竹径阴浓。趁追欢，披雾尊俎雍容。好得商量文字，莫轻返、门外青骢。还遥念，燕云阻隔，归雁滞邮筒。

洞仙歌

拟坡仙赋蜀主孟昶与花蕊夫人摩诃池纳凉事

风清月白，正荷花凉处。洗尽尘埃淡无暑。步瑶阶、隔水罗袜生寒，凉夜永，重把欢悰暗诉。　此时闲坐好，河汉声流，明月去朦胧自来去。漏箭下沉沉、簟枕微凉，云鬟乱、湿笼香雾。问碧海、双星几生修，怕谪向人间，又经风露。

醉翁操

残冬围炉，偕同人话旧

长空。霜浓。严冬。倚薰笼。惺忪。肌肤盎然春融融。盍簪朋辈相从。谈笑中。意态是何雄。说者番也留爪鸿。　钓游旧地，谁记云踪。到今倦卧，回首欢场似梦。嗟所如兮终穷。乃此生兮重逢。相看双鬓蓬。依然颜酡红。一上醉笑吴侬。是非都付牛马风。

飞雪满群山

艮庐填词第二图

潘岳闲居，文园消渴，自来词客哀时。鬓丝憔悴，腰围瘦损，况经夜半舟移。眼前惊岁晚，又妆点、龙公肆威。四山苍老，千林素缟，危坐更凄其。　闻近日、长斋依绣佛，要语除庄绮，存想非非。我生忧始，尘缘忏未，本来世界琉璃。倘浮江海去，恐枯木、知音定稀。那知秦汉，荒村甲上子题义熙。

减字木兰花（二首）

无　题

销魂一种。除却良宵都是梦。回首南朝。丁字帘前第几桥。　几番中酒。落尽檐花灯影瘦。一曲高歌。坐上伤心谁最多。

重阳节近。不觉新霜欺短鬓。玉露金风。过去光阴类转蓬。　寻思无计。少个桃源将世避。买得痴呆。庾信哀时浪费才。

（以上选自《井眉轩长短句》民国二十二年刻本）

陈懋鼎（1首）

陈懋鼎（1871？—?），字徵宇，号槐楼，福建闽县（今福州）人。光绪十六年（1890）进士。历任北洋政府外交部参事、江苏省金陵关监督、参政院参政、山东省济南道道尹、参议院议员等。

应天长

费宫人巷，限美成体

移星柳宿，留井绿珠，风流早被坊陌。怎似刺雠宫女，捐生为君国。庞娥恨，张凤泣。中一击、副车犹惜。玉钩碎，姓氏长题，旧卫芳籍。　　无分共攀髯，阿监承恩，佳传待争席。准备揕胸身手，提铃晦冥夕。湔纱水，丁字碧。看钉落、米脂妖魄。帝城近，过往男儿，汗颜无色。

（选自《烟沽渔唱》民国二十二年铅印本）

陈洵（26首）

陈洵（1871—1942），字述叔，号海绡，室名仍度堂、思蛤蜊室，广东新会（今江门新会区）人。生于同治十年（1871），早年“为口奔驰”江右十余年，后归广东，由于孤僻，词名不扬。后为朱彊村赏识，称其与况周颐为“并世两雄，无与抗手”，荐入中山大学教授词学。1938年为避日寇入澳门，次年返故居。1940年任教于广东大学。卒于民国三十一年（1942）。著有《海绡词》《海绡说词》。

《海绡词》有民国十二年（1923）本一卷，《沧海遗音集》本两卷。二者皆有“老缶”题签和黄节序，《沧海遗音集》本卷一与民国十二年本次序微有差别，卷二为后者所无。另，作者生前手订未刊词一卷，龙榆生曾将其刊于《同声月刊》。陈洵论词变周济四家之说，主张立周邦彦、吴文英为师，退辛弃疾、王碧山为友。所作亦近之，朱彊村称《海绡词》能“火传梦窗”、得“清真法乳”。（龙榆生辑《彊村老人评词》）

六　丑

正啼红满径，绣阁掩、虚廊无月。画阑试凭，年时香尚发。柳带堪结。还是湔裙候，背花临水，荡晓愁空阔。行云冉冉孤城接。镜匣收鸾，罗衣卷蝶。邻箫为谁先咽。算花风廿四，犹解催别。　　桃根杏叶。委新词半箧。又堕年华泪，尘暗黦。多情怕看团箑。似流连苦恨，薄人轻绝。残煤冷、雨声初阕。应不分、一晌销魂，拚与渡头飞雪。西园事、归燕能说。但早来、纵有游春意，骄骢正怯。

探芳讯

雪娘病起，重见江湄一月，讹言如隔世矣。

紫箫远。又凤翼飞軿，天风吹转。洗梦尘清泚，银河水深浅。人间百感冬温夜，教作良辰看。渐黄昏、隔水初灯，岁华深院。　　妆薄泪痕泫。有印粉窗纱，凝香罗荐。莫倚高寒，仙帔绀霞卷。熨怀暗堕金炉烬，漫借笙歌暖。正销凝、那更檐花怨断。

瑞鹤仙

才人河满，赋此慰之

暗尘惊转烛。送华堂归客，春波如曲。笙箫咽寒玉。有明妆窈窕，自伤幽独。庭花簌簌。夜潮生、东风又促。算游丝、飞絮牵萦，天远泪痕相续。　　枨触。长门买赋，词客千金，此情谁属。蛾眉漫蹙。今古事，几歌哭。但飘零休恨，天涯看遍，芳草无人更绿。问伊家、除了周郎，为谁误曲。

渡江云

闭门春尽，兀坐成吟

钩帘喧暝燕，絮风正急，忍问抱愁归。绣尘摇梦短，几处垂杨，水曲暗鹃啼。闲心漫理，怕尚有、一点芳菲。刚凭得、绝尘书幌，绕树绿成围。　　凄迷。单杯婪尾，小字蛮笺，更安排何计。空怨他、高楼银烛，催送斜晖。今宵泪到云屏隙，只断钟、疏鼓休提。人静后、和春泥语低低。

绕佛阁

荔湾追凉，经黄诏平别业，感念往年觞咏之盛，怅然回棹，次美成韵。

镜空翳敛。蘋外鹭立，微照溪馆。灯梦摇短。暮凉晕入、疏花透窗幔。到门涨满。应恨未解，人事廊远。兰棹柔婉。坐看浩渺，沧波泛颓岸。　　旧侣怅离索，静掩书帷添日线。谁耐荡愁，西风吹酒面。听暮笛沉沉，银漏催箭。有情才见。记泪蜡纵横，诗思零乱。水天宽、闹红仍展。闹红，黄园斋额也。

六　丑

木绵谢后作

正朱华照海，带碧瓦、参差楼阁。故台更高，无风花自落。一梦非昨。过眼千红尽，去来歌舞，怨粉轻衣薄。青山客路鸪啼恶。泪断香绵，灯收雨箔。颓然旧游城郭。尚幢幢日盖，残霸天邈。　　川盘岭礴。算孤根易托。顿有离家恨，何处著。争枝又闹群雀。似依依念定，惹茸曾约。芳韶好、柳黄初啄。得知道、一样天涯化絮，到头漂泊。山中事、分付榴萼。笑燕子、尚恋西园夜，春归未觉。

虞美人

梦中得“莓苔绿到题诗处”七字，足成之。

莓苔绿到题诗处。寂寂莺啼曙。竭来沽酒旧旗亭。风里柳花如梦不曾醒。　　尊前人意依然好。天与声名早。罗衣还有泪痕无。多少才人零落在江湖。

（以上选自《海绡词》民国十二年本）

渡江云

晦闻南归，匆匆数面，言仍当北去，及芍药期，为词促之。

香台传绮字，断云雁北，片艳长离忧。渐看春事短，次第风花，旅宿燕知愁。登临故国，怕泠落、梨苑成秋。惊梦回、绿阴如劝，乱絮点维舟。　　淹留。沧州残画，海市新绡，想佳人难偶。浑未觉、伤春含泪，封素怜幽。杯前爱听闲消息，正采兰、芳渚夷犹。盟鹭在、年年拚忆清游。

雨霖铃

伤春无极。向茸窗底，倦绪慵织。蛮花过眼谁主，曾行到处，蛛尘摇壁。杜宇天涯渐少，倩谁劝残客。又淡淡、鸦点斜阳，傍水依林弄颜色。　　西园旧俎黄莺识。但闲心、一往经年隔。空杯自洗流景，沉恨去、水宽天窄。染泪苍苔，珍重东风，与扫陈迹。待拚了、都不思量，坐久如何得。

霜叶飞

九日读君特“断烟离绪”之句，不胜依黯。爰次其韵，寄吾旧游。

倦琴孤绪。残蛩外，清游疏似花树。淡妆帘户易销魂，灯暗啼绡雨。慰寂寞、明珠翠羽。闲情惟有东篱古。怕旧宿芙蓉，冷艳缬、霜波误尽，别来缃素。　　无奈探菊逡巡，携壶漫伫，望极高处难赋。故山重问醉经人，日暮玄猿语。梦不著、新欢寸缕。佳辰长短从来去。向镜中、生涯淡，但忆歌前，笑声多处。

丹凤吟

树园来郡城，旋复别去

断眼风花如梦，被水霜繁，循涯芳歇。邮程十里，津鼓迤明催彻。寒灯陋馆，伴人销凝，小碧舒梅，千红沉叶。怕理莼丝宛转，罢酒归来，潮语还自呜咽。　　最是经行旧处，望中隐约城戍接。信有前期在，但愁心无奈，先付鹈鴂。河桥低转，脉脉半规斜月。念远伤离年事晚，怨孤鸿天末。嗒焉隐几，竽籁空外阔。

长亭怨慢

谭子端家燕巢复毁，再赋

正飞絮、人间无主。更听凄凄，碧纱烟语。梦迹空梁，泪痕残照有今古。托身重省，都莫怨、狂风雨。自别汉宫来，眄故国、平居何处。　　且住。甚寻常客恨，也到旧家闲宇。天涯又晚，恐犹有、野亭孤露。漫目断、黯黯云樯，付村落、黄昏衰鼓。向暗里销凝，谁念无多桑土。

瑞龙吟

庄头村花田，自五代迄今，盖亦地之韵者。余既来游，感叹今昔，托之于音。

是何世。依旧占水耕花，就桥通市。朝朝簪约裾盟，有情未免，多才尽费。　　凝愁睇。情共露晞平晓，梦痕清泚。分携敛日墟烟，步波皱损，娇尘漫委。　　偏称天涯芳怨，眼中今古，秋声还起。谁惜故山衰迟，吟畔憔悴。鲛绡罢织，愁迸蛮珠碎。伤心到、无人为省，荒村年岁。换劫鬘华坠。海风卷尽，宫斜废隧。须信吾乡美。终未比，仙源桃花春水。感时倦客，空抛铅泪。

虞美人

芳菲冉冉辞鹈鴂。又作人间别。黄昏楼殿月冥濛。一夜高寒相望断天风。　　宫衣瘦尽苕华在。不信连环解。无情辽水自年年。只有雁飞犹见旧山川。

虞美人

夜阑炳烛，聊复命题

兰成先自吟魂断。雁塞龙沙远。炉烟销尽始孤明。恰称天涯今夜此时情。　　凄花飐飐流尘泊。惜别心如昨。曙窗谁为唤啼红。故国新霜帘幕梦华中。

风入松

重　九

人生重九且为欢。除酒欲何言。佳辰惯是闲居觉，悠然想、今古无端。几处登临多事，吾庐俯仰常宽。　　菊花全不厌衰颜。一岁一回看。白头亲友垂垂尽，尊前问、心素应难。败壁哀蛩休诉，雁声无限江山。

水龙吟

丁卯除夕

春来准拟开怀，是谁不放残年去。寒更灯火，断魂依在，严城戍鼓。天北天南，一声归雁，有人愁苦。算寻常经过，今年事了，都休向、明朝语。　　光景花前冉冉，倚东风、从头还数。因循却怕，登临无地，夕阳如故。烂醉生涯，颓然自卧，懒歌慵舞。待鸣鸡唤起，白头簪胜，尽平生度。

三姝媚

戊辰闰花朝清明

新烟摇梦绮。笑今年东风，较多才思。载酒园亭，看彩幡依旧，万妆齐倚。信有前期，分付定、蝶媒蜂使。绣幰佳人，闲了秋千，再商春事。　　百五韶光如水。只蜡烛灰枯，尚堆残泪。又说良辰，向有花明月，旧家提起。熨日帘栊，消受过、宜蚕天气。便是寻芳来晚，娇他嫩子。

南乡子

己巳三月，自郡城归乡，过区莘吾西园话旧。

不用问田园。十载归来故旧欢。一笑从知春有意，篱边。三两余花向我妍。　　哀乐信无端。但觉吾心此处安。谁分去来乡国事，凄然。曾是承平两少年。

（以上选自《海绡词》，《彊村遗书》民国二十二年本）

烛影摇红

沪上留别彊村先生

鲈脍秋杯，树声一夜生离怨。趁潮津月向人明，还似当时见。芳草天涯又晚。送长风、萧萧去雁。凄凉客枕，宛转江流，朅来孤馆。　　头白相看，后期心数逡巡遍。此情江海自年年，分付将归燕。襟泪香阑暗泫。两无言、青天望眼。老怀翻怕，对酒听歌，吴姬休劝。

宴山亭

辛未九日，与风余诸子风雨登高。

闲梦东篱，凄绝素心，暝色相携高处。残照翠微，旧月黄昏，佳约有时风雨。漫惜多阴，知道是、秋光谁主。凝伫。曾旧识江山，看人无语。　　还喜身健登临，且随分清尊，慰秋良苦。漉巾爱洒，岸帻簪花，商略较谁风度。尽日停云，休更忆、昔年亲故。迟暮。须料理、幽居词赋。

木兰花慢

岁暮闻彊村翁即世，赋此寄哀

水楼闲事了，忍回睇、问斜阳。但烟柳危阑，山芜故径，阅尽繁霜。沧江。悄然卧晚，听中兴琶笛换伊凉。一瞑随尘万古，白云今是何乡。　　相望。天海共苍苍。弦敛赏音亡。剩岁寒心素，方怜同抱，遽泣孤芳。难忘。语秋雁旅，泊哀筝危柱暂成行。泪尽江湖断眼，马塍花为谁香。

风入松

甲戌寒食，陈剑秋、叶湘南、张庶平、叶茗孙、韩树园先后来过，皆数十年故人也。独剑秋时相见，其四人皆避地香港、湘南，乃至四十年不相闻，庶平则年已九十矣。良辰聚首，往事茫然。声以写之，亦余情之不能已也。

人生离合似萍蓬。时节苦匆匆。年年寒食空相忆，今年见、蜡烛光融。往事山河梦里，高谈风雨声中。　　承平冉冉逐孤鸿。天阔更无踪。相携便作佳期看，亲知面、也算遭逢。几点飞花门巷，依然故国东风。

琐窗寒

己卯九日

去国秋风，天涯又作，一番重九。茱萸办了，旧俗看看还有。

掩闲门、自珍岁华，古来尽道佳时候。只东篱误约，及花无奈，几回搔首。　　当牖。霜林后。甚对面青山，未成携手。新亭泪眼，怕检凭高罗袖。咽歌蝉、残日梦回，故人不见天也瘦。待从头、诉与今朝，倦客殊方久。

玉楼春

酒边偶赋寄榆生

新愁又逐流年转。今岁愁深前岁浅。良辰乐事苦相寻，每到会时肠暗断。　　山河雁去空怀远。花树莺飞仍念乱。黄昏晴雨总关人，恼恨东风无计遣。

临江仙

花埭李氏庄看杜鹃花

传语杜鹃休浪发，直须留点春心。一回一树一沉吟。也应和泪染，真合带愁痦。　　闲地偶宜怀故国，水堂开近花阴。聒人原不比冤禽。青山无限事，容我梦中寻。

（以上选自《海绡词》，《同声月刊》第 2 卷第 7 期）

黎国廉（14首）

黎国廉（1871—1950），字季裴，号六禾，广东顺德人，室名玉蕊楼。光绪十九年（1893）恩科举人，二十二年（1896）报捐三品衔，二十六年（1900）报捐郎中，曾官福建兴泉永道。据《清代官员履历档案全编》，光绪二十七年（1901）黎氏三十一岁，可知其生于1871年。光绪二十四年（1898）与朱淇创《岭学报》，并任总理。辛亥以后任广东民政司长。民国初，任广东省议会议员。工词，神似清真。晚年感伤家国，闭户倚声，1950年逝于香港。（《广东文征续编》第二册）著有《玉蕊楼词钞》《秋音集》。

《玉蕊楼词钞》五卷，1949年印本。卷前有陈洵序，后有刘景堂跋，附勘误表一份。《秋音集》，民国二十八年（1939）香港排印本，收词一百二十余首，是黎国廉、陈洵二人的和作，集名“秋”字取自二人字号六禾、述叔。

据《玉蕊楼词钞》卷三《丁香结·依清真体五声》小序“自辛丑后，中更十六年，词事销歇久矣。近与伯端朝夕唱酬，渐觉故弦重理”，可知其1901至1917年少有词作。陈洵《玉蕊楼词钞序》称其词作“于古人中求之，远则碧山、蜕岩，近则金梁、梦月，可无疑也”。卷中长调居多，仿南宋诸贤词体而作，卷五短调间仿北宋，严守四声，间有五声俱守之作，尤兢兢于谱律之外的孤调别体，刘跋称其“严整出谱律之上”。其词作有得于律，有伤于意，以致《分春馆词话》称其“气靡”“境窄”。时有佳者，论者以为不下述叔。

六州歌头依东山体

十月初四夕饯秋

一秋梦里，何事更沉寥。余衰草。迷夕照。最魂销。念娇娆。历乱成残槁。红蕖杳。黄花老。乌柏少。丹枫晓。总萧条。烟郭水村，橙橘年年好。一例逢蒿。便宾鸿客燕，不复旧时巢。万窍凄号。使人忉。　　剩昏鸦噪。寒猿啸。惊白鸟。旋苍雕。秋归了。风雨悄。可怜宵。烛光摇。蓦地敲离抱。呼雪醥。荐霜螯。蛾月小。窥云表。众山高。瘁叶髡枝，咽到无声调。寂寞吟飙。但江波回箭，促籁和凉谯。不断愁苗。

戚氏依乐章体

山中逭暑，永昼无聊。陈述叔以词索和，倚歌却寄。

午峰奇。倏然苍狗幻云辉。篆壁蜗酣，枭阶蜓乱酿蘋飔。低迷。万蝉悲。凭阑不见夕阴移。无情石燕何在，暗挟疏雨化烟飞。海气沉昼，蓝霞抛暝，酽阳几费禁持。但楼台梦碧，林鸟逾静，相送斜晖。　　瓜藕自濯清池。残醉莹汗，浅浅透冰肌。慵多少、唤凉蕲簟，遣日滇棋。斗枪旗。鬓影榻畔，芭蕉绿扇，菡萏红衣。夜游秉烛，木末流银，小可岩牖栖迟。　　俊侣微波语，匡床响歇，缱绻娥眉。怅感歌纨恨缕，漾朱颜、对酒旧心期。廿年画舸留题，谓陈简盦。板桥琐记，谓黄梅伯。飘洒黄垆泪。换几番、魂断回潮尾。销不尽、烦暑珠涓。念鹭盟、识曲人稀。剩愁结、倦笛老桓伊。向旗亭外，临风唱晚，半箧秋词。

洞仙歌依乐章体

宿雨初晴，秋原如沐，坏塔岿然出众绿上，吟情闲远，歌以节之。

云洗郊容艳。正镜空静敞，绡霞遥闪。有平田芋熟，小溪枫酽。斜阳影颤归僧担。衬蟹椵、鱼罾烟里帆。芜千点。共橘暗橙明，装就山如染。　　冉冉。放愁酒盏，送眼关河，雁语蛩声，唤起野泽行吟，况值翠疏红减。菱歌好趁轻鸥泛。怕倚到危阑霜柳绀。秋太淡。更寒边，落日菰芦意多感。远黛敛。剩断塔、林端占。换西风残梦，乱鸦犹舞黄昏暂。

多　丽依蜕岩体

旧山城木棉盛开赋

绚溪山。我来今又凭阑。见婵媛、层台缓步，亭亭露出赪颜。万丛卑、龙鳞喷焰，群仙过、鹤顶攒丹。邀月杯酣，笺天笔艳，岫罗川绮孰跻攀。且休道、莺鸠榆底，蜂蝶也缘悭。低垂望，日华桑海，云影松坛。　　数千年、枝磅干礴，劫灰经阅华鬘。霸图恢、红羊岁转，灵根老、朱凤巢还。鹑火移星，麝尘覆野，高楼西北未萧闲。任何许、鸡鸣风雨，空际晓霞殷。回眸笑，春兰秋菊，直恁清寒。

望海潮依淮海体

寒月归舟，海山如画，舵楼倚竹，歌以遣怀。

船唇风簸，帘衣霜凝，冰蟾淼淼洪流。横扫素缣，低吹翠笛，襟怀万象清秋。吟兴舞蛟虬。有断魂潮尾，惊枕涛头。岛屿星罗，海天云澹送孤舟。　　寒山越样眉修。借空濛夜色，点缀螺愁。哀雁动人，闲鸥诏我，心期起没千沤。灯黯蜃边楼。叹浅蓬三见，残画谁收。付与南飞倦鹊，醒眼对沧洲。

惜余春慢依鲁逸仲体

草　色

万点愁苗，雪销鸿爪，又恰东风吹起。云低雾暗，一片迷离，青到野桥山寺。行遍天涯断肠，不怨无春，怨春憔悴。但坡陀高下，楼台如梦，倒涵烟翠。　　更衬着、南浦纹波，蒲帆空碧，澹极斜阳垂地。前宵雨过，坠粉飘红，珠晕替花凝泪。何待声声鹧鸪，蛙语池塘，骚魂先碎。况骄骢嘶后，阑干凭倦，故人千里。

安公子依放翁体

集年来与述叔唱和之作，都为一卷，名曰《秋音录》，寄瑑青、北燕，并媵以词。

飘尽残金粉。冷怀催点吴霜鬓。海上孤琴，弹不到、鹍弦成韵。赖有旗亭，筝雁参差轸。留半箧、萧瑟江山恨。似夕阳鹃语，经阅红销翠褪。　　咽梦寒箫紧。澹鸥三两怜谁问。缥渺微波，千万里、芳情遥印。刚是春来，北向烟鸿准。凭素笥、商略愁分寸。料绮窗重检，隐约兰襟旧晕。

西　河依“山中白云体”

商山道上，用美成金陵词韵

回首地。长安歌舞犹记。白云深处响凄笳，暮愁四起。年来只影惯天涯，归鸿还伫岩际。　　逐春去、休徙倚。丝杨千缕难系。楚关秦岭几苍凉，废垣败垒。背分南北最无情，是佗丹水蓝水。　　乱山落日未见市。更峰峦、鳞次千里。野鹤笑看尘世。只采芝断碣，依然妆点，碧草晴烟商山里。

八声甘州依乐章体

送铁夫慈博返里

断肠人不合见东风，落英满天涯。况斜阳如梦，千林换色，惊瘦栖鸦。万里鸪声聒耳，甚处有吾家。无数凄凉调，难托琵琶。　　已是江湖流浪，更鲤鱼幻影，销尽繁华。漫商量蜂蝶，一例溷中花。共临歧、老怀新泪，怕故山、无地著烟霞。还期望、保松篁晚，酒胆杈杈。

新雁过妆楼依日湖体

八月十七夕乘缆车登山看月

绝顶秋明。乘风度、丹崖绣巘层层。海蟾孤白，飞出大地寒冰。绛阙骖回鸾路近，羽裳笛罢鹤霜清。倚晴空，翠阑几曲，来寄深情。　　飘云天香乍发，有露华凭袖，桂湿无声。影落尘寰，沉寂万点凉灯。凭虚四瞰夜碧，但山自低鬟潮自平。襟怀朗，荡玉波千顷，银河一绳。

满江红依稼轩体

长安怀古，和笏卿

一曲霓裳，问昔日、繁华安在。经几度、玉鱼芜没，石鲸云改。凝碧池头空涕泪，乐游原上徒忠爱。更有人、岁晚卧沧江，愁如海。　　佳丽聚，南山黛。脂水腻，东流带。付西风乱叶，尽成尘垲。风雪偶然留兴会，关河底事干成败。但苔深、草暗自年年，斜阳外。

玉漏迟依楼君亮体

病中卧雨，追和樊榭韵

薄罗人意倦。灯荷焰窄，漏莲声短。篷外清商，心共碎花凉颤。苑树啼秋万泪，和檐马、搅愁成片。寒暗翦。几番搀入，醉魂醒眼。　　坐拥似铁孤衾，异少日笙箫，烛昏台馆。绿涨江潮，故国哀鸿遥叹。烦梦湿云递涌，料裙屐、游情都散。吟思远。宵深病巾重岸。

望江南依梦窗体

题朱子范《十万卷楼藏书图》

芸居影，人在蠹花丛。子孺才华三箧外，永和生活百城中。萤雪旧缘空。　　沧桑换，尘迹画图逢。万古藏山无尽墨，一朝劫火可怜红。挥泪向东风。

南乡子

京华旅感

风雨浩无端。百变沧洲引梦还。几度丹黄秋后叶，摧残。倚著斜阳子细看。　　又感晓衣单。倒泻严霜入画阑。凄绝征鸿无去处，关山。越向南飞越自寒。

（以上选自《玉蕊楼词钞》民国三十八年铅印本）

林鹍翔（19首）

林鹍翔（1871—1940），字铁尊，号半樱、无垢居士，浙江吴兴人。光绪二十八年（1902）举人。宣统年间，任清朝钦命宪政编查馆二等咨议官。民国后南下为内政部参事。中年始习词。1921年组织“瓯社”，1930年参与“沤社”唱和，1934年加入“如社”。有《半樱词》两卷，《半樱词续》两卷、《广咏梅词》一卷。

《半樱词》有民国十六年（1927）印本，词集前有陈宝琛题签，朱祖谋题名，甲子中秋况周颐序、壬戌秋同里朱惟德序；有陈训正、金镕镜、周庆云、孙宝琦、况周颐、樊增祥、朱孝臧、冯煦、吴士鉴、冒广生题词。收词起癸丑（1913）迄庚申（1920），此数年中其大半旅居日本。去国万里，“遥情深致寄托于樱花者为多”（夏承焘《半樱词续序》），因以名集，词风“微尚清远”。《半樱词续》有民国二十七年（1938）印本，由贺赓生题名，丙子重九夏敬观序、戊寅秋夏承焘序，有金兆蕃、洪汝闿、吴梅、向迪琮、蔡桢、陈世宜、洪汝闿题词，收词约一百一十五首，经离乱而情词愈真。《广咏梅词》一卷，民国九年（1920）印本。前有本年朱纮题签，后有“半樱填词”阴文方印一枚。《半樱词》卷一已有《清平乐·咏梅》词十首，故称“广咏梅词”，共收《清平乐》词二十二首，因有感于秀道人咏梅词而作。

临江仙（四首）

和蕙风师

换世斜阳无暖意，登临总负清尊。远山销黯旧眉痕。春随箫局冷，花剩烛房温。　极浦旌桡成怅望，骚心苦忆兰荪。搴芳人去月黄昏。绿阴红雨外，凄绝是王孙。

上巳清明都过了，酬春命酒蹉跎。袭人花气晚来多。玉笙楼外泪，金缕梦中歌。　青鸟碧城消息断，真成水邈山峨。鳞云淡沱似微波。卷帘人影瘦，辛苦伫姮娥。

倾国可能消一顾，烟波凄绝吴舲。隔江愁对暮山青。啼痕深浅泪，别路短长亭。　鬓影钗光浑未改，梦寻珠箔银屏。楼中燕子共飘零。连环须自解，屈戌不胜扃。

苍狗浮云纷万态，怨深潮语能知。宝阑春去已多时。罗衣人瘦损，独自斗腰支。　未肯湘皋捐翠佩，楚天云雨休疑。彩幡低亚越凄其。碧桃和露种，曾是上林枝。

惜黄花慢

彊村师示和仁先旧京菊花之作，率踵其韵。

意涩情芳。自风城赋别，闲却瑶觞。日精荒土，味同苦薏，长安远道，望断中黄。《云笈七签》：黄帝以道治世，曰“中黄真人”。素心晨夕南村老，翠帘卷、无限凄凉。讶故乡。两开耐得，青鬓都霜。

听枫倦客吴江。换看花旧侣，眼冷沧桑。义熙何世，九秋晚节，渊明未醉，一雨重阳。炼颜不借郦潭水，岁寒后、慵斗尘妆。漫断肠。瘦姿最称枯香。

洞仙歌

出朝阳门里许，吾宗敦民九兄半园在焉，极清旷之致。其西北隅别开一院，通以隧道，境尤幽窈。有屋数椽，曰阅耕庐。庐之南，为沧海归帆亭，俯临城河，可以眺远，橹声帆影，时出柳阴中。风景如画，江南不啻也。八月十五日饮余其中，倚此题壁。

看舞霓裳罢。避暗尘市远，秋心萦惹。有通幽洞壑，贮云亭榭。凭阑待唤凉蟾下。诉往事、风帆沧海卸。杯重把。算菊瘦霜腴，谁赋归来也。　　永夜。画帘悄悄，战鼓沉沉，暮景山河，付与野客哀吟，并作怒潮狂泻。黄尘满鬓酸风射。问那处楼台春可借。琼女驾。去多时，邈隔人天恨难写。且与话。话曩日、清风价。笑年年丛桂，背人还是香飘麝。

夜飞鹊

香严翁约朱庵看台桂庵在嘉兴南堰圩，桂两树，明季一比丘尼手植，层级虬盘，如浮屠状。

天香度云酽，金粟成堆。花叶涌傍莲台。婆娑却散广寒影，娟娟蟾镜深开。钿筐似承盖，料淮南闲隐，断梦初回。钟声定后，伴维摩、百感寒灰。　　清泪露槃消尽，金蕊旧艿林，一例蒿莱。风外红纱香满，惊尘不到，璎珞低徊。智琼去久，剩额黄、与点秋杯。要木犀禅意、无言会取，月地重来。

迷神引

吊史阁部墓

落日沉冥神鸦舞。故国望中何许。江南剩得，万梅花树。引胡笳，声声破，问谁误。天堑分南北，竟飞渡。江上灵鼍断，飒风雨。　　泪尽啼鹃，梦断朝天路。觉蜀冈愁，吴潮怒。阵云如墨，有肝脑、无臣虏。壮山河，骑箕尾，忍回顾。华表归来鹤，相识否。馨香无消歇，此抔土。

南　浦

丙寅仲春，津京战事正剧，间道入都，和冯息庐韵。

层楼吊月，夜沉沉、烟语隔纹纱。风雨无端凄戾，门闭万人家。听到杜鹃啼彻，又依然、断梦殢天涯。被晓钟催起，玉阑干外，还剩两三花。　　赠策故人情重，问垂杨、何处系征槎。锦瑟昨宵歆醉，弦柱惜年华。钿约镜盟如旧，几新妆、再见鬓边鸦。算飘零谁最，替弹别泪与琵琶。

月下笛

金陵吴玉书卜居长沙岳麓下之溁湾，地多黄叶，因绘《黄叶村图》征题，倚此应之，从白石体。

扫石延秋，停车爱晚，倦游情绪。湘花赠与。卜居人，忆前度。孤根拌老西风里，漫轻比、霜枫醉舞。但夕阳伫尽，江山憔悴，旧恨谁诉。　　年暮。悲词赋。又望里关河，乱烽何许。湾荒地僻，哽流澌作人语。扁舟归棹江南梦，换门外、衰杨缕缕。几桑海，为有秦须避，记省云树。

祭天神

冒暑南征，舟泊大连，和仲坚送别韵却寄。

又破空风鹤惊行旅。倦乘槎、海上何人催健橹。千年王气销沉，夜静闻胡语。剩青山说似蓬莱，云来去。　　折戟感、回潮怒。甚逋客、能识吹笙路。关山险，音信绝，此恨凭谁诉。更何堪、鹃魂辞蜀，鹑首分秦，对此茫茫，泪尽河梁句。

（以上选自《半樱词》民国十六年印本）

浣溪沙（二首）

饮城外某氏园，即席得两解。

蛮触峥嵘意亦孤。输赢只合问摴蒲。健儿身手牧猪奴。　　我已方圆成凿枘，君还袒裼促枭卢。沉沉庭院日西徂。

金粉江山久寂寥。绿珠依旧伴红绡。尊前人似沈梅娇。　　一曲断肠青玉案，万人垂手郁轮袍。风流都付楚魂招。

（以上选自《词学季刊》创刊号）

柳梢青

如此江山。千秋一瞥，虎踞龙蟠。燕子巢新，乌衣巷旧，风雨年年。　　高楼横竹吹寒。旷望久、征人未还。不尽池灰，无多金粉，泪眼重看。

三姝媚

钱新之奉使巴黎，丏蝶仙作画赠行，媵以此词。

云槎春万里。气如虹，天风海涛俱驶。大陆沉沉，怅汉关秦月，坐供吟喟。请得长缨，看此去、单于能系。笑语天吴，移海尘飞，顿成何世。　　仙侣瀛壖余几。念俊约，餐樱旧时情味。又策安西，任柳河修阻，使星高缀。我亦天涯，空解道、新亭人醉。愿早蒲陶归种，金尊共倚。

风入松

赠湘湖渔隐湘湖在萧山，产莼甚美，以境胜似潇湘，故名。

钓竿垂老不知秋。身世一扁舟。隔江惯见鱼龙戏，莽天涯、何处神州。故国湖山残梦，深宵风雨闲愁。　　汀兰岸芷两悠悠。心事付浮鸥。故人无恙征帆远，坐沧波、谁共清游。柳絮已随花尽，莼丝还罥春留。

大　酺

乱后归昆山，吊龙洲道人墓

峭北山寒，东风紧，芳草萋萋弥绿。池灰飞不断，伫桥南无酒，旧情枨触。赋笔空惊，儒冠早误，消受无聊歌哭。焦桐千年恨，算浮生一梦，梦沉难续。问黄鹤矶头，故人天上，健吟谁属。　　山丘森万木。最堪念、风雨啼华屋。此际便、张骞槎到，李广侯封，恐陶轮、暗中催促。字漫征西勒，都剩得、夕阳荒麓。料归鹤、愁乡国。华表无恙，争信神州沉陆。夜长奈何短烛。“行到桥南无酒卖，老天犹困英雄”，龙洲断句也。苏绍叟忆龙洲词，有“任槎上张骞，山中李广，商略尽风度”之句。

蝶恋花

和夔庵，用冯正中韵

故国江南回梦久。燕语莺啼，春事浑依旧。解道愁多须殢酒。可曾解惜腰支瘦。　　明日河桥人折柳。舄履阑宵，不是寻常有。眼底迷离纷舞袖。翩翩只在花前后。

六　丑

甲子初冬，赋《落叶词》和孙师郑，意甚凄恻。今则秋风乍起，落叶声已纷然盈耳，其凄恻殆有十倍曩昔者，黯然倚此，不知涕之何从矣。用清真韵。

信哀蝉意苦，竟一饷上、炎光轻掷。树声乍秋，秋河回悴翼。

倏又陈迹。旧憩阴浓处，万花如雨，付软尘槐国。萧森大地枯春泽。露冷琼枝，霜飞绮陌。辞柯问谁怜惜。纵题红笔艳，人面终隔。　　芳林长寂。尽群峰斗碧。渐渐繁华尽，空叹息。飘零最感迁客。几迟留待到，日穷天极。寒飙卷、强扶欹帻。遮莫是、月下残魂尚袅，洞庭波侧。回帆掺、不到残汐。早短歌、唤起吹蓬恨，何人会得。《落叶》《吹蓬》，古曲名。

（以上选自《半樱词续》民国二十七年印本）

三多（5首）

三多（1871—1941），蒙古人，生长于杭州，全名为“三多戈”，钟木依氏，汉姓张，号六桥，晚号鹿樵。早年拜王廷鼎为师，后又得到俞樾、谭献、杨葆光等人教导，诗词书画兼工。历任浙江杭州知府、浙江武备学堂总办、洋务局总办、京师大学堂提调、民政部参议、归化城副都统、库伦办事大臣等。民国后任盛京副都统、金州副都统、华工事务局总裁、铨叙局局长等。南京政府成立，任东北边防军司令长官公署咨议。伪满洲国时出任伪满电信电话株式会社副总裁，成为其一生污点。有《粉云庵词》。

《粉云庵词》六卷，民国三十一年（1942）印本。前有郑孝胥题签，作者肖像，俞樾序，谭献题词，冒广生、夏孙桐题识，杨葆光、樊增祥、何振岱题词，荣勋题词，后附《可园诗钞》第七卷和《可园外集》一卷、董毓舒跋。《粉云庵词》由同人在其去世的次年结集刊刻，存二百多首词作，间有柔媚与雄放之作，以前者为主。另有《东北丛刊》本《粉云庵词》不分卷，共录词五十一首，署“纳兰三多”。三多曾于《金缕曲・丙寅，题新得禹尚吉画成容若小像，次其赠顾梁汾原韵》中自称“我亦纳兰弓箭手”。冒广生“题识”以为：“若其词旨之美，合屯田、稼轩为一手，饮水再世，世无间言。”如《买陂塘・题稼轩词集》《满江红・写怀》等，尤能代表其雄放风格，《菩萨蛮・柳絮》《点绛唇・吴江道中》可见其柔婉之风。

点绛唇

吴江道中

一带红墙，小楼帘卷桃花里。有人初起。自画眉山细。　　咫尺妆台，是我销魂地。频凝睇。再来能记。和合窗休闭。

（选自《文艺杂志》1914年第11期）

菩萨蛮

柳　絮

雪花丰态昙花性。梨花颜色桃花命。无力自矜持。只凭风一丝。　　影儿都化玉。人字偏垂绿。到底胜飞英。团圆还化萍。

（选自《文艺杂志》1914年第12期）

买陂塘

题《辛稼轩词集》

拥旌旗、大江南渡，笔锋都带豪气。风流算得真儒将，韩岳怎生能比。呼近侍。且学取钱田，按谱歌帘里。还劳粉指。把红豆轻拈，碧阑低拍，和击铁如意。　　黄金印，我亦当年肘系。弓刀遮护千骑。于今鸪在深山听，同感一般身世。须料理。何必买瓢泉，隐也如青兕。良辰剩几。恐寒食清明，匆匆过却，又是落花矣。

满江红

写怀

我欲归田，田未买、怎生归得。惟印上、自镌斋馆，不营阡陌。持节三为穷塞主，杖藜重作豪门客。且修仁、明月与清风，谈今夕。　耕只有，龙鐘笔。耨只有，螺丸墨。莫词将儿骂，稼轩骂儿词有“咄豚奴，愁产业”句。字烦妻迫。李东阳鬻字事。富贵本来如露电，神仙难学思泉石。待何时、鞭鹿种梅花，居山泽。

鹧鸪天

余生长西湖，最恋西溪之胜，买山有志，置产无资，聊题家藏章次白《西溪梅竹山庄图》为左券。

愿买溪山似画图。隐偕群玉葬偕朱。陈云伯有秋雪渔庄在西溪，管湘玉、蒋玉嫣、文静玉，皆其侍姬也。厉樊榭与妾朱月上同葬西溪。香长消受花千种，甘瀫分尝果百株。　行引鹤，坐观鱼。一湾流水饶茅庐。不知梅雪芦霜里，谁棹扁舟夜访吾。

（以上选自《粉云庵词》，《东北丛刊》1930 年第 9 期）

石淩汉（15首）

石淩汉（1871—1947），字云轩，号弢素、淮水东边词人，安徽婺源（今属江西）人。因母有疾，遂自学医术，中年成名。1921年其母去世，此后闭门读书，不问世事，晚年仍悬壶济世，1947年无疾而终。与仇埰等人结蓼辛词社、如社，所作见《蓼辛词》《如社词钞》《淮水东边词》等，另有诗词文稿《弢素遗稿》收入《南京文献》1948年第24号（见石家诚《石云轩先生行述》）。

石氏《致赵尊岳》信中曾自述其中年后作词经历："辛亥被劫，独医籍三十箱别贮一室，幸获无恙。十余年来，稍稍补购词部，天水一代为多，近人词籍，间购一二，恐皆为邺架所已储，土壤细流，未必能益高深耳。凌汉与世不通五载矣，自契友王木斋先生逝后，亦无心再托于音。偶有应酬之作，言不由衷，越日不堪自阅。"（《赵凤昌藏札》）叶恭绰论其词，以为与蓼辛社同人一样，"守律极严，择言尤雅，裒然成集，足式浮靡"（《广箧中词》）。

如此江山

姜灵同砚辑《金陵岁时记》，视宗懔《荆楚岁时记》有详略之判，洵千年奇作也。欣谱此解，敬希正拍。

六朝龙虎留形地，人风物华天赋。粉黛江山，笙歌岁月，词客频传佳句。畸人纪事。独春韭秋菘，自探幽趣。布野瞻星，斗分金镇孰凭准。　　潘郎挥笔孕秀，笑悬鸡帖燕，荆楚多误。白下莺花，红边风律，都是囊中锦贮。桑沧几度。恐翠髻麻姑，已忘寒暑。写入新编，与豳诗共谱。

（选自《铁路月刊·津浦线》1930年第2期）

解连环

依清真韵，和述庵

恨怀私托。伤春风寡力，度关绵邈。最懊恼、人在胡天，恐炉烬枕孤，衾轻衣薄。万丈城高，战云锁、玉门萧索。想弓刀坠雪，那有雁书，远寄脂药。　　银蟾午宵炯若。照沙场地白，凄断笳角。叹冻合、寒逼君边，忍盟口盟心，等是忘却。懒说江南，正弄影、窗前梅萼。牵深闺、梦长梦短，泪珠暗落。

大　酺

依清真韵，答莛渔

怅赤飙腾，黄尘舞，途阻桃源幽屋。蓬莱波弱处，恐麻姑凝眼，慧心悲触。梦蝶魂迷，啼鹃耳乱，难遣东山丝竹。伤春司勋误，正流莺百啭，秀梅酣熟。任梁落燕泥，字寒盟誓，下帘人独。　　新词工又速。风笺寄、凄婉回肠轂。似未忘去、斜阳萧巷，细浪秦淮，上层楼、更穷遥目。惯作樽前客，能唱出、玉龙哀曲。试追忆、南唐国。箫管长夜，飘散珍珠如菽。凭去栏顿惊转烛。

清波引

和寄沤泛舟北湖作

早潮潆浦。寄游兴、碧波桨舞。地幽如许。远峰秀眉妩。万顷漾烟水，尽送香风来去。换将前代亭台，问桑泊、指无处。　　芳情付与。甚箫管、邻舫暗度。旧题留否。写秋思难语。龙蛇又纷起，乱涌湖中电雨。任有藏泪莲房，为谁心苦。

八声甘州

甚佳人独立逞娇憨，北方斗婵娟。叹鸳机徐运，鸾盟暗弃，两地淹煎。枉说东墙窥宋，深意自缠绵。几度瑶珰寄，迟报琼笺。　　可想专房擅宠，问蛾眉含怨，心在谁边。笑锦车持节，私愿尚空悬。怕倾城、终嗟倾国，漫梦魂、依旧恋胡天。还知否、送秋风信，团扇须捐。

（以上选自《词学季刊》第 1 卷第 4 期）

换巢鸾凤

风促飞轺。帐脂零粉堕，梦断香销。柳青吹玉管，酒绿换金貂。闲情排遣倩娇娆。最思绮年，楼阴手招。寻芳远，奈揽镜、鬓霜堪笑。　　围绕。欣窈窕。筵际舞歌，分占欢多少。誓笔虚鸾，泪衫司马，休话伤心残稿。权作哀鸿一般看，燕环肥瘦都娟好。春鹃啼，正羁人、驿路归早。

（选自《艺文》1936年第1卷第5期）

扫花游

题《桥西草堂图》，依清真四声

冶城片角，爱径窈池清，彩虹遮户。树笼院宇。倩璇闺妙笔，染绡密补。梦隐鸾凰，细领瑶琴意绪。澹吾虑。览绿叶绛英，都是佳趣。　　幽地欣有主。惯共醉壶觞，赏花题句。兴酣剑舞。怅儒冠鬓白，半生多误。漫说蕲王，寄迹西湖净土。且容与。待封侯、气吞龙虎。

蝶恋花

看曾孙祥麟墓，感赋

玉貌锦衣伤入土。一月摩挲，一霎成今古。用尽千方难起汝。侬心更比莲心苦。　　蔓草离离空暂住。衔堞斜阳，暗里催人去。含泪归来谁与语。梦魂夜绕孤坟处。

浪淘沙令

痛曾孙祥麟

降世自仙峤。玉貌清标。丰神芳秀比兰苕。底事昙花来一现，遽返琼霄。　　晚景本萧寥。无福能消。冀从梦里晤深宵。只惜呀呀刚学语，魂小难招。

（以上选自《同声月刊》第3卷第5期）

西　河

金陵怀古，和清真

名胜地。薶金作镇堪记。东吴故迹久飘零，阵云四起。赋哀索寞有兰成，胭脂流向波际。　　古淮畔，愁再倚。叶根打桨何系。龙蟠漫说郁葱葱，路多废垒。旧时曲罢后庭花，粉娥车去如水。　　锦丛绣户已换市。指伽蓝、笼雾荒里。共是夕阳身世。莫烽烟暗逼，钟山孤对，余得空城寒潮里。

长亭怨慢

看一片飞红庭户。春繄荼蘼，絮飘和雾。燕窥帘，闺中蹙黛减妍妩。沈郎腰瘦，试锦带、伊谁诉。杜宇一声声，莫再把、归期延误。　　凝伫。怅天涯远别，鸥雨渔烟处处。乌衣夕景，似留照、行人来路。识旧面、尚有桃花，况珊架、琴书如故。盼鲤信随波，策马迓君遥浦。

浪淘沙慢

和清真

早烟护，风凄秀野，露陨残堞。装束邮亭懒发。弦弹候馆换阕。暗卜到归期心耿结。感人去、弱柳空折。怕望断高城雾遮影，驮铃细声绝。　　悲切。玉作去声鞭路迴云阔。料燕紫蜂黄，双飞处、悄悄清泪咽。嗟万树红肥，何忍轻别。旧欢未竭。知绮怀惟有，娟娟蟾月。　　深误阳关骊歌叠。分襟远、凤琴骤歇。镜鸾闪、眉痕描似缺。倩笺字、密语相思，映暮色、惊看舞絮纷纷雪。

蝶恋花

适有所闻，步庵闇词豪前均年谱一阕。先生明眼人，当可于言外得之。敬希南园词长正拍并祈转交庵闇先生一阅，十月初五。

漠水迷离遗珮后。梦冷巫云，晓色穿琼牖。睡起恹恹如病酒。扶头斜倩柔荑手。　　心苦难将蜂蜜透。匀粉涂脂，强画双蛾秀。作态红楼谁举首。门前车马伤非旧。

石州慢

和太狷，依东山声韵

说甚飘零，平地幻波，忧绪寥阔。伤心海角难从，伫泣潮奔谁折。脂流粉坠，夜梦枉绕春闺，河边淘尽阴山雪。萍絮一般看，莫推寻根节。　　愁发。风奁金蕊，鸾镜琼葩，易悲离别。可许回头，渺渺三千途绝。托魂精卫，又恐迥杳无期，鱼龙隔阻寒云结。待问有津涯，已沉沉年月。

琵琶仙

咏纺纱婆，依白石声韵

垂老情绵，袅昔在、淡月昏黄丛叶。风韵还托徐娘，丝痕系难绝。春醒后、秋心暗缚，正星晚、悄听鸣鸩。玉杷缘悭，金阶境隔，瓜架凄说。　　愿高举、飞达银河，附云锦、天孙会佳节。何忍恤忘嫠纬，陨西风蕒荚。怜细羽、谯谯缔缕，便织鸳、总是头雪。只怕声聒空闺，罢梭伤别。

（以上选自《弢素遗稿》，《南京文献》1948年第24号）

王瀣（3首）

王瀣（1871—1944），字伯沆，一字伯谦，晚年自号冬饮，别署沆一、伯涵、无想居士等。江苏溧水人。祖易堂，父鹤瞿，母系海宁陈氏。早年肄业于南京钟山书院，曾在江南图书馆善本部任职，先后执教于两江师范学堂、金陵女子大学、中央大学等院校。曾馆陈三立家，从学于端木埰、文廷式等人。藏书宏富，博学洽闻，其学数变，“弱冠肆力辞章，壮岁兼治经世之学，四十以后出入于佛老”（钱堃新《冬饮先生行述》）。工诗词，旁涉金石书画。曾手批《云起轩词》，著有《冬饮先生遗稿》（民国排印本，收《冬饮庐文稿》《冬饮庐诗稿》《冬饮庐词稿》《冬饮庐藏书题记》四种）、《读四书私记》《清四家词选》等。《词综补遗》收其词三首。

玲珑四犯

庚戌上元前一日，半山亭和梦湘壁间旧题。

澹日草薰，疏风云活，山亭眉际如举。挟书扪虱意，一笑成今古。山翁醉眠甚处。料当时、鹤栖无主。侧日孤寻，乱松斜照，唯有石泉语。　　人生几回沤集，检苔廊墨晕，吟思去偏苦。鬓丝清磬老，梦影南朝去。残僧漫话争墩事，早愁入、春城箫鼓。谁说与。催归又、昏鸦绕树。

大　酺

春阴柬雨叟

渐柳绵稀，莺声罢，问讯西城吟馆。瑞花红在否，料白髯飘对，旧编还展。人道苏仙，重来游戏，合有斜川能伴。篮舆乘兴去，记那回挑菜，醉扶春远。更同上僧楼，笑言瑶席，此情余暖。　　鬓毛原易短。盛年事、多少雨荒云散。暗检点、词笺赋笔，布袜青鞋，江山又、逐啼鹃换。燕麦兔葵，倩谁会、倚阑心眼。想排日、清尊满。婆娑老子，睡起帘波卷。好天不成又晚。

（以上选自《学衡》1925 年总第 48 期）

台城路

题周椿年遗事

城阴依旧归飞燕，沧桑墨痕谁补。过眼沙虫，回头风鹤，多少野花无主。孤儿草屦。正一片惊笳，乱云低度。黯黯宵程，洒人碧火上衣聚。　　春晖但余恨土。母孱儿足茧，血暗榛路。履异霜严，归同革裹，忍诵蓼莪哀句。江烽照处。认梦影楼台，绿杨非故。月黑山寒，孝乌啼恁苦。《上江两邑新志·列传》：周椿年，字梅溪，江宁人。咸丰癸丑之乱，母歿于城中，时椿年去朱门乡，闻报悲号。夜入贼境，与妻陈氏负骸以出，殡葬之，遂以哀毁致疾，明年卒。

（选自《同声月刊》第2卷第6期）

张逸（5首）

张逸（1871—1942），字纯初，号禺山山人、无竞老人，广东番禺（今属广州）人。信佛，擅画，师从居廉学没骨写生法，后学恽寿平与徐熙。壮年学词，庚午（1930）初，在同人催促下编辑词作为三卷。曾创办《七十二行商报》，抗战时期，曾移居香港和澳门，1942年逝于澳门。著有《笔花草堂词》。

《笔花草堂词》三卷，民国二十一年（1932）印本，分别为《花痕梦影集》《溪尘集》《百花词草》，共计词作二百余首，其中《百花词草》皆为题图咏物之作，不如《花痕梦影集》《溪尘集》情感饱满丰富。卷前有高剑父题签，黄荣康序、作者自序及黄肇沂题词，后有李翰跋。整体上循常州家法，紧守四声及意内言外之旨，对于王国维《人间词话》亦有所取。词风"不囿于一家，而与苏辛姜吴为近"（李翰《笔花草堂词跋》）。

双双燕

用史邦卿韵，有所赠，赋白燕。

月华似水，听呢喃软语，春宵凝冷。差池玉羽，低掠银河交并。恰是桃开露井。又撩拨、风怀莫定。翩然飞入梨花，一色素光无影。　　幽径。风轻烟润。看换却乌衣，淡装尤俊。珍珠帘底，时共啼莺催暝。闻说双栖未稳。闲过了、廿番花信。如此轻盈，爱尔画楼慵凭。

减字木兰花

初冬游莫愁湖胜棋楼

山温水腻。来访南朝金粉地。怀古凭栏。棋劫销余几局残。　　美人往矣。剩有名湖留姓氏。波冷荷枯。白鹭冲烟起断蒲。

唐多令

胡园看菊

绮阁带斜阳。秋容爱艳装。正红儿、曲度霓裳。一片锦靸明水槛，人顾影、罨花光。　　纡屈转回塘。东篱薄有霜。好园林、日渐荒凉。漫与卷帘人比瘦，花曾见、几兴亡。园为徐锦衣所有，再易主为吴用光中丞，今归胡氏，已就荒芜。是日有女伶度曲，藉收门券。

清平乐

题《蟋蟀图》

空山雨歇。烘出荒荒月。酒醒天涯人忆别。愁入半林黄叶。　　微茫一点镫青。悠悠岁月关情。凉逗幽单客枕，梦回肠断秋声。

祝英台近

夹竹桃

叶扶疏，花媚妩。并入一株树。渡口人归，翠袖薄寒否。莫教三径荒芜，恨烟颦雨，被泪影、带将春去。　　最无据。红妆深掩淇园，重来感崔护。凤尾拖霞，韵别众芳谱。且将插遍篱根，青枝红萼，长与伴、武陵人住。

（以上选自《笔花草堂词》民国二十一年印本）

陈训正（17首）

陈训正（1872—1943），字无邪、屺怀，别署玄婴、天婴、西嚅居士（《紫萸词跋》），晚号晚山人，浙江慈溪人，光绪辛丑（1901），壬寅（1902）恩正并科举人。与冯君木友善，结“剡社”，避祸日本期间入同盟会，归国后创办“通社”，曾任宁波府教育会会长，董理《天铎报》，鼓吹革命。辛亥后，任军政府财政部部长，创办平民共济会及《生活》杂志，经理《商报》，北伐后，任浙江省政府委员兼杭州市市长、民政厅代理厅长、西湖博物馆馆长，1931 年任民国政府参事。（陈建风、陈建斗、陈建尾《陈训正行述》）著有《天婴室丛稿》，第二辑内收《末丽词》《紫萸词》《吉留词》《缆石春草》四种词集。

《末丽词》作于 1925 年，共五十六首词；《紫萸词》作于 1925 至 1926 年间，共三十首词；《吉留词》作于 1927 年，共四十三首词；《缆石春草》作于 1930 年，共二十六首词。陈训正早年喜作艳语，有《茜亩词》，悔而弃之。自 1925 年在上海结识况周颐、朱祖谋，又重新作词。沙孟海评称其词作“取径与冯君（冯开）略同（出入美成、君特），而硬语盘空，独似鲁直”（《陈屺怀先生行状》）。

忆江南

芳树外，无限夕阳红。何处佳人吹玉笛，声声堕入莫云中。打断落花风。

蝶恋花

春江道上赋寄蕙风、木公

牢落天涯人自去。偏又东风，吹绿天涯树。燕子迎人如送语。无端听彻声声住。　　野色苕苕愁日莫。灯火江南，渐堕空濛处。客里看春人坐雾。回头不辨来时路。

高阳台

三匝乌凄，百般虫细，伤心况又殊乡。荡夕生愁，高楼怕近斜阳。离涂黯淡无人色，待雁来、与说苍茫。倩凭空，写个人人，教自思量。　　低徊不尽山河影，况西风古道，弥目荒凉。断翠零红，霏霏可是年芳。行人到处啼蛄急，细听来、不比寻常。更堪消，暮色天涯，几度昏黄。

菩萨蛮

弥天积雨无昏晓。西风陌上行人老。见说少年时。黄金笼马归。　　知君多意气。情为君迢递。迢递隔山河。朝朝望若何。

清平乐

题仲可《纯飞馆填词图》二首

抱琴归去。独向云深处。若有深情依碧树。立尽斜阳无语。　　一篇秋水南华。相从世外人家。袖里林泉可据，不知身在天涯。

山川如故。岂是人间路。总被闲愁分了去。冷却一春芳杜。　　幽人来去空空。会心只在山中。莫问山深山浅，能消几日东风。

高阳台

和人韵

斜月窥墙，凄虫专夜，天涯那更西风。悄立阑干，不知秋向谁浓。相逢尽是伤心侣，怎管他、去燕来鸿。说丹林、会傲清霜，总是羞红。　　回肠拚贮悲秋泪，奈秋光满地，洒亦无从。怕有相思，今宵飞梦天东。残杨纵带飘萧色，作秋声、都在高桐。最无憀，院落黄昏，横据云封。

（以上选自《末丽词》，《天婴室丛稿》民国刻本）

霜叶飞

鬲窗烟语。飘萧入，偎人如报秋去。北风著意送征鸿，愁绝无归处。更甚说、湘皋日莫。天涯香草迷兰杜。漫去采秋江，渺渺夕云生，怕有洗秋飘雨。　　犹记紫燕来时，红鹃唤后，冶英开满春路。几日无梦到江南，摇落便如许。怎禁得、离怀别苦。伤心扬子东头渡。竟一夕、飘流尽，漠漠杨花，不成情绪。

（选自《紫萸词》，《天婴室丛稿》民国刻本）

真珠帘

立春日，雨中望白堤

檐头一夜闻寒响。乍凭看、迸入回肠孤荡。濯濯白堤深，带一痕新涨。眼底春青初上柳，犹道是、做愁模样。凝望。更几日东风，华光齐放。　　恁地织恨罗愁，问何时、消得弥天烟障。潦草不成春，伫王孙陌上。见说阳乌原有脚，怕来去匆匆无状。怊怅。对曀曀山川，佳人天壤。

满路花

赋　事

高桐秋作弄，落叶乍哀蝉。是何消息也，怅尊前。前尘似海，望眼欲生烟。几度凭阑处，凉月娟娟。曳风还过虫边。　　木香台榭，坐彻小凉天。满城霜角动、黯无言。玉床空倚，索性不教眠。有泪中肠贮，一掬缠绵。知他肯许心怜。

宴清都

得甬讯，云仁湖总帅自陆来杭，偕省府诸公至江干迎候。是日大风雨阻津渡，久迟不至，乃望潮而还。

立马听风雨。行程绝，候潮门外官步。山瞒暗日，沙喧断壁，念公无渡。吴魂惯逐鸱夷，莫更盼、灵胥解怒。笑此日、驻望江干，倾城万目良苦。　　无端送尽愁潮，望尘不见，空见归路。江吞恨臆，天抛泪色，为谁凄楚。当年霸迹都划，只射后、惊涛如故。任纵横、到海沉沉，鱼龙自舞。

垂　杨

休日过白堤，望南屏山色而作

客途倦矣。笼一鞭暮色，乍来人外。马足尘深，柳兜烟眼明秋地。空云不与填心事。怕天雁、背风难起。甚清清、弥望山川，也似人蕉萃。　　终古回峰滴翠。看残日挂林，总无晴意。万杵霜声，旧愁应共秋红碎。当年几点金牛气。但剩有、柔光绕指。任喧凉、半壁虫沙，催暗泪。

惜秋华

十月三十日赋

对老秋容，剩西林堕日，斜烘红树。飘叶送尊，离心乱云无处。年时眼熟山川，渺雁景归来能语。愁诉。怕风高阵侧，衔芦心苦。　　到念便消阻。伴黄花冷落，萧然情绪。篱下傍人，花又为谁眉妩。而今野色低迷，一半是、新霜耽误。凝伫。漫临皋、晚芳零路。

桂枝香

孤　雁

烟空自语。看一雁飘萧，回翔秋路。拣遍沙汀欲下，竟无栖处。斜阳不与消寒色，问衔芦、为谁辛苦。送将归也，弥天搅得，乱云情绪。　　念甚事、飞飞不去。似万水千山，愁重难度。落叶天涯，此意那堪持与。飘浮不比鸥身世，向江湖漫寻心侣。辟寒何地，销魂况是，雨朝风暮。

（以上选自《吉留词》，《天婴室丛稿》民国刻本）

解连环

望　梅

暮寒吹彻。正凝云絮羃，乱山香发。付眼前、如此冰天，冷得到，成春也称芳节。回念宵来，阻幽梦、曾同风雪。待瑶华自朗，说与玉人，肯许攀折。　　横波乍承素靥。度温馨细细，都入情热。甚辨烟、欲吐还休，又却怕分明，向人唐突。知汝多愁，况愁绝、更无言说。任那时、夜深夜浅，但来伴月。

满江红

雪后感事

一夜刀刀，问似睡、山容醒未。试放下、晶帘坐对，朔风还厉。扫却门前都不管，看来草背浑无际。指高台、犹自说初阳，仌天底。　　丹井冷，青尊废。鹤语咽，猿啼起。绕梅花百匝，先生老矣。白雪愁闻秋士曲，黄金错铸春人泪。笑年年、一度试冰车，干卿事。

六　丑

月　夕

拥孤衾夜悄，盼不满、床前明月。镜阑坠寒，孅阿谁为说。此意天末。持与同心侣，滞光千里，问郇边孤洁。关河到处成空阔。几跃更鼍，成行梦蝶。凄凉最难分说。纵离心肯暖，犹欠安帖。　　无端转折。剩冰魂一玦。堕付琉璃帐，愁惝忽。愁深怕看圆缺。对娟娟体态，总怜唐突。氤氲满室香犹爇。曾一度、照彻屋梁，不与故情同热。虚栊掩、残漏声濶。奈思沉、便著明明地，何时可掇。

（以上选自《缆石春草》，《天婴室丛稿》民国刻本）

林葆恒（17首）

林葆恒（1872—1950），字子有，号讱庵，福建闽侯（今福州）人。林则徐侄孙。光绪十九年（1893）举人。曾任中国驻小吕宋（今菲律宾）副领事、驻印度尼西亚泗水领事。勤于词学，为须社、沤社成员，被誉为八闽词坛后劲，辑有《词综补遗》《闽词征》等，著《瀼溪渔唱》，叶恭绰编《全清词钞》，也得其襄助。

《瀼溪渔唱》民国二十七年（1938）刻本，一卷，收词一百四十余首，大致按时间顺序编排。目录采用“天皇记时历”，分别为“著雍执徐”（戊辰）、“屠维大荒落”（己巳）、“上章敦牂”（庚午）、“重光协洽”（辛未）、“玄黓涒滩”（壬申）、“昭阳作噩”（癸酉）、“阏逢阉茂”（甲戌）、“旃蒙大渊献”（乙亥）、“柔兆困敦”（丙子）、“强圉赤奋若”（丁丑）、“著雍摄提格”（戊寅），共计十一个年份。可知是1928年至1938年的词作。《瀼溪渔唱跋》称：“余夙不工填词，戊辰（1928）夏，徐丈姜庵、郭君啸麓结须社于析津，强余入社，遂勉学为之，前后得百余阕。”后于“庚午（1930）南下，从朱丈彊村、程君十发结沤社于上海，又得百余阕”。《瀼溪渔唱》所收，即“综前后所为词，汰去大半”。徐沅以为其词得东坡之法，是“以诗为词者”，又说“凡所为词，满心而发，肆口而成，不待艰思而工，不烦细琢而丽，使人举首高歌而浩气逸怀，超乎尘垢之外”，而“遇事发抒则又与玉田、碧山为近”。评价颇高。夏敬观《忍古楼词话》则以“清声逸响，饶有韵味”称其词。

声声慢

和蛰云秋柳

关河冷落，金粉飘零，隋堤流水凄然。蹙损双眉，秋愁付与残蝉。柔丝万条如旧，甚多情、不绾游船。空憔悴，对蘸波纤影，好梦难圆。　　犹忆春时绮陌，有斑骓频系，飞絮漫天。解舞腰支，风前几度缠绵。谁知一番霜讯，把芳期、飘散如烟。红板路，便重过、非复往年。

霜叶飞

落　叶

断蛩凉语。斜阳外，庭柯飘落如许。数声清响坠闲阶，疑是潇潇雨。最怊怅、关河倦旅。凄凉谁共亭皋步。叹藓径全封，写怨抑、题诗欲寄，御沟何处。　　当日万绿成阴，宸游禁苑，往迹依旧堪数。洞庭天末起微波，景物都非故。尽庾信江潭闲阻。秋衾铜辇伤迟暮。忍便随、西风去，飞傍芳尊，向人低舞。

玉烛新

己巳人日，集栖白庑

水生挑菜渚。成句。问欲寄题诗，草堂何处。旧时倦旅。迎年后、第一良宵尊俎。春生杖屦。有谢傅襟期飙举。螺江太傅同席。看四座、文采风流，应占德星同聚。　　觞余为祓清愁，更拂墨分题，限香拈句。日去华共赋。高吟后、仿佛霓裳同谱。春幡漫舞。且点缀乡风荆楚。恁客梦、飘落梅边，诗情更苦。

百字令

柳墅感旧

碧云低处，是当年巡幸，曾停龙节。翠葆霓旌高拥日，遥想舳舻相接。曲港观潮，平台阅武，属国魂都慑。断碑犹在，胜游遗老能说。　　今日白草黄沙，千行疏柳，斜日残蝉咽。簧舍韬铃探虎豹，转盼烟销灰灭。输与胡姬，明珰素袜，争鼓河心楫。盛时曾见，夜深惟有凉月。

忆旧游

丰台芍药

看金壶细叶，醉露欹红，无限芳菲。想阿钱仙去，剩香魂缥缈，幻作将离。日暄坠鬟慵整，迟暮怨斜晖。怅茧栗春酣，扬州路远，衰鬓成丝。　　逶迤。草桥外，记万艳翻阶，一往寻诗。廿载沧桑恨，问冯庄花寺，强半烟霏。梦痕尚留婪尾，憔悴弄芳姿。叹洧水风流，空馀赠谑逾往时。

高阳台

初雪，时客京师

云阁轻阴，风催玉屑，微寒不度湘帘。倦旅孤悰，漏声徐送银签。隔年乍试龙公手，梦醒时、庭院堆盐。听琤玐，落叶声中，敲遍琼檐。　　征车拟趁凌晨发，怅流澌渐结，归路微淹。内集兰阶，情怀无那恹恹。熏篝锦幄浑犹未，怕有人、冻损葱尖。试呼僮，扫与烹茶，兽炭勤添。

点绛唇

六月三日，约颐厂、姜厂、息厂重游，次前韵。

打桨重来，系船柳岸浑忘暑。断霞明处。阁著黄昏雨。　绀屋千荷，欲住何缘住。吴窑路。载花归去。新月林间露。

苏幕遮

冬　柳

傍长亭，依古戍。几曲眉弯，曾系兰桡住。一自西风吹梦去。瘦损纤腰，忍为他人舞。　锁寒烟，偎苦雨。惨碧丝丝，犹有昏鸦聚。转绿回黄君记取。蘸影春波，重斗风前絮。

清平乐

夏夜，次颐厂同年韵

蕉廊凉话。好个初三夜。新月窥人浑欲下。一抹眉痕难画。　地炉试爇松明。晚风听取瓶笙。拾得池莲堕瓣，趁他鱼眼初生。

汉宫春

辛未清明

开尽桐花，看湔裙一水，绿遍江湾。衔泥旧时燕子，飞去无端。新烟澹沱，甚东风、犹殢馀寒。从怕见、桃昏柳暝，背人倚尽危阑。　却叹卅年作客，恁南云尺咫，眼断乡关。何时过家上家，手荐寒泉。夷歌野哭，想饥乌、衔肉都难。近日闽垣不靖，居民至不敢上冢。休更忆、梅亭暗雨，夜来旅梦先还。

三姝媚

花朝日，偕彊村丈诸君公园看桃花。

登临休费泪。趁花朝暄妍，蕃园同莅。几树红酣，映夕阳斜蘸，一湾流水。旖旎芳姿，偏斗尽、娇春罗绮。莫问龙华，葵麦摇风，胜游难继。　　鹑首钧天方醉。叹洞口云封，避秦无地。底是仙源，傥遣乘春涨，小舟重舣。露井飘零，都换却、东风尘世。忍忆郊坛到处，千红万紫。

安公子

烛泪，和蛰云

一枕秋光冷。梦痕照彻今应醒。曲曲银屏遮不住，恨凉飔无定。对绮席、垂花记傍铜荷靓。曾几何、剩付流珠迸。恁夜阑偏藉，东壁余光低映。　　遥夕西窗永。调辰前事难重省。密记金銮残稿在，叹萧疏双鬓。溯别绪、丹心尽自成灰肯。衔六龙、望断昭阳影。待曙鸦啼后，认取几星红凝。

扬州慢

自题《填词图》

文采清门，故家乔木，老来百事无成。叹虞渊莫挽，早两鬓星星。剩晞发、江湖独往，旧宫禾黍，长念周京。纵弥天、忠愤哀弦，弹与谁听。　　五湖倦梦，问何时、重订鸥盟。看野水平桥，高松压屋，空写遐情。寄语故山猿鹤，斯图在、息壤堪征。待馨香姜史，银笺勤谱偷声。

南楼令

丁丑重九

落叶满空阶。新寒荡酒怀。甚笳声、把梦惊回。特地重阳风雨少，争忍听、渚鸿哀。　　何处说登台。题糕总费才。望家山、消息难来。江外黄花无限好，只解傍、战场开。

浪淘沙令

忆金陵

望断蒋山青。重到须惊。当时高调满旗亭。怎奈红愁绿惨后，反舌无声。　　王谢旧门庭。燕也飘零。营巢各自觅雕甍。抛却落花红不管，谁系金铃。

龙山会

重九日与榆生合约忏盦、半樱诸君子同集寓斋，次梦窗韵。

逃命兵戈罅。薄雾浓雰，又见黄花亚。琼杯欣共把。西风里、愁听霜枫红下。旧地怯登临，想非复、当时[illegible]冶。念中原，哀鸿嘹唳，泪痕空洒。　　依然乌帽红萸，小小蜗庐，聚达人车马。光阴犹可借。酒行处、莫负清尊良夜。身世等流民，须惜取、年华如泻。愁怎舍、凭阑坐看，玉衡低挂。

玉京秋

残荷，和草窗

烟渚阔。红芳渺何许，乱螀啼切。载酒吴兴，宴游重记，拗筒攀叶。传饮琼觞渴极，倩佳人、丝藕曾雪。几时别。六郎纤影，冷鸳空说。　　为想罗衣寒怯。怨西风、环残钏缺。露冷珠房，霜欺水佩，幽香都歇。翠盖凋零，尚想见、擎雨棱棱风节。玉箫咽。愁对江乡落月。

（以上选自《瀼溪渔唱》民国二十七年刻本）

罗惇曧（6首）

罗惇曧（1872—1924），名惇曧、惇融、敦曧，字掞东、敷堪，号瘿庵、瘿公、绮移居士，广东顺德人。其生年另作1871、1880，康有为弟子。光绪二十九年（1903）副贡，曾任邮传部郎中。辛亥以后，历任北京总统府秘书、参议、国务院秘书。与袁克文交善，而拒袁世凯称帝封赐，以明心迹。工词曲，多次为程砚秋、梅兰芳写剧本。著有《瘿庵诗集》《瘿公词》。钱仲联《光宣词坛点将录》称："瘿公度曲当家，词亦不凡。《蝶恋花》数阕，自是《阳春》、小山遗音。"

扫花游

崇效寺看牡丹

艳晨俊约，对浅嶂围香，绚妆春午。叶阴绕步。有眠鸳傍砌，乱蜂争路。似渲荒庵，缀遍红嫣翠妩。正凝伫。带阑角峭风，愁燕低诉。　　芝盖纷到处。就梵外传觞，醉邀鬟舞。楚娇漫妒。便零脂碎粉，尽消吟赋。倦蝶捎烟，误惜蛮薰暗度。断钟暮。渐飞尘、钿车人去。

（选自《民权素》1916年第15期）

望江南（四首）

为姚玉芙作

曩者红儿多丽，赌酒秋堂，擅歌英秀，皆饶盼睐。亦尝总持大雅，屏斥淫嚣，子弟翩翩，群知尊礼。中年毷氉，蜷伏幽斋，违阻清尘，于今六祀。相逢旧识，每感多吁。今秋就客江亭，忽逢粲者，形体便婉，妙龄十四，明波善睐，旷绝其曹。窈窕能歌，不伤佻谑。异日芥子园中，重见花下，京兆凌公，亦同斯会，诧为晚出之秀，殆无溢词。年来久废艳思，每嗟才尽，缠绵此丽，触拨成声，虽即事之多伤，亦破颜而作笑。虚斋凉寂，聊为赋之。

秋心坠，触拨尚能春。雾阁飘镫翻酒幂，风堂流月度歌尘。沾絮太无因。

罗襦重，温玉尚妨肌。珠巷月凉邀笛去，锦城镫暝蹋花归。行迹玉骢知。

新霜净，珠勒九衢风。侧帽开帘人似玉，貂裘妍坐辔如龙。嫣笑语微通。

兰窗坐，裁锦细教书。瓯碧霏谈清屑玉，筵红哀曲韵累珠。心醉不教扶。

（以上选自《春柳》1919 年第 6 期）

绛都春

辛仿苏属题《青衫捧砚图》

帘深露卷。正斗篆回香，瓶笙沸暖。唤起小魂，伫立单衣闲庭院。蜂嗔蝶怨游丝倦。怅坠羽、流光轻换。镌春费句，吹花题叶，偎人新燕。　　应见。鹅溪薄染，试重展、依稀春星酒畔。柳外月迟，花底天宽闻歌惯。汀蘋归马心情远。怕负了、红芳畹晚。忍抛零落筝尘，风灯别馆。

（选自《广箧中词》民国二十四年印本）

邵章（21首）

邵章（1872—1953），别名伯褧，号倬庵，浙江杭州人。清光绪二十九年（1903）进士，历任编修、湖北法政学堂监督、奉天提学使等。1929 年任九世班禅额尔德尼秘书长。邵章为谭献弟子，其词集自叙称“弱冠游复堂先师门，习闻词学绪论。中岁人事牵萦，未遑操翰”，至五十二岁始学为词，与夏孙桐、张尔田、邵瑞彭等相商榷，著有《云淙琴趣》。

《云淙琴趣》三卷，民国二十四年（1935）刻本。此为递刻本，其按刊刻先后，分别为：《云淙琴趣》二卷，所收词作始于 1923 年，迄于 1929 年，共收词二百首，依年次分为两卷；《云淙琴趣》一卷，1935 年倬庵邵氏补刻。是集有邵章自记，收词始于 1923 年，迄于 1934 年，约百首。此外，另有《云淙琴趣》一卷，1953 年油印本。该本收入《倬庵遗稿》，收词始于 1935 年，迄于 1952 年，约百首。邵章词备受名家推崇，夏敬观谓其“词境上追梦窗，守律极严，纯取生涩，不袭故常，可谓尽词之能事”（《忍古楼词话》），给予很高评价。

兰陵王

楚江阔。堤柳牵舟未发。东风紧，吹放冶条，惜影怜香傍桃叶。春林唤夜鸩。凄咽。枝头诉说。年年恨，歧路乱丝，阑角飞花荡回雪。　　追思旧京阙。奈盏拽琼筵，鞭坠金埒。胡笳羌管翻愁叠。伤客燕归暮，禁乌凄冷，歌前寻梦渍泪靥。眷天际残月。
消歇。谢攀折。任湿尽青衫，催遍华发。柔肠宛转情千结。伫曲浪生浦，雾尘低堞。斜阳烟树，写丽景，漫赋别。

霓裳中序第一

和家次公瑞彭沽上早春

亭皋又弄雪。梦咽寒箫声乍歇。回首关山数叠。甚塞柳未苏，羌梅先发。琵琶怨切。诉寸肠、云路千折。春何在，玉龙泪落，此恨倚天说。　　银阙。暗尘吹灭。滞俊侣、擎杯对月。江郎仍惯赋别。宿馆烟沉，宝鼎香爇。和歌憎韵滑。伫醉舞花前按节。鹃啼紧，津桥离思，定引暮潮阔。

破阵乐

建章路杳，昭阳梦隔，愁引秋苑。金鼎销沉盛事，记往古芳林清宴。螭陛层云，龙池细雨，若华隐现。想朱轮、傍柳鸣镳去，约茆檐沽酒，花茵弹阮。镇日雍容，翠微弄影，嬉游忘返。　　休羡。斗草春深，移橙候近，开绣户，迎紫燕。几许繁荣随乱叶，迸作九疑凄怨。渺风烟，弥平楚，惊沙堕眼。策马汉家陵上，玉几抛残，珠襦弃尽，鹃啼魂断。剩合蓬岛仙楼，旧京日远。

雨中花慢

云敛秋深，天垂月静，都门别恨如潮。听彻龙池春暮，远近吹箫。帝业霎时尘土，军声不减票姚。剩荆驼客感，送目关河，丝鬓飘萧。　　兴亡忽改，但见斜阳，燕去晓色乌朝。还眷望、玉绳移柄，金谷连镳。枉递三生鹊语，虚传九陌鸡翘。涉江思采，夫容何许，休上兰桡。

虞美人（二首）

和南唐后主

天涯草色回新绿。愁绪休轻续。殿前婴武向谁言。闻说宫花零落已经年。　　南朝佳丽风流在。游客雕鞍解。秦淮水暖曲房深。夜半珠歌翠舞泪难禁。

晨钟暮鼓无时了。旧寺栖霞少。哀禽枝上惯呼风。吹遍行人头白橹声中。　　楼船铁锁今何在。城上旌旗改。景阳宫井不知愁。谁挽银河到海更西流。

丹凤吟

和美成

黯黯融和天气，细雨酥街，轻烟笼阁。镫昏炉烬，倾耳梦残罗幕。笳声四起，旅情无限，斗鸭阑干，呼鸠林薄。岸柳微风弄影，吹冷丝丝，新恨遥堕天角。　　为问玉京旧事，暇游未觉诗境恶。试骋郊原马，怅山容凄敛，云意荒铄。美人千里，擫笛渡江梅落。

塞下离鸿归路杳，误家书盈握。倚楼买醉，春到寒恁著。

解连环

除夕，和美成

坠欢难托。思蓝桥路隔，寸心绵邈。幻梦境、云雨回肠，只情重语长，露浓衣薄。破晓风尖，岁华尽、碧天萧索。早飞龙换骨，静掩故园，懒问奇药。　　椒房遍熏茝若。记珠帘画烛，人并阑角。自夜笛、横月孤吹，有千种离愁，委婉抛却。巧学春山，怕误点、樱唇朱萼。愿从今、素纨弄影，看花未落。

玉烛新

庚午元旦，和美成

炉烟微坼后。更顾影新妆，好花簪就。夜深对烛，升平话、梦冷昭阳残漏。金钗玉燕，早暗约钿车相候。惆怅事、凭损阑干，余寒半侵衣袖。　　年年过眼欢娱，送卷地东风，旧情忺否。画眉善斗。浑不省、镜里靥红消瘦。歌圆语秀。忍怨曲尊前回首。还劝我、声引华胥，钧天再奏。

玉漏迟

喜孟劬至自海上

望车尘巷里。相逢一笑，酒徒燕市。过眼兴亡，愁说隔江商女。门外西风正紧，奈十里、玉骢难系。烟水际。郊居续赋，庭槐知意。　　旧梦曾绕天南，待故国佳游，共寻花事。岁暮箫声，不减虹桥凄异。咫尺离宫废苑，灿金碧、楼台犹是。鸦阵起。镇日湘帘垂地。孟劬寓海淀。

八声甘州

摄山栖霞寺

度千岩向午解深寒，栖霞恣清游。正丹林凋彩，苍岑隐雪，泉韵琴流。照眼穹碑剩刻，词客倦淹留。争奈前朝恨，樵语难休。　　回顾钟陵江上，渺雄图万里，帆影全收。问何时筇笠，领略此峰幽。倚危亭、登临多难，只等闲、身世看吴钩。沉吟处、动羁人感，岁暮沧州。

夜飞鹊

中秋趣园雨集，和美成

新凉度愁到，庭院凄其。阑角缓送晴辉。京华昨梦早催醒，香红荷泪倾衣。招来旧吟社，但桥盈秋水，岸杳春旗。巢痕认处，话呢喃、宿燕飞迟。　　身世茂陵多感，杯酒付长星，天际安归。孤负烟波垂钓，横塘极望，兰棹终迷。断歌残笛，记南楼、昔与云齐。剩霏微官柳、依回客轸，陌路东西。

献金杯

《龙榆生沐勋受砚图》，和东山

孤馆香沉，重帏梦短。引高情、曙霞天半。上彊村古，洗砚墨池深，烟柳畔。细听樵歌几段。　　载酒人归，惜花春晚。空惆怅、玉虚仙观。袖中双璧，凫舄当飞来，魂欲断。风雪垂虹泊岸。

还京乐

和美成

探春早，扑面余寒酿雪愁难理。盼信风催换，暗吟淑景，诗人笺费。恁敝庐长叹。芸签万轴梁尘委。便试酒，争忍醉醒，凭高弹泪。　　念台城底。度无边帆影，钟声旧日，遨游输此兴味。飘然弄笛江关，误归程、倦问行李。渺天涯、谁梦觉辽阳，歌翻渭水。冷落烧镫节，唐花应渐红悴。

蝶恋花（四选其三）

和次公

慢说兴亡门巷燕。春去秋来，泥落空梁见。数尽归舟帆叶短。东流江水浑如线。　　旧院人家新阅遍。陌上尘飞，郎马嘶犹远。细画眉山连复断。镜奁省识香闺怨。

寂寞焉支山下路。无意钩帘，镇日黄昏雨。历乱群乌啼不住。天寒那觋双栖树。　　强作逢迎心事苦。拚弃琵琶，弹入胡沙去。罗绮三千恩绝处。长门自叹朱颜暮。

别殿娇娆承宠地。蹋臂新声，唱彻黄河水。玉笛西羌疑有意。销魂莫惜金卮醉。　　身事开元崔与李。沦落江南，不见唐天子。宫阙烟尘伤未已。异军谁蹙花门起。

菩萨蛮（十首选四）

甲戌冬夜作

小窗凄冷炉烟歇。冻梅吐萼霏香雪。往事细思量。恼人更漏长。　　倦临妆阁晓。羞见如花貌。秾艳石榴裙。何时得近君。

锦衾重叠回文织。梦余寒透床前月。揽影起裴裒。浓欢付玉杯。　　酒痕襟上浣。愁压溪流满。生小越江东。承恩误入宫。

瑶台缥缈霓旌影。天香脉脉中宵静。三愿拜陈时。妾心谁得知。　　佳期辜宿约。带眼围空削。搔首问东皇。温柔恋故乡。

高楼客散歌钟寂。亭亭蜡泪幽闺咽。惆怅未天明。偷闲坐按笙。　　临春思故国。草没台城北。碧树一声鸡。回看星斗稀。

（以上选自《云淙琴趣》民国二十四年刻本）

沈昌眉（5首）

沈昌眉（1872—1932），字眉若，号长公，江苏吴江（今苏州吴江区）人。十三而孤，以教书为业，自称足迹不出里闬，与弟昌直（字颍若，号次公）同为南社中人，与柳亚子过从甚密，互为知己，亚子有诗云“次公狷介长公狂”，颇得次公首肯。沈昌眉有诗名，所作随手而弃，尝称胡适倡导新诗而风靡天下，不欲存稿以遭唾骂。民国二十年（1931）六十大寿，其弟与门人刊其诗词为《长公吟草》四卷、《词钞》一卷以贺，年六十一而卒。

广陵古籍刻印社本《南社丛刻》第四集、十二集、十三集共存其词五首。《长公词钞》一卷，民国二十年印本，收词二十首，起自 1921 年左右，内容以题图为主。

换巢鸾凤

题亚子《分湖旧隐图》

尺幅新图。认苍茫烟水，中有先庐。荒祠桃已谢，香冢草全芜。禊湖一去冷分湖。廿年不回，堂空燕徂。归生出，叹文社、骚坛无主。　　羁旅。此例古。凄绝灵芬，底竟家何处。衰柳依门，丛芦拂岸，畴抱膝吟梁父。雅愿南阳事躬耕，赁三间屋妻孥聚。待君来，好联床、共话风雨。

买陂塘

题石子《近游图》

望江南、湖山佳处，风朝月夕曾至。年华似水东流去，蜡屐一生能几。游倦矣。借图画、痴心犹作漫游计。烟云万里。看魂魄有灵，脚跟无线，踏遍嫏嬛地。　　灵芬老，积得买山钱未。神庐先为之记。胸上块垒成丘壑，这是才人通例。天下事。算件件、真真假假都如此。长公不死。料意外奇逢，梦中乐趣，一笑同游戏。

（以上选自《南社丛刻》1996年广陵古籍刻印社影印民国刊本）

绮罗香

题柳亚子《秣陵悲秋图》

磨剑难酬，挥戈易折，千载沉冤谁诉。如此江山，不见当年眉妩。吊青溪、空对烟波，殉白练、可怜风雨。猛思量、杀机秋伏，更名成谶错先铸。女本字蓉亚，更以秋石，遂与鉴湖秋侠后先同慨。　　分湖孤冢无恙，百树玉梅花下，还余香土。环珮魂归，两美雅宜同住。濡大笔、碑碣题来，荷短锸、衣冠埋去。定容我、一棹重寻，宝生庵外路。

一萼红

题颎若《梁溪归棹图》

数生平。不对床几载，便尔出门行。两地离怀，全家活计，中宵心绪交萦。况又是、长空雁叫，一声声、送与旅人听。春草吟哦，冬烘潦倒，秋叶孤零。　　最苦雨窗风幕，共药炉茗碗，独客凄清。松径犹存，蒲帆无恙，归欤百事都轻。只奈我、暮年乞食，为啼饥、弱小总牵情。那得儿时书味，重课寒镫。

八声甘州

亚子寄示《摸鱼儿·题秣陵悲秋》，久未属和。残年风雪，枯坐客窗，填此以杀其悲，恕不和元调也。

惨西风旋绕石头城，幽磷绿星星。算国殇多少，大招未赋，那不悲鸣。热血流归桃渡，红浪冷凝冰。愁绝蛾眉影，隔岸峰青。　　之子而今已矣，想成仁取义，双目能瞑。把生前恩怨，一例总销平。只难堪、感怀今昔，对河山、痛泪洒新亭。兴亡恨、待传奇手，絮与人听。

（以上选自《长公词钞》民国二十年印本）

孙濬源（13首）

孙濬源（1872? —1947?），字阆川，号太狷，江苏江宁（今南京）人。孙正礽子。岁贡生，绩学励品，任教育行政事极认真，常徒步至乡间查学，后避居云南，病殁于滇池上。与王孝煃为益友。擅填词，为蓼辛词社与如社成员，《金陵词钞续编》卷六收其词六十七首。著有《江宁乡土志》《凤麓白咏》《秋影庵词》，传见《南京文献》1948年第23号张通之《秦淮感逝·孙太狷》。

倾杯乐

一曲箫声，半帘花影，愔愔画阁烟湿。瘦柳正绿，远棹又发，郁好欢难拾。孤斟浊酒拚沉醉，遣寂寥今日。谁家院宇，惊燕子、蹴落蔫红狼籍。　　暗忆。云窗月庑，软屏风底，空自成凄抑。只碎墨零笺，尊前惆怅写，漂萍踪迹。指涩筝弦，魂消歌扇，忽忽看头白。岸吟帻。应不悔、枉抛心力。

换巢鸾凤

凄绝啼鹃。叹东风渐老，絮已飞绵。粉屏留梦影，锦瑟误华年。缤纷花雨悟情禅。又撩绮愁，谁家管弦。夭桃底，记掩映、旧时人面。　　帘卷。空缱绻。无赖柳条，牵住游丝软。绣陌车归，画楼香冷，争怪吟怀疏懒。休为沾泥惜残红，任随波去春逾远。鲛绡巾，奈莹莹、别泪都满。

绮寮怨

左徒骚赋，为千古词人哀怨之祖，乙亥五日祀以香茗，赋此聊当神弦。

惘惘人间何世，仰天霜鬓搔。竟毁诼、妒损蛾眉，搴蘅杜、泪溅晴皋。江头新蒲正绿，沉湘恨、暗咽来去潮。任溯洄、桂楫兰舟，灵风起、昼黑波浪高。　　怅念蕙荃化茅。芳馨未沬，哀吟藉诉牢骚。剩馥残膏。永沾丐、与吾曹。酬君瓣香明水，恍暮雨、助悲号。天阍豹嗥。忍诵九辩、魂漫招。

玉蝴蝶

秋兰，作花词以宠之

片片井梧飞堕，疏帘棐几，别样秋光。婀娜柔魂，曾否梦落沅湘。浣敲尘、根宜净土，拂素轸、音协清商。晓风凉。暗沾零露，犹仿啼妆。　　难忘。骚经写恨，美人空谷，自爱孤芳。黯忆蘅皋，有谁相赠解明珰。步幽径、欢纫茝佩，敞画屏、香袭罗裳。几思量。尽芟榛莽，莫许披猖。

惜红衣

游莫愁湖，风景凄异。依白石均写之。

短柳梳风，高荷映日，赚人吟力。弄桨渔娃，冲波荡空碧。莲心味苦，休寄赠、哀时词客。凄寂。双燕晚归，觅谁家消息。　　香车广陌。门过西州，闲愁乱尘藉。凭阑怅望旧国。水云北。几曲苇湾深处，昔记舣舟曾历。剩断堤烟树，青夺隔江山色。

水调歌头

凉夜不寐，秋声满庭，枨触予怀。依东山体写之。

梧叶满金井。独卧梦魂惊。空斋香冷。蟀吟苔砌一灯青。凉露涓涓微凝。落木萧萧相应。哀怨未堪听。遍是西风紧。曲奏雨零铃。　　漫嗟伤，声合并。不曾停。夜长人静。无声庭院更凄清。休再诗慵酒病。祛去悲秋心性。淤掩碧纱屏。幽绪闲消领。无睡待天明。

高阳台

红泪啼痕，青楼侠骨，秦淮影事堪伤。画壁幽兰，同心盟誓难忘。会开盒子嬉春地，有东邻、暖翠笙簧。记桥边，一抹朱阑，一角银墙。　　牙箫吹得家山破，怪春灯谜里，竟系兴亡。粉箑桃花，空教传唱词场。铜驼谁令埋荆棘，问故宫、只剩斜阳。更何论，酒社歌寮，蔓草荒凉。

泛清波摘遍

金猊篆冷，铁马声凄，芝馆桂寮何处好。梦回人独，坐久生寒闭门早。长亭道。临歧软语，如水柔情，钗钿誓盟都弃了。怨煞征鸿，塞北音书寄来少。　　彩云渺。慵对画眉镜奁，枉剩断肠诗草。惊起群鸦乱啼，夜长难晓。凤城杳。芳讯自昔渐疏，春光几时重到。只怕梅花冻折，数枝颠倒。

倚风娇近

游小盘谷归云堂

乔木苍烟，涧泉微响疑雨。断崖苔藓，纹奇古。危石拥松门，惨碧掩斜曛，觅得秋魂，悄诉青山无主。　　轻扣禅关，残衲随云俱去。林壑重来非故。任是修篁最深处。狌鼯聚。问谁更结团瓢住。

红林檎近

新　燕

芳草天涯远，画楼春事忙。翠暮认门巷，绿杨暗池塘。江南归来未晚，换了绣陌幽坊。忍入花里飞翔。无语睇斜阳。　　小别惊岁隔，羁泊黯神伤。嫣红姹紫，依然当日风光。奈卢家堂圮，泥痕破损，旧巢欲觅空断肠。

绕佛阁

游祖堂山幽栖寺

为寻胜境。苔翠染屐，岩洞幽迥。遥望东岭。更将路转、天盘度危磴。　　桧杉翳影。崇殿绀宇，微露松顶。山气凄冷。又闻袅袅，清风送寒磬。　　画壁剩残墨，半绕蛛丝尘黯凝。句容尚仰止先生画壁，为降龙、伏虎像，尚存。时有呗声，空庭鸣鸟应。念旧侣维摩，诗句堪证。老来心性。爱听水看云，魂梦都净。茗花香、暗中消领。

诉衷情

春暖。风软。人意懒。晓妆迟。菱镜启。窗底。照花枝。柳碧蘸清池。丝丝。羞看双燕飞。绣帘垂。

女冠子

朱阑独倚。长记软罗屏底。语匆匆。浅醉眉微敛，无眠梦未通。　　窥奁惊影瘦，病肺怕香浓。不管闲莺燕，蹴残红。

（以上选自《如社词钞》民国二十五年印本）

王永江（6首）

王永江（1872—1927），字岷源，号铁龛，奉天金州（今大连金州区）人。屡试不第，后潜心中医。曾任金州公学堂南金书院监理、辽阳警务长、民政科参事兼秘书厅秘书员。民国后，为奉系政界要员，反对内战。历任奉天省城税捐局长兼屯垦局长、奉天军属高级顾问、奉天省警务局长、财政厅厅长、代理省长、省长。民国十二年（1923），创办东北大学。（张松石《王岷源先生年表》）著有《铁龛诗存》四卷、附《铁龛诗余》一卷。

《铁龛诗余》一卷，民国十四年（1925）印本，前有洪如沖题签、作者自序，各词均有断句。另有一民国印本，行款、字体类似，但前有目录，而无题签和自序，词作无断句，不同于民国十四年本。据《自序》可知，王永江因1925年春养病期间见密友洪未丹所携词籍而开始作词，一个多月内作百余阕，删选而成《铁龛诗余》。其词感慨良多，而部分词作下语稍显浅露。

捣练子

闻　砧

金缕曲，麝兰香。多少红楼上晚妆。谁念蓬门砧杵响，秋风和月过颓墙。

渔家傲

游永陵

返照嫣红煊碧草。东陵帝子寝宫窅。宝鼎丰碑啼春鸟。英风渺。暮烟一缕横华表。　　龙凤雄姿身手好。而今白骨同枯槁。都道英雄时势造。猛醒少。百年弹指空烦恼。

木兰花慢

望卢龙塞上，春草黯、暮烟浮。剩战垒凄迷，沙含碧血，雨湿红愁。前秋。病花悴柳，趁东风一抹蔚山陬。试看谁家院宇，蓬蒿犹翳残甃。　　凝眸。芳色到妆楼。懒起挂帘钩。更有何意绪，拂花倚竹，翠揽红收。回头。泪痕暗掩，又撩人春恨聒啼鸠。可有征人信转，因风传向滦州。

西江月

夏中即事

静似神仙院宇，幽如花木禅房。北窗闲卧溯羲皇。谁解渊明形状。　　幸自归来早计，笑他奔走空忙。欲将名姓更深藏。怕有轩车来访。

蝶恋花

友人招饮老虎滩，遇雨

老虎滩头千胜馆。俯瞰沧流，四面青松短。凭几观潮潮拍岸。涛声雨韵清杯盏。　　对面山坳荷荡晚。三两渔舟，带雨濛濛转。我亦倾樽辞锦宴。淋漓湿透青罗伞。

喝火令

山东难民

春草迎人远，春泥没骭艰。春寒风力扑人尖。遥见流民无数，曝背古城南。　　战蹙鸿离泽，饥驱鹑结衫。北来一望泪潸潸。几处笳鼙，几处夕阳山。几处荒沙墟落，隐约暮云间。

（以上选自《铁龛诗余》民国十四年印本）

谢抡元（7首）

谢抡元（1872—?），字榆孙、茧庐，浙江余姚人。光绪癸卯（1903）恩科举人，考取国子监算学，期满，议叙以知县用，补用兵马司副指挥。曾学中西医理，参时务。（《清代朱卷集成》第303册）曾任姚江同声诗社评议，为沤社成员，著有《茧庐词》。《沤社词钞》录其九首词。

洞仙歌

寿切盦六十

岁寒如许，指孤松凝翠。大地春来有生意。忆承平年少、同客金台，浑未信，大陆龙蛇都起。　　令威如再到，莫问人民，城郭惊心亦非是。海水又群飞，憔悴江关，须信道、人间何世。休梦向、钧天听霓裳，且侧帽题襟、不辞狂醉。

被花恼

吹笙陌上钿车忙，莺唤玉楼春晓。结伴寻芳尽年少。金铺寂寂，铜壶滴滴，睡美何时觉。残醉醒，试新妆，起来斜对菱花照。　　好梦不多时，鹈鴂声声妒芳草。蕙炷香消，篛屏翠冷，芳信荼蘼到。又辞巢燕去几时归，问门掩、黄昏为谁恼。更莫说，满眼春如天不老。

被花恼

年来无地买花栽，愁入霜空天晓。好梦如何近时少。寻思解闷，惟凭尊酒，莫遣酣眠觉。双白鬓，一青衫，倚楼羞把铜华照。　　燕去入谁家，拾翠惊看断肠草。空花世界，泛梗生涯，休想神山到。怅江山付与鴂啼中，又花信、将残几番恼。更莫问，春色采茶歌里老。

踏莎行

题畏庐《西溪图》

石作筼屏，天开藻镜。词仙合住清凉境。芦花飞雪一天秋，棹歌声里鸥魂醒。　　虀臼传名，蘋洲栖影。云中水调人闲听。清真法曲有传人，为公擪笛晴湖艇。

一萼红

掩柴关。问春来几日，春去几时还。梅雨连宵，蘋花新涨，罗袖犹怯天寒。镇清昼、空庭寂寂，渐苔痕、绿满旧阑干。客去吟诗，愁来殢酒，百感无端。　　追忆旧游踪迹，怅芜埋金狄，露冷铜仙。鹤唳惊风，鹃魂怨月，无那长夜漫漫。最愁听、吴娘水调，唱新声、莫唱念家山。谁把昆明残劫，证取华鬘。

天　香

菊花作羹，相传已久，司马温公《菊羹》诗云："采撷授厨人，烹瀹调甘酸。毋令姜桂多，失彼真味完。"我越菊羹，略佐姜桂，颇合古法。今秋对菊，顿起张翰莼羹之乡思，爰用梦窗韵赋之。

影瘦秋肥，香浓韵淡，疏帘一桁斜倚。饱孕金精，暗啼珠露，几袭步帷霞绮。休烧蜡炬，初不比、海棠春睡。凉入三弓老圃，痕映一湾秋水。　　不贪艳妆竞试。晓风前、蕊含檀泚。独抱东篱晚节，为留清气。羹法如今杂矣。要省识、温公得真味。故国风光，孤怀客里。

天　香

桂，用梦窗韵

魄化萤飞，香欺麝霭，霞枝不受寒峭。金粟迎风，珠胎绽露，倩女生成娇小。蝶魂已醉，罗幕外、淡妆催早。钗朵排行密缀，金刀剪成新巧。　　霜华满林滴晓。不须愁、赏花人少。抱得秋心一点，冷蛩声闹。还向疏篱袅袅。但怅望、蟾宫素娥老。何处留人，芳丛信杳。梦窗咏桂词："交加金钏霞枝。"又："怕空阶惊坠、化作萤飞。"

（以上选自《沤社词钞》民国二十二年印本）

杨俊（7首）

杨俊（1872—1952），字咏裳，号楞秋，原名蟾桂，又署杨贤。江苏吴县人。曾参与六一词社。著有《梦花馆词》一卷，民国二十六年（1937）印本，前有邓邦述（沤梦）题签、董宬王（怀霖）序、目录一篇。《梦花馆词》兼有遒劲与婉转之作，尤工于咏物，摹写细致，旨趣高远。

望海潮

吊戚南塘

鲸横沧海，鳌掀蓬岛，中流砥柱谁扶。帷幄运筹，疆场控敌，当年坐绾军符。闽峤历崎岖。记大旗壁垒，威镇边隅。扫尽欃枪，练兵神策迈孙吴。　　而今缅想雄图。早仙居道隔，平远台芜。烽火未消，星芒遽陨，天骄牧马长驱。奇效纪新书。看蓟门寂寞，凭吊欷歔。横览中原又闻，鼙鼓震天衢。

满庭芳

文衡山手植二藤，用清真韵

柯老虬蟠，影交龙舞，紫云华盖匀圆。画阑低护，犹带故园烟。知是骚人旧植，抚修干、浓绿溅溅。闲凝伫，芬芳可酌，满泛小觥船。　　年年。春易去，名园换主，无恙疏椽。想泽留棠荫，应记从前。曾共山茶斗色，绿阴下、曲谱歌弦。还重认，停云伴侣，于此抱琴眠。

六州歌头

题张吴故宫遗址

平江旧治，凭吊古英雄。荒濠断，残阡在，柳阴中。莽西风。回首长淮上，义旗竖，人豪出，成败论，兴亡事，忒匆匆。劫火连天，碧血齐云烬，楼阁都空。慨将军星落，倦舞十条龙。禾黍蒙茸。此吴宫。　　又沧桑换，谷陵变，披榛蔓，路旁通。三径辟，园林胜，憩游踪。缭周墉。高馆凌虚起，伴蟫蠹，老书佣。休沐去暇，乘清兴，植吟筇。谁信当年遗址，西亭外、废草丛丛。且乌江泪洒，悲愤话重瞳。晚照留红。

拜星月慢

萤，用清真韵

露湿庭阶，凉侵帘幌，短烛孤檠欲暗。昨夜西风，入梧桐秋院。讶何处，一去瞥、金枢掣电微闪，紫极流星初烂。巧被佳人，已墙东窥见。　　扇罗轻、伫立犹遮面。初相遇、正在阑干畔。恋恋久坐人衣，肯随风飞散。借纱囊、照澈吴娃馆。长门静、竟夕闻微叹。且更伴、一点愁灯，滴铜壶不断。

夜飞鹊

七　夕

谁家动秋思，长夏才消。鳷鹊喜报云霄。天孙织尽锦机字，迢迢银汉填桥。经年暂相见，恨双星欢短，一水程遥。环壶向曙，又临歧、湿透鲛绡。　　商略去画楼针缕，祈巧遍人间，随处笙箫。争向庭前罗拜，铜盘烛烬，银篆香烧。绣床二八，趁瓜筵、酒果相邀。算娇憨儿女、殷勤笑语，不负今宵。

鹧鸪天

村居即事

山鸟翻飞弄晓烟。幽居岑寂不知年。嫩芽试摘明前茗，短锸频耕雨后田。　　溪水绕，树云连。轻阴薄雾杏花天。得钱沽酒前村去，沉醉归来抱月眠。

霓裳中序第一

残暑渐退，雅韵将阑，抚事抒怀，不能无作。

因缘缔翰墨。愧乏生花江令笔。时序白驹过隙。乍荷气泛筒，藤阴铺席。长谣送日。试曼声低按牙拍。联吟伴，一樽细酌，翦烛话清夕。　　萧瑟。嫩凉初裛。又早见庭梧坠碧。蘋洲何处怨笛。逸响惊鸿，苦调吟蟀。助人增太息。待寄语天涯去客。流光转，消寒高会，更订访梅集。

（以上选自《梦花馆词》民国二十六年印本）

姚亶素（9首）

姚亶素（1872—?），名肇菘，字景之，号亶素，浙江吴兴（今属湖州）人。王鹏运侄婿。为沤社成员，《沤社词钞》录其九首词。著有《咫园词存》《天醉楼词选钞》。夏敬观称其："平昔论词，墨守四声，不稍假借。于近人尤服膺新会陈洵述叔。尝与论乐工所谓律，不在四声求词之佳，在人品学力、见解气概，务其细而遗其大，非士大夫之所为也。亦韪余言而好为其难，一词出，辄数易字而卒就妥帖，故难能也。"（《忍古楼词话》）

芳草渡

人事代谢，亲旧凋残，伤今感昔，凄然成咏。

物外想，甚噪鹊啼鸦，变声颠倒。簸劫波天大，微尘放眼西笑。弹指千偈了。空虚庭香绕。换世苦，去未因缘，却向谁道。　　堪料。网丝导引，一晌虫天随漏杳。看日冷、青山到处，萋迷剩芳草。此时此意，谩诉与、明镫杯珓。镇太息，幻尽春婆梦老。

三姝媚

寒雨连江，春事将尽，有怀病山蜀中。

残春蕉萃里。滞江天沉阴，故人千里。恨别匆匆，向倦涂分付，断魂潮尾。怨笛尊前，拚费尽、年时清泪。送了莺花，依旧闲门，慰情无计。　　飞絮东阑慵倚。剩梦迹逡巡，障寒襟袂。自惜芳菲，怕步尘吹散，荡愁天外。燕客漂藟，谁与话、空梁心事。伫久流波日暮，鹃声又起。

汉宫春

送春古申江

辛苦斋钟，伫吟壶催晓，愁断诗魂。莺花暗随梦老，何地留春。蓄街小驻，怕骄骢、惊散香尘。歌未了、行行且止，鞭丝犹恋斜曛。　　回首水遥山远，把无端啼笑，分付闲身。天涯尚留杜宇，依旧殷勤。东风鬓影，谩欺人、年事逡巡。明岁赋、千红万紫，江南芳草王孙。

安公子

送黄公渚重游金陵，集清真句，用万红友订正耆卿第二体。

细作更阑语。《虞美人》。酒行欲散离歌举。《点绛唇》。雪浪翻空《水龙吟》。迷路陌，《应天长》。探风前津鼓。《夜飞鹊》。怎奈向、《拜星月慢》。桃溪不作从容住。《玉楼春》。凭断云、《浪淘沙慢》。梦入芙蓉浦。《苏幕遮》。听一声啼鸟，《念奴娇》。生怕扁舟归去。《虞美人》。　还到曾来处。《垂丝钓》。绿芜凋尽台城路。《齐天乐》。又是黄昏《伤情怨》。新月小，《苏幕遮》。对前山横素。《红林檎近》。想念我、《绮寮怨》。孤镫翳翳昏如雾。《木兰花令》。知甚时、《双头莲》。待客携尊俎。《锁窗寒》。正泥花时候，《还京乐》。共翦西窗蜜炬。《荔枝香近》。

安公子

烛泪

漏滴金壶浅。凤檠承蜡铜荷泫。为底潸潸流不尽，似明珠盈串。伴绮席、追欢博簺良宵短。曾夜阑、话雨西窗翦。剩几行铅泻，愁听尊边河满。　记得屏山畔。断肠相对风镫乱。翡翠笼烟前度事，照柔情无限。恁奈向、春闺此夕花醺眼。惊堕红、翻污榴裙蒨。傍贵奢门户，闲考玉溪新纂。《义山杂纂》以“蜡烛泪”为富贵相。

被花恼

送人之金陵军幕集清真

落霞隐隐日平西，《一落索》。心逐片帆轻举。《荔枝香近》。凭仗青鸾道情素。《感皇恩》。黄昏画角，《镇阳台》。云迷阵影，《双头莲》。不为行人驻。《鬓云松令》。归未得，《渔家傲》。去难留，《早梅芳近》。绿芜凋尽台城路。《齐天乐》。　　独自倚阑愁，《少年游》。莫是栽花被花妒。《夜游宫》。寻消问息，《意难忘》。怕见孤镫，《伤情怨》。细作更阑语。《虞美人》。闷腾腾《醉桃源》。断了更思量，《大有》。况萧索、《大酺》。时闻打窗雨。《法曲献仙音》。到此际，《西河》。薄酒醒来愁万绪。《木兰花令》。

玉女摇仙佩

题畏庐《西溪图》，和切盦韵

天留画本，付与词仙，占取林峦葱蒨。半幅鲛绡，吟怀孤寄，著意水浔烟畔。荏苒年光转。记依芙泛绿，离悰零乱。待收拾、新愁旧怨，为问模糊胜迹谁辨。劫尘叹销亡，袖墨依然，摩挲凄恋。　　回旋午阴竹径，夜月芦沙，剩补荒寥图卷。大好溪山，伤心头白，此恨几人曾见。不管间嘲讪。醉题处、犹觉风生双腕。想念我、行踪浪逐，又成辜负，酒朋花伴。联高会。重来爽气凉秋荐。余以辛未秋日买棹杭州，拟游西溪未果，故及之。

洞仙歌

感事集梦窗句，据《词律》载屯田三体，字句均有讹错，兹仍依梦窗体赋此。

清华池畹，《花犯》。风定垂帘昼。《贺新郎》。百感情怀顿疏酒。《青玉案》。叹如今摇落、《瑞鹤仙》。烟海沉蓬，《八声甘州》。关心事，《霜叶飞》。肠断回廊伫久。《探芳新》。　　翠尊曾共醉，《齐天乐》。晴雪吹梅，《花心动》。寒压重帘幔拖绣。《夜游宫》。岁华晚、又相逢，《燕归梁》。愁起阑干，《木兰花慢》。邻歌散、《永遇乐》。不管签声转漏。《烛影摇红》。向夜永、《六丑》。新鸿唤凄凉，《惜秋华》。念倦客依前、十二郎。泪痕盈袖。《醉蓬莱》。

石州慢

秋斋夜坐，感事伤怀，怅然有作，集梦窗句。

月转参移，《汉宫春》。银烛夜阑，《风流子》。秋梦重续。《秋霁》。西风几许工夫，《朝中措》。各样莺花结束。《念奴娇》。伤高怀远，《青玉案》。衮衮野马游尘。《风池吟》。青山南畔红云北。《醉落魄》。禁得几蛩声，《虞美人》。到临窗修竹。《好事近》。　　欢酌。《秋思》。强宽秋兴，《齐天乐》。吴水吴烟，《江神子》。际空如沐。《三部乐》。难入丹青，《柳梢青》。梦草罗裙一幅。《蕙阑芳引》。留连清夜，《永遇乐》。认得旧日萧娘，《惜黄花慢》。贞元供奉梨园曲。《风入松》。何处不秋阴，《龙山会》。锁烟窗云幄。《金盏子》。

（以上选自《沤社词钞》民国二十二年印本）

张荣培（8首）

张荣培（1872—1951后），字植甫，五十岁号蛰公，六十岁改铁叟，七十岁改悟云，八十改觉尘，江苏长洲（今苏州）人。曾于1951年以《辛卯正月八十述怀》寄程毅中，故当卒于1951年以后。终生以教书为业（程毅中《怀念吾师张蛰公》）。曾与吴梅等人结“琴社”，《琴社词稿》收其词作十首。著有《食破砚斋诗存》两卷，民国十七年（1928）刊印，附《惜余春馆读画集》收有词作二十首。另著《惜余春馆词钞》一卷，民国十六年（1927）刊印。

张氏雅好玉田词，吴梅序中称其“寓志房帷，眷怀身世，故深得言情之正”。杨鸿年跋称其词“豪迈婉约，兼而有之”。

踏莎行

冬郊晚眺

只雁盘云，荒鸦叫雨。诗怀并入闲愁绪。夕阳明灭乱山青，红墙坏塔知何处。　　角动严城，帆收古渡。炊烟渐暝来时路。不堪回首向西风，消寒且醉黄垆去。

探春慢

探　梅

风雪路漫漫，一阵峭寒，幽香徐度。梦入罗浮，隐约如闻翠羽。苍苔冷，双屐印，几回山，村散步。趁东风，吟鞭笑指，是春来处。　　曾记孤山旧路。有放鹤小亭，横斜千树。往事成尘，尚说逋仙风趣。疏林曲芳磴转，傍篱落，闲觅句。问何时，晴开雪霁，看花齐吐。

木兰花慢

迎　春

笑东君久别，向何处、独勾留。怪驹隙西驰，雁群北乡，岁月如流。油油。冻云酿雪，认梅萼春意上枝头。指点青郊路近，竭来旧地重游。　　鸣驺。彩仗晓烟，浮金鼓、导春牛。是太平景象，倾城士女，戏作拖钩。西畴。蕙风乍转，愿从今有事老农谋。且试辛盘宴启，戴春胜约吟俦。

解语花

元　夕

尘飞九陌，钥启千门，灯影明于昼。万花如绣。东风转、海上六鳌驾就。鱼龙竞斗。听一片、笙璈远奏。裙屐场、油壁青骢，倩影金钗溜。　　争奈海桑劫后。怅南朝歌舞，香冷红袖。俊游非旧。春宵乐、那忍梦华回首。台荒鹿走。谁复话、帝城花柳。惟夜来、明月团栾，照试灯时候。

国香慢

水　仙

玉润珠圆。恰凌波写照，瘦态娟娟。江关正多萧瑟，悄换芳年。幸托瓷盆供养，解湘佩、摇曳风前。孤灯黯相倚，影闪银屏，梦破冰弦。　　一团烟水气，对春头腊尾，身世堪怜。梗飘蓬泛，沧海谁遇成连。忍把瑶琴独奏，最销魂、楚雨吴天。东风镇愁绝，紧抱芳心，净注寒泉。

曲游春

横塘春泛

一棹胥江路，趁绿翻萍绉，红涨桃腻。朱塔依然，指垂杨笑领，俊游情味。箫鼓喧春霁。招裙屐、几多佳丽。且莫教、曲唱吴娘，生怕睡鸥惊起。　　望里。青山如髻。记絮脱时光，梅熟天气。老去词仙，数零星影事，钓游曾寄。觅醉乌篷底。尽一舸、闹红斜倚。却胜他、双桨西湖，画船泊妓。

（以上选自《惜余春馆词钞》民国十六年印本）

满江红

诸秉彝重游秣陵，次韵和之

一局沧桑，剩钟阜、烟峦遥峙。更漫洒、新亭危涕，江山如此。邀笛步空寻约略，胜棋楼古悲荒圮。豁双瞳、佳气望犹龙，东来紫。　　三尺腻，秦淮水。千古恨，台城泪。况萍飘蓬转，埋愁何地。且寄登楼王粲感，休抛归隐陶潜计。尽年来、卖赋学相如，长门里。

惜秋华

答诸秉彝兼以述怀

满眼兵戈，痛河山破碎，完全无几。龙战玄黄，何如闭门逃世。放宽酒胆诗肠，且陶写渊明深致。遥契。托悲怀老杜，狂吟仙李。　　人海一鸥寄。尽是非颠倒，客嘲宾戏。俊侣忽逢，同话青灯情味。应怜白发萧疏，更醉到、玉壶春里。留意。怕西窗、烛弹别泪。

（以上选自《虞社菁华录》民国二十年印本）

章华（4首）

章华（1872—1930），字曼仙、缦仙，号啸苏，湖南长沙人，室名倚山阁、淡月平芳馆、钵山旧馆。光绪二十一年（1895）进士，改翰林院庶吉士，官邮传部郎中、军机章京。民国后一度抑郁致狂，曾任北洋政府国务院佥事。体弱多病，倾心庄、列之说。生于壬申（1872）七月，卒于庚午（1930）闰六月（见郑沅《张君曼仙墓志铭》、陈玉堂《中国近现代人物名号大辞典》）。晚清在京师参与“宣南词社”，入民国后参与“聊园词社”，著有《淡月平芳馆词》一卷。

《淡月平芳馆词》所收词作，大多数作于入民国后，充满着浓厚的易代之悲，如词前小序所云：“留滞都门二载矣。琵琶胡语，无与为欢。偶过西城，有操南音者，风景不殊，自有漂泊之感。”（《烛影摇红》）总体上看，《淡月平芳馆词》虽主要写于民国，但仍是延续晚清“由浙入常”的主流词风。

南　浦

春草，用玉田韵

持酒正伤春，甚东风，吹绿瀛洲清晓。香梦谢池回，题诗处、还忆石苔曾扫。穿芳戏水，两三么凤桐花小。谁省长安居不易，独对一庭幽草。　　平原如此芊芊，问盘鹰、试马何年得了。碧色乱青袍，台城路、莫是寿阳人到。天涯浩渺。王孙一去音尘悄。只怕荒烟斜日后，挑菜俊游都少。

兰陵王

咏　柳

听羌笛。如诉关山路隔。斜阳外，千缕万丝，都是伤春泪痕织。歌场记画壁。飘泊。旗亭倦客。凭栏久，憔悴晚烟，不似灵和旧颜色。　　钿车梦金碧。恨雨重难扶，风软无力。倡条冶叶谁攀折。便勤政楼畔，永丰坊里，香山情绪甚处觅。向人最萧瑟。　　江国。耿相忆。数逝水年华，飞絮游迹。长安城上乌头白。又嘶骑尘暗，戍笳吹急。婆娑生意，对此树，助叹息。

氐州第一

春　雁

羁泊当归，归路万里，年年倦羽难定。塞草新痕，吴枫旧梦，商略镫昏雨瞑。天远冥飞，似带到、烟江梅信。野水无人，高楼有客，画栏孤凭。　　记取芦汀诗思冷。又撩乱、纸鸢风劲。浅墨斜书，空青作字，一片春愁影。蓦相逢、南燕侣，乡关事、呢喃不尽。莫话潇湘，怕哀弦、催人酒醒。

虞美人

广和居题壁

城南歌管都销尽。剩此青帘影。旗亭无复柳丝丝。犹忆黄河远上、白云词。癸巳甲午间，此地诗钟局甚盛。　酒家佣保浑相识。三十年前客。壁间淡墨走龙蛇。谁与一尊清醑、酹笼纱。

（以上选自《淡月平芳馆词》民国十九年刻本）

周岸登（18首）

周岸登（1872—1942），字道援，号癸书，别号二窗词客，四川威远（今属内江市）人。清光绪十八年（1892）中举，历任阳朔知县、苍梧知县、泉州知州。辛亥后任四川会理、蓬溪及江西宁都、清江、吉安等地知事，庐陵道尹。公事之余，不废吟咏。曾任教于厦门大学、安徽大学、重庆大学、四川大学等校，主讲词曲（林荫修、郝作朝、周怀笛《周岸登教授事略》）。

周岸登词及词学研究享有盛誉，著有《蜀雅》十二卷、《蜀雅别集》二卷、《唐五代词及北宋慢词讲稿》、《曲学讲稿》等。其《蜀雅》十二卷包括：《邛都词》一卷、《长江词》一卷、《北梦词》两卷、《焊盂词》两卷、《南潜词》两卷，《丹石词》一卷、《退圃词》一卷、《海客词》一卷、《江南春词》一卷。别集两卷包括：《和〈庚子秋词〉》一卷、《杨柳枝词》一卷。其词初期取法梦窗、草窗，“博雅矜练，语出己铸，律细韵严”（王易《蜀雅序》）。辛亥后，“黍离麦秀之慨，悲天悯人之怀，一寓于词”，乙卯、丙辰之后，“谢绝世事”，“命意渐窥清真，继轨元陆，以杜诗韩文为词，槎丫浑朴，又非梦窗门户所能限矣”（胡先骕《蜀雅序》）。

宴清都

东园暝坐，客感益深，和映盦。

画省喧笳鼓。边风急，穷秋烟暝催暮。蛮薰未试，吴棉已换，薄寒勤护。商弦也感羁愁，渐瑟瑟、偷移雁柱。更送冷、红叶随风，敲窗点点如雨。　　相思写寄伊谁，巫云通蜀，巴水连楚。流波锦怨，孤衾绮梦，自抽离绪。寒声已度关塞，任捣碎、繁砧急杵。数宵筹、过了三更，乌啼未曙。

（选自《邛都词》民国四年刻本）

安公子

涪江晚渡，用屯田韵

剩暑蒸虹雨。雨收虹歇横江暮。客感苍凉村渡晚，羡闲飞鸥鹭。更水上烟鬟，窈窕临霞浦。思远人、共省销魂语。怅彩云何在，肠断春洲芳树。　　羁宦伤行旅。舄吟钟奏相停伫。瘴海蛮荒游倦矣，觅茆庵佳处。奈好事多磨，恨事常堆聚。征路长、识得辛和苦。数第几山程，笋舆破烟飞去。

一萼红

感　事

最堪惊。是海云东望，卷地怒潮生。碣石闻鸡，辽河度雁，天外吹落商声。尽凭吊、鱼山丝竹，更神山、风引旭舟横。弱国麈完，强邻狡启，中立何成。　　遥想燕歌凄断，叹欧氛太恶，黄祸翻婴。猾夏同仇，齐盟狎主，毕竟师出无名。耿凝睇、觚棱沾洒，有钓鳌、槎客泪先倾。目极山河两戒，孰倚长城。

秋　霁

登常乐寺藏经阁，次梅溪韵

枫老朱颜，带过雨残阳，也妒鸦色。露泣枯荷，泪迎丛菊，可怜拒霜无力。寺楼暂息。旧题墨晕侵苔碧。问佛国。如是我闻，应许着词客。　　鱼呗送暝，鹤梦惊寒，雨花香严，台殿幽寂。蟪蛄声、违山十里，闲愁偏惹鬓丝白。檐马咽风听不得。最断魂是，归趁淡月黄昏，市桥人语，自眠孤驿。

（以上选自《长江词》民国四年刻本）

台城路

重过金陵

石城风紧花如雾，催归雁程秋晚。梦碾飙轮，霜砭病骨，消得吴云轻翦。江空恨远。正枫落敲诗，研笺流怨。翠羽飞来，未谙愁重讶杯浅。　　银筝凄弄夜久，泪痕双照处，衫袖还满。巷口乌衣，遨头绣陌，曾识春人莺燕。零箫剩管。问烟月前朝，去尘奔电。半枕寒潮，断魂和浪卷。

忆瑶姬

苏小墓，依梅溪体

松柏西陵，翠烛冷，幽兰露眼盈盈。同心谁共结，唱燕衔春去，魂黯愁扃。南齐黛妩依稀，几曲眉山向晚青。料有人、油壁曾偕，暮潮凄断马蹄声。　　一抔晕藓飘萤。雁齿裙腰，草心红到桥亭。烟花和梦翦，对镜波寒碧，泪染湖绫。遥堤却傍谁家，隔代风流合让卿。借酒浇、香骨成灰，浣绿题绣屏。

（以上选自《北梦词》，《蜀雅》民国二十年印本）

霜叶飞

重九霜降，凭高念远，以待制旧调写之。

雁红吹满。千林树，还催吟鬓凋晚。翠微多处看西山，戒峭寒清旦。带一抹、平芜似翦。愁心江上烟波远。荡倦客羁魂，纵宋玉、能招到此，不禁肠断。　　仍见遍插茱萸，车螯丁酒，醉菊香噀缸面。故乡无地可登临，定有人伤乱。剩蜀国、弦中望眼。薛涛笺写蘋洲怨。念岁华、惊离梦，京洛衣缁，锦城丝管。

大　酺

金陵舟次，酬胡步曾见赠

叹壑舟移，江山在，千古空无英杰。金陵花月好，问南朝遗事，燕莺愁说。顾曲当年，横江此际，心写君身仙骨。高吟天风冷，望烟峦沐翠，雾螺梳发。似辽鹤重来，梦新人故，倦怀何极。　　年涯如过客。旧游地、吴楚今非昔。尽廿载、豪情湖海，热泪神州，卷沧波、练涛山立。雁字排笙翼，还豫蜡、岳晴双屐。待相约、高秋日。庐阜天外，歌凤峰头吹笛。快游共君领得。

拜星月慢

和简庵秋斋静坐

泪蜡销更，吟蛩凄夜，解识闻根喧静。月子窥人，觉秋娥妆靓。渐空外，断续、疏砧促漏声里，短笛哀笳遥应。绕树惊乌，悄归飞不定。　　背冰奁、照彻停空镜。天香满、斗尽婵娟影。印证古怨今愁，苦铢衣清冷。洞庭波、暮瑟朱弦迸。湘烟散、宋玉添悲哽。啼梦误、卜了镫花，碧釭摇夕暝。印证，美成原词“眷恋”句中叠短韵也。王壬老云尔。宋人亦有叶者。道援记。

（选自《南潜词》，《蜀雅》民国二十年排印本）

惜花春起早慢

《词源》云：寄闲尝作此调，云“锁窗深”，深字歌之不协，改幽字，又不协，再改明字乃协云。按此调宋词均不传，谱律失载，唯《高丽史·乐志》有一首，词亦欠工雅，以调太拗涩故也。试拟此，以传其节奏。

谢东皇，把娇红嫩绿，点染林壑。蔷薇牡丹，争丽竞色，渐到婪尾红药。耽愁病酒，春事阑、春恨谁托。问湔裙拾翠侣，几曾轻误钗约。　　宵阑画烛深尊，惊梦雨灵风，响动铃索。檐花坐飞似雪，透虚幕、怯听清角。无眠到晓，生怕他、繁英吹落。向枝头、惜余春，唤酒花间重酌。

（选自《丹石词》，《蜀雅》民国二十年排印本）

摸鱼子

以阳泉山庄本《遗山集》，校彊村朱氏覆弘治高丽本《遗山乐府》，得增添词五十四首，据《辍耕录》录出一首，次为《补遗》一卷。又以石莲庵《九金人集》本补刊《新乐府》第五卷校之，除去重复，得词百十四首，什九寿人之作，次为《外集》一卷。合之朱刊三卷词二百十九首，共得词三百八十八首。《遗山乐府》之传于今者，具是矣。遗山词，张叔夏称其深于用事，精于炼句，余谓其切实发挥，抑扬顿挫，如诗家之有老杜，实开两宋词家未有境界，非第如杜善夫所谓“中边皆甜”已也。校录既竟，仿本集“雁丘体”缀词书后。

问南冠、几年成录，累臣心事凄楚。明昌大定三生梦，肠断故宫禾黍。词太苦。且记取、芳华哀怨芜城赋。声声杜宇。想槁项行吟，山深月黑，低首拜臣甫。　　燕京路。秘籍曾寻万户。兰陵偏被谗沮。千秋野史亭边意，遗恨汗青毫素。新乐府。旧律吕、双蕖二雁销魂句。倡予和汝。借小圣清词，张田合曲，同按柘枝舞。

白　苎

丙辰长至大雪戏赋

帝车翻，众仙舞，天容欲墨。轻飞乱洒，做弄河山失色。问何年、玉京琼构碎寒碧。圭璧。散虚空，笑遇物、方圆无式。神州陆沉，唯见漫空一白。休扫除、任地留护袁安宅。　　思昔。深尊太学，寸铁无持，苦吟酣战，冰落陈东健笔。嗟此醉胡为，左徒呵壁。披云未远，奈当关虎豹，日光幽隔。路阻寒门，取谮人兮，投界穷北。漏点沉沉，梦想华胥国。

（以上选自《焊梦词》，《蜀雅》民国二十年排印本）

齐天乐

散步台城，和清真

落花飞絮台城路，羁游乍惊春晚。稚笋新抽，繁樱渐熟，秧苗平畴如翦。红疏翠掩。看群踏春阳，困眠茵簟。界取青天，蘸霞和露写芳卷。　　山围潮打似旧，六朝都送了，愁绪无限。鹭岛尘襟，鸾骖坠录，惊惜流光潜转。伤今悼远。笑百舌多言，凤歌虚荐。浪有闲情，替谁眉镇敛。

念奴娇

焦山和半塘题《如此江山图》，东坡原叶

一拳危石，锁江流、阅尽前朝英物。谁试摩天疏凿手，点破顽苔昏壁。水滥岷觞，诗从玉局，浪卷蓬婆雪。狂澜须挽，我来翘伫时杰。　　曾访海上成连，移情玄赏，舒啸潮音发。岛屿微茫琴思远，回首山河明灭。九域虫沙，同舟风雨，痛痒连肤发。江神安在，扫云呼起江月。

永遇乐

登北固亭回望金、焦，用稼轩韵

小李将军，天然金碧，图画开处。山势北回，江流南折，滚滚朝宗去。鳌撑砥柱，城高铁瓮，龙象郁蟠难住。障狂澜，金焦两点，众流截断双虎。　　带淮襟海，盾吴干越，管钥金陵东顾。自染烟螺，笑人脂粉，镜里扬州路。摩挲剑石，尘埃土障，想像旧时钟鼓。凭多景、苍茫莫问，乃公健否。

（以上选自《江南春词》，《蜀雅》民国二十年排印本）

瑞鹤仙

己巳重九，和梦窗丙午重九之叶

绚霞蒸海峤。动旅怀谁省，惊秋恨早。黏天尽衰草。念北书南菊，顿撄愁抱。慵舒远眺。自高歌、声情缥缈。叹年来，遁处遗荣，久谢紫萸乌帽。　　都道。百花潭上，濯锦江头，尽堪归老。吟鞭醉袅。须细染，学年少。怕郫筒香減，黄花明日，蝶怨天遥梦窈。夕风号、漫掩西窗，暂迎晚照。

醉翁操

题李云仙《抱琴独立图》

登临。危岑。千寻。快披襟。长吟。惟翁浩然通天琴。凤鸾声振高林。群籁喑。意趣自萧森。叹世人孰知我心。　　入琴与共，其德愔愔。出琴与适，寥落山高水深。幽涧泉兮涔涔。大海潮兮湛湛。秋闺啼夜砧。春山鸣春禽。旷代几知音。放怀天地无古今。

（以上选自《海客词》，《蜀雅》民国二十年排印本）

踏莎行

旧酒尘襟，新歌障扇。江湖十载经行遍。当筵禁得奈何声，试妆已自随年变。　　笛里惊魂，花边倦眼。旗亭画取兴亡怨。过江涕泪满青山，无人说与当时燕。

（选自《和〈庚子秋词〉》，《蜀雅别集》民国二十年排印本）

仇埰（10首）

仇埰（1873—1945），字亮卿，又字述庵，江苏上元（今南京）人。清光绪间留学日本，并于其间加入同盟会。1909 年为拔贡，候补浙江知县，因母毛氏劝阻未出。辛亥革命后，创办江苏省立第四师范学校，任校长达十五年之久。1927 年后卸任，始着力填词。1937 年日本大举入侵，辗转楚粤到达并蛰居上海。1942 年返回南京，闭门谢客。1945 年殁，年七十三。仇埰创作活跃，为当时著名词社南京如社与上海午社的重要成员，著有《鞠讌词》。

《鞠讌词》二卷，民国三十六年（1947）铅印本，分近稿、旧稿二卷，收词共一百五十二阕，卷一近稿七十七阕，卷二旧稿七十五阕。1927 年后词人专力填词，以 1937 年为界，“乱后近稿为上卷，乱前旧稿为下卷”（方成玉《鞠讌词跋》）。上卷多写“沧海横流，神州俶扰，被发野际，荆棘铜驼”“口危苦而情依黯”（陈世宜《鞠讌词叙》），与南宋格调有神合之处；下卷多写传统士大夫流连光景的意趣，南北宋词风兼融。

薄幸

戊寅岁除，羁栖海上，寄怀天涯吟侣

梦程重记。正郁郁、烟霏雾翳。便悟得、流行逢坎，少定逐萍心事。念故山、松鹤盟寒，沧江晚卧难为岁。趁剑阁云开，辰溪帆转，倾写幽忧盈纸。　　任悄翦、淞波影，都不称、秣陵诗意。只凝思天外，惊尘千丈，断鸿零乱飞无地。嚼冰花碎。甚蛮声似海，盲歌醉舞昏黄世。登高放眼，容有清光尺咫。

玉京谣

淞居秋感

笛乱回塘晚，数点飞凫，敛影冲波去。引领西楼，斜阳犹恋晴宇。看逝水、消尽流光，任客梦、栖皇车露。茫无绪。寻秋有著，擎天难语。　　江南大好湖山，画镜慵开，甚莽烟急雨。瑶瑟清湘，河梁谁倚新谱。剩半淞、云罨孤滩，许万里、落鸿成侣。还惜与。芦上絮风辛苦。

离别难

半樱翁性情挚厚，古道照人，尊酒论文，弥深契合。丁丑世变，匆匆分袂，不知所之。戊寅流转到沪，正欲谘访翁之踪迹，忽遇于途，欢喜无量。自是相见无虚日。瞿安故于大姚，与余叹息备至，谓不堪吟梦。曾几何时，翁亦遽逝，感念前尘，弥增怅惘，倚屯田此调悼之。

花外雨弦忽折，思离况弥伤。倚秦淮、旧月梅冈。强分携、流浪逐沧江。镇相与、瘦笛蘋洲，长歌淞浦，闲立斜阳。过丰楼、几日深杯情话，吟梦转凄凉。　　尘莽莽，意茫茫。背春湖，感叹英光。把樱词剩拍重理，奈孤山云影已昏黄。为伫想、饮海当年，飘镫今夜，频断回肠。更抱憾、渺渺违心一事，留眼看归艎。

莺啼序

深镫敛唇暗语，数芳春剩几。赋归后、弦拍重寻，只觉歌啸无地。醉方醒、河山换劫，晴烟黯雨知何世。念羁怀蘦乱，蚕珠遽为愁碎。　　雪渚移舟，贳酒味暖，作伶俜好计。白云阻、消息乡关，锦鸳难寄眉意。指天阊、灵修路隔，眼波入、营营蝇市。泛宽杯，多少低徊，楚兰心事。　　沧江卧晚，野筑尘流，此情付梦绮。欲访取、六朝佳胜，境与人远，漱玉寒潭，可怜清泚。西川涨怒，南园花笑，惊鸿回影阑干曲，怨东风、掩抑伤高袂。青溪短笛，谁谈去客桓伊，蕴结枉绉池水。　　闲门问竹，浅碧依依，照鬓华信美。试检点、巢痕非故，倦羽单栖，引凤迷途，听鹂慵起。思量且忍，新蒲幽愤，茫茫今古如过雁，算长安、棋局皆儿戏。危楼立尽斜阳，旧月能明，抚琴自理。

抛球乐

和阳春（八首选四）

槐柳新阴称画阑。断堤流水足盘桓。山摇波镜螺痕碧，风袭绡衫麦气寒。莫撷新红豆，留与村居佐酒欢。

落尽黄梅弄晚晴。芜平心远梦痕轻。杜鹃枝上催春老，鹦鹉歌残带醉听。记取香衫影，莫负当筵缱绻情。

凄绝新声拍后庭。南园回望碧无情。几家天水愁能涤，一夜辽云梦不成。思挂江帆去，又恐春潮日日生。

题凤雕鸾未易才。搴帏痴伫燕飞回。红情一片相思树，碧酒更番潋滟杯。花事年年换，愁说春人襟抱开。

鹧鸪天

剑白自京返青岛，寄赠印章，于印旁精镌“梅燕”，题云：“从北江燕子，平生真恨事，不见梅花。”词句反其意，为燕子补恨。赋此酬答。

一醉难降万种愁。知君南望强登楼。我怀寥落无弦谱，天意微茫逝水舟。　凭寸楮，记前游。廿年相与謇灵修。封侯击筑浑闲事，留取寒花共白头。

秋　思

风雨之夜，砌虫乱鸣，邻机竟织。远笛凄凉，深巷阒寂。室内虚镫照壁，清漏刻响，兀坐凝思，难乎其为怀也，遂谱此解。

宵影檐花落。万籁清、清到万怀无著。看剑暮年，借樽今雨，秋逼情索。甚南国春城，梦醒何处问旧鹤。怨夜沉、风又恶。待罢泣寒蛩，辍机思妇，话与满襟幽意，背镫商略。　楼角。谁家绣箔。正闹红、婉唱低酌。泪弦繁数。听来都是，后庭拍错。剩一曲、心香未灰，同病相慰托。为燕客、愁寄幕。更醉滴梧桐，惊栖频念倦雀。自觉东阳瘦削。

（以上选自《鞠讌词》民国三十六年排印本）

冯幵（5首）

冯幵（1873—1931），初名鸿墀，字阶青，又字君木，号木公、回风亭长等，浙江慈溪人。早年在家乡从事教育事业，学生中有沙孟海、王个簃、陈巨来、陈布雷等人。晚年讲学上海，与朱祖谋、况周颐，吴昌硕、程颂万等名宿硕儒交往，名声益隆。生平事迹可见陈训正《慈溪冯先生述》、沙文若《冯君木先生行状》、袁惠常《冯回风先生事略》以及署名为陈三立作的“墓志铭”。有《秋辛词》《贞在堂词》《回风堂词》。

《秋辛词》，未刊稿，收词起于戊子年（1888），止于戊戌年（1898），冯氏二十六岁之前所作。自此以后，一度“钻研哲理，摒除绮语，苟有寄托，藉诗出之，词其无作可也”（《秋辛词》未刊稿）。沙孟海《冯君木先生行状》对其作词经历有描述，曰：“少好倚声，与孺人俞氏闺房酬唱，自为师友。孺人既卒，斯事遂废。晚交桂林况周颐夔笙、吴兴朱孝臧古微，复多按度。”《贞在堂词》，未刊稿，收录癸巳年（1893）以后所作，时间下限在乙丑（1926）前数年。《回风堂词》一卷，朱孝臧辑入《沧海遗音集》，民国二十二年（1933）龙榆生以《彊村遗书》雕版行世，与前两集有重复。况蕙风云：“君木戊戌已编旧著曰《秋辛词》，卷中佳胜，雅近南渡群贤风格，间也涉足《花间》。”（《餐樱庑漫笔》）所论与冯幵自述相合，冯氏自言初学花间，后厌弃之，遂学梦窗、清真。（《秋辛词》未刊稿）《回风堂词》以小令为主，风格闲雅，总体走晏欧一路。沈轶刘、富寿荪《清词菁华》："开词高浑华茂，襟抱萧醇，备足温润气息，体格与冯煦相近。"可谓的评。

蝶恋花

次天婴韵，示蕙风

画阁愔愔春已去。一寸斜阳，犹挂屏山树。苦忆翦灯深夜语。梨花门巷寻常住。　　徒倚阑干愁日暮。中酒情怀，欲遣浑无处。花外青山山外雾。分明不是来时路。

青玉案

次贺方回韵

屏山隔断春来路。只目送、斜阳去。逝水年光愁里度。飘歌兰榭，凝香帘户。依约无寻处。　　鬓丝冉冉成衰暮。苦忆尊前旧词句。划地芳华能几许。小灯残烬，短衾单絮。独听江南雨。

浪淘沙

蕙风翁《天春楼漫笔》有记螳螂一则，言："藤本花有曰夜来香者，其叶下必有一二小螳螂栖集，纤碧与叶同色，若相依为命者。曩寓金陵，岁买是花，罔或爽也。词人体物之微，即小可以见大。"余笑语翁："若仿王桐花句例，当云'妾是夜来香，郎是螳螂'矣。"翁深赏是语，谓天然《浪淘沙》佳句也，联咏足成一解。

风雨黯横塘。著意悲凉。残荷身世误鸳鸯。花国虫天何处所，犹说情芳。蕙风。　　妾是夜来香。郎是螳螂。花花叶叶自相当。莫向秋边寻梦去，容易繁霜。君木。

浣溪沙

夜梦夔老过存，出一刺，署曰："况曲琼。"醒以告夔老，为赋《蝶恋花》一解，凄清萧槭，深寓悼亡之意。感物造端，其哀深矣。踵赋一词解之。

听到琼钩亦断肠。疏疏风片作凄凉。梦魂吹堕吉丁当。　　珠箔飘灯成惝恍，画帘垂雨正昏黄。不知今夜为谁长。

浣溪沙

辛未元夕再和

广陌娇云转夕阴。梦回清恨压孤衾。小明帘户峭寒侵。　　火树阑珊花外市，酒杯恼乱病中心。暗尘笼夜月沉沉。

（以上选自《回风堂词》，《彊村遗书》民国二十二年刻本）

金天翮（5首）

金天翮（1873—1947），初名懋基，改名天翮，又名天羽，字松岑，号鹤望、鹤舫、天放楼主人等，江苏吴江（今属苏州）人。其生年一作1874年，据其《百字令·壬辰，时年二十》可知，此说不确。早年倡诗界革命。入民国后被选为江苏省省议员，曾任吴江教育局局长、江南水利局局长。旋辞去，与章太炎、陈衍共同创办国学研究会，编印《国学论衡》《文艺捃华》等杂志。著有《红鹤词》。

《红鹤词》，又称《红鹤山房词》，一卷（与《天放楼诗文集》二十一卷合刊，原题《天放楼诗季集》），民国三十六年（1947）刊行，集前有甲申年（1944）自叙。金氏自十四五岁开始接触词，但自称“词非吾所专业也”，“畏其严，屏弃词学且三十馀年”（《红鹤词自叙》），到甲申岁七十二岁时，“检所业”，仅得词三十一首。《红鹤山房词》，另有民国二十一年（1932）《天放楼诗续集》及民国二十二年（1933）《天放楼续文集》本，收词仅十余首。金氏词作数量虽少，但不乏佳作。钱仲联在《近百年词坛点将录》中称“《水龙吟·罗汉观瀑图》《台城路·病起入都会大雪亮吉招游中山陵光景奇绝》《壶中天·灌口二郎神庙》，皆石破天惊之作，足令彊村、大鹤缩手”，对其词评价甚高。夏承焘在《红鹤山房词序》中赞其词“醇深骚雅，追挦周姜”，“夷犹婉约，渢渢动人，与其诗文若出两手”。其词讲究音律，集中不乏自度曲。洪汝闿序称其词“清新婉约，可歌可诵，有二窗笔息”。

台城路

病起入都，会大雪，亮吉招游中山陵，光景奇绝。

高寒别有人间世，长安万家声悄。银海无澜，瑶林绝影，人坐玉峰清啸。飞花四绕。数八代兴亡，去如高鸟。酒暖旗亭，沥醪归趁暮寒好。　　牛头未改天阙，堵波双玉立，瞻对云表。宝志禅空，蒋侯神去，皓鹤归来能吊。思心旷渺。便挥斥寒门，烛龙开耀。病眼登临，忍寒风骨峭。

琵琶仙

曾宾谷《题襟馆消寒图》为张夕庵崟作，梦楼题耑，晚年笔也。惜题襟诸人墨迹为人截去，断鹤续凫，良足惋叹。赓南得之，为写此令，余尝三至芜城，吊古惆怅，故末韵及之。

箫管维扬，问都转、旧日豪游谁续。荒圃苔础霜霾，樵苏爨修竹。谁记得、诗龛画舫，配茶灶、笔床疏落。暖傍薰炉，香浮冻醥，花吐梅萼。　　瞥眼见、衰草微云，便认取、诗中好楼阁。阁外平山非远，隔斜阳疏木。春到也、红桥修禊，许玉人、悄上珠箔。叵耐草长雷塘，过江人独。

壶中天

灌口二郎神庙

苍崖壁立，放盘涡、激作蹴天惊浪。十丈灵旗天半舞，秦守声威犹壮。万马嘶空，三犀蹲谷，风簸绳桥荡。龙门劈破，禹功崭绝能仿。　　我欲照见重泉，峥嵘水府，桯梏支祈状。西蜀古来神秘国，飒爽英姿在望。玉垒云封，青城月照，法驾长来往。荒祠夺席，封神幻出台榜。今所祀者，乃封神榜之杨戬也。

水龙吟

画师樊少云《罗汉观瀑图》，此大龙湫畔诺讵那应真故事也。事详《雁宕游记》。

九天垂下银虹，悄无声向澄潭底。毒龙潜寐，醒来便到，人间游戏。佛说降龙，戒阿罗汉，来持半偈。到雁山胜处，龙湫瀑下，结四果、安禅地。　　十丈危崖如洗。抱龙都、苍寒水气。朝阳光射，珠玑万斛，幻成霞绮。静极投虚，愔愔天籁，雷霆收起。笑普陀山趾，潮音圣洞，百灵狂沸。

龙山会

重阳醉菊，因忆癸未客都门，载酒登八达岭情事，抚今感昔，悄乎有思。

笠影高空落。脚踏秦城，举手扪天钥。雁霜边外紧，阴岭背、似听胡雏哀角。却京国茱萸，酒香沸、笙歌寥廓。那时眺，河山端正，秋原平薄。　　廿年旧节题糕，梦落江湖，对半篱霜萼。灯前家国影，和恨写、中酒情怀偏恶。酒洌蟹螯肥，伊谁算、鱼龙幻局。扫巫闾、塞清我便，去随双鹄。

（以上选自《红鹤词》民国三十六年刻本）

黄光（9首）

黄光（1873—1945），字梅僧、梅生，号玉梅花馆主人，浙江平阳（今属温州市）人。清末被举贤良方正，未仕。倡经世致用之学，1904年在平阳创办务本学校和毓秀女校。1906年曾东渡日本考察教育。民国后，曾任县教育会会长。擅长诗词书画，曾为瓯社、慎社、戊社社员，其飞情阁为众多名流唱和雅集之地。著有《飞情阁集》。该书是其逝世后两年，由好友王理孚整理而成，卷四为《飞情阁词钞》。

《飞情阁词钞》一卷，以酬唱题赠词为多，多有简短词题标注词事。后期有部分词作反映民国社会情形，如《探芳信·闻官军受挫神话俞奇》《浣溪沙·咏敌去后情形》等。林铁尊在《瓯社词钞序》中授况周颐、朱祖谋学词之法于瓯社诸子，黄光之词受此影响匪浅。

柳长春

题《南湖草堂印谱》

叶君植三以手制《南湖草堂印谱》示余，渊源浙皖，融会古今，气息深沉，锋芒不露，且因熟生巧，得手应心，响然铁画，石破天惊技也，而进夫道矣。植三文义自逸，风调宽韬，议论入微，聆之忘倦。每来闲写，视日早晚，虑其去也。呜呼，茫茫东海，行复扬尘，铁骑嘶风，铜驼卧草，夕阳枫树，只剩残红细柳，新蒲未知谁绿，而吾辈犹含丹照白，高谭嗢噱，知所好有甚于生者。爰谱《柳长春》一阕，以志景仰。

雀堕金新，龟封红老。流传刻画知多少。潜心艺苑诧神镌，研硃洒麝香笺绕。　　玉叶雕虫，石花篆鸟。少年蝺匾工夫妙。雪泥爪印认飞鸿，周井庐曾为余介绍刻印。忘怀桑海重倾倒。

满江红

春　恨

如此春光，空山里、吟帘慵揭。最堪恨、晓风旗怒，晚晴笳咽。荒野草心难答报，瑶台花影偏重叠。劝伯劳、叶底暂藏身，休饶舌。　　天空雨，云间月。时不定，愁难说。更峡猿沾泪，蜀鹃啼血。满地落红坭欲化，浮萍柳絮还相结。问倚楼、玉笛为谁忙，声吹裂。

苏幕遮

春后多雨

望江山，吾问汝。底事韶光，只解愁风雨。惨绿门前添几许。碧草多情，枉向黄莺诉。　　幸今年，邀闰住。未到清明，今年清明甚迟。莫便伤春暮。一任长堤飞柳絮。待得新晴，约伴寻芳去。

探芳信

送故人出游

望南浦。问王粲春来，优游何处。却笑东风恶，添寒复吹汝。故乡多少难言事，恨不同舟去。休相思、一任烟汀，落红如雨。　　殷勤花肯护。假十二金铃，芳菲围住。打起莺儿，莫教梦窗语。春光已被饧箫误，悲惨流年度。念归途、会见虹销璧渚。

（以上选自《飞情阁词钞》，《飞情阁集》民国印本）

百字令

辛酉春仲，与王梅伯年兄游仙岩，梅伯旋录示此调新词并慎社诸君子和作，属为审定。雨窗不寐，倚此奉酬，藉志一时唱和之盛。

家山无恙，任闲中消遣，分花移竹。忽报音书云外至，十幅新词争读。孤峭仙岩，清臞仙客，鸿雪留高躅。缁尘不到，练银飞泻峰腹。　　犹忆康乐风流，羲之潇洒，千载高风续。料得山灵应失喜，闻有足音空谷。世事沧桑，胸襟丘壑，吾亦耽幽独。悠然神往，一峰天外高矗。

八声甘州

辛酉季春，孤屿文丞相祠祀事礼成，集慎社同人澄鲜阁禊饮。

镇中川丞相旧祠堂，愔愔起灵风。叹江流不返，潮消潮长，淘尽英雄。又是春归时候，鹃血旧啼红。多少兴亡恨，塔影摩空。　　三见蓬瀛浅后，只荆驼影外，灰劫重重。有油幢新第，何处表孤忠。且招邀、题裙旧侣，把满怀、豪气付杯中。颓然也、作神州梦，俯瞰鱼龙。

风蝶令

夜月圆明镜，天风响玉珂。九关虎豹不曾诃。闻道双星今夕、渡银河。　　故国风云改，名流杖履过。霓裳重谱旧时歌。知否贞元朝士、已无多。

高阳台

题《半樱簃填词图》

词客风高，仙山月满，人间几度沧桑。红堕檐花，开帘韵入新腔。清才不落逋仙后，占蓬莱、无限春光。瘦吟身，怅触前尘，满眼苍茫。　　当年我亦云槎泛，记香沾客袖，艳贮诗囊。溅泪年华，辞枝忍忆罗窗。梅边飞到凉宵笛，展画图、更耐思量。莽回头，碧海青天，感彻霓裳。

点绛唇

唐　花

休笑冬烘，闭门偏透春消息。众香成国。韶景先争得。　妙夺天工，送暖凭谁力。熏笼侧。汉宫真色。名字人应识。

（以上选自《瓯社词钞》民国十年印本）

梁启超（3首）

梁启超（1873—1929），字卓如，号任公、饮冰室主人，广东新会（今江门市新会区）人。光绪十五年（1889）举人，早年师从康有为，参加公车上书、策划戊戌变法，失败后亡命海外。归国后思想一变，反帝制，讨复辟，出任北洋政府司法总长、财政总长。晚年任教于清华大学国学院。梁启超早期以政治家身份鼓吹“小说界革命”，强调文学艺术的社会功用；淡出政界以后成为专业学者，强调学术的独立价值。著有《饮冰室合集》，其中《饮冰室文集》之四十五卷收录其词作。

梁启超能词，所作不多，现存集中多为清末所作，精品亦集中于此。以《六丑》（听彻宵残雨）、《金缕曲》（瀚海漂流燕）最为脍炙。入民国后所作甚少，自1911年至1924年间，几无词作收入《饮冰室合集》。严迪昌称：“其词一泄胸臆，无匠人气，亦无脂粉味。叶恭绰《广箧中词》选评启超《金缕曲》（瀚海漂流燕）一阕，以为‘深心托豪素’，是五字亦可移评其整体词品”（《近代词钞》）。梁氏词佳处足以当之，然其部分词作或为戏作，或纯用家常语，口语化倾向明显，盖受时代风气所影响。

浣溪沙

乙丑端午夕俄公园夜坐

饱听官蛙闹曲池。那更鸣砌露虫悲。错撩人是月如眉。　　坐久漏签催倦夜，归来长簟梦佳期。不缘无益废相思。

鹧鸪天

丁卯中秋，李夫人三周忌日

露气凄微稍见侵。自携瘦影步花阴。屋梁正照无情月，庭树犹栖不定禽。　　河影没，漏声沉。销磨佳节得孤吟。云鬟玉臂三年梦，碧海青天一夜心。

沁园春

己巳送汤佩松

可怜阿松，万恨千忧，无父儿郎。记而翁当日，一身殉国，血横海峤，魂恋宗邦。今忽七年，又何世界，满眼依然鬼魅场。泉台下，想朝朝夜夜，红泪淋浪。

松兮躯已昂藏。学问算、爬过一道墙。念目前怎样，脚跟立定，将来怎样，热血输将。从古最难，做名父子，松汝篏心谨勿忘。汝行矣，望海云生处，老泪千行。

蕲水汤济武之子佩松，己巳夏毕业于清华学校，转学美洲。时伯兄主清华讲座，作此送之，稿本存余处。启勋识。

（以上选自《饮冰室合集》民国二十五年中华书局本）

林戳桢（4首）

林戳桢（1873—1940后），字肖蝓，福建侯官（今福州）人。林则徐曾孙，曾官江苏知县，晚年定居苏州。林戳桢工诗词，尝苦吟觅句而迷不知返。曾与李释戡、黄默元、高固叟等人唱和于汪伪政府之西园，作品收入《西园唱和集》，卷前有落款为“庚辰腊八侯官林戳桢霜杰”的序，据此可知，林氏于1940年尚在人世。著有《感秋集》《霜杰词》。

《同声月刊》第一卷第四期有“《小蘋花馆词》四首”，题“闽县林贞戳霜杰”作，“林贞戳”应为“林戳桢”之误。陈兼与《闽词谈屑》录其佚词《蝶恋花·送内子柩殡宫》一阕，极力称许其结句“一生肠断重阳日”。

浪淘沙

梅生偕其女弟周演巽枉过睬城官舍，别后寄词，倚声奉和。

占得夕阳城。草碧川明。故人情似剡溪行。回首越娘船上月，凄断平生。谓丙午旧游。　　桑海杜鹃声。人瘦诗清。练川如酒劝君斟。便有红妆知己在，愁损兰成。

丁香结

法源寺丁香花下宴集，用清真韵

禅鬓成尘，梵香如梦，重见柳绵轻陨。记疏花细叶，溅酒泪、旧日襟痕微润。粉身余念在，看兰麝、自掷未忍。用老杜《江头五咏》诗意。空桑回首，素艳一瞥，年芳去尽。　　牵引。有俊侣嘉招，宝幄朱轮列阵。照影来时，攀条去后，日斜风晕。是日袁寒云、易实甫邀集名流，与会者四十余人，合摄一影。高会谁听说法，剩雨花盈寸。徐回车郊外，稍惜梨云瘦损。傍晚更赴万生园，梨花零落尽矣。

采桑子

仪征城南海棠

惊沙落日孤城晚，一树嫣红。掩袂墙东。柔尽兵前草木风。　　锦屏轻负春光好，老去飘蓬。何处惊鸿。惘惘芳菲一瞬中。

夜行船

岁暮射湖舟中闻箫，用子野韵

寒重湖云愁未醒。玉箫吹、瘦孤篷影。一年鸿爪又凄迷，何忍听、君须省。冉冉修蛇催急景。　　残雪挂梢烟压径。呜咽数声天又暝。蓦思丁字旧帘前，官烛定。春人静。一曲落梅波似镜。

（以上选自《同声月刊》第 1 卷第 4 期）

林思进（8首）

林思进（1873—1953），字山腴，别署清寂翁，四川华阳（今属成都）人。民国间历任四川图书馆馆长、成都府学堂监督、华阳中学校长及成都高等师范学校、成都大学、四川大学、华西协合大学等校教授。平生肆力于诗、古文辞，辛巳（1941）秋，才“取半塘、彊村诸刻诵之”，其作词可谓“后进”，但一年时间得词三百余首。著有《清寂词录》。

《清寂词录》五卷，成都志古堂民国三十二年（1943）刻本，扉页“清寂堂词”四字由沈尹默题签，集前有其弟子庞俊甲申（1944）序及好友赵熙作的笺。林思进学词作词时间不长，但对己作十分严苛。1943年所刻《清寂堂词》到1951年重刊时，删削近三分之一，并把雕板也劈碎作薪，付诸炉灶。林氏词以两宋为极，甚重东坡、稼轩、白石、梦窗，要求“其体宛约，其指要眇”。好友赵熙在书信中称赞“公词当独步前者”，“不莽不纤，语有内心，如公大可传矣”。庞俊也称“今谛观诸阕，固竘然两宋矩镬，与夫拾温韦唾余，以孤陋为大雅、瓠落为浑涵者，其相去何如哉”（《清寂词录叙》），评价颇高。清寂翁词除了反映时代题材，及自身遭遇外，还以史家的锐感评价历史人物及当代时事，大有以议论入词的味道。

一枝春

芍药，草窗韵，丁巳词社作

典尽春衣，买秾华、记得丰台晴雨。番风暗数，婪尾送春情绪。谢郎句好，又红到、影翻阶妩。愁赠与、说是将离，却又片时偷聚。　花行市桥何处。讨芳春、试觅带围金缕。词人意倦，懒订郭家双谱。待呼小字，恐经上灵飞先妒。最惆怅、溱洧人归，倩谁寄语。

鹊踏枝

岁尽，雨中奉怀尧老

词社阑珊秋已暮。悔不当时，苦苦留君住。坐看寒江摇橹去。至今却怅残年雨。　珍重耳中临别语。石室青城，早觅栖身处。昨夜征鸿惊又度。梦魂空绕荣州路。

壶中天

次答章行严桂林见怀韵

孤桐渐老，更惊秋一叶，飘零何处。行严别字孤桐。五岭宜人惟桂管，阳朔村边好住。剩水残山，古愁今恨，并入新词去。洞庭无际，故乡回首凄苦。　我是三峡啼猿，数声哀怨，荡作空舲句。强说俊游浑不似，那有看花情绪。楚艳人非，江郎路隔，钱楚已嫁，翊云在渝。谁共伤心语。且凭南雁，寄声珍重烦汝。

八声甘州

壬午秋禊初晤梁韵喜赠

惜芳菲袅袅换秋风，才送楚江萍。钱楚小字萍卿。恁天孙机畔，无端云锦，又露娉婷。昨夜绛河清浅，斜认侍儿星。但红墙莫阻，碧浪休惊。　　我是前身方朔，有细君娱老，割肉金门。洞天虽好，归去尚凄清。笑把玉清捉住，要今生、相伴到来生。扬州梦、不须骑鹤，只愿吹笙。

八声甘州

谢溥心畬王孙寄画

渺沧桑回首故京遥，何处望修门。只楼侵花萼，萋萋芳草，绿怨王孙。宝玦珊瑚腰下，往事不堪论。甚东陵瓜好，说会嘉宾。　　笠泽弁山佳否，恨国香零落，谁与招魂。但严滩畔，还现水仙身。唤起荆关北苑，溯宗家、曹乳紫琼真。人间世、雁来天上，鸥寄江村。

蝶恋花

重过录言

才拂珠帘春已漏。绣被余香，晓镜明妆透。帘外新寒微雨后。背人一晌偎罗袖。　　何事微行今日又。滑滑街泥，屐齿钉成豆。悄说当心来莫骤。夜深恐怕逢虞候。

此阕何减美成《少年游》之佳耶？自记。

双调望江南

雨晴村步

春渐老，上巳接清明。半树残红欹径湿，一村浓绿傍烟生。新水縠纹平。　　寒意劲，宿雨勒娇晴。花上粉干才晒蝶，柳边簧嫩已闻莺。随意绕溪行。

齐天乐

初度之夕，宾客未散，梁韵复来，前词意有不尽，再赋此解。

兴亡阅尽沧桑影，横流此身还在。生不逢辰，天偏与健，惭说名高四海。江山未改。总看镜惊霜，度围移带。无用文章，许商量鹏鸪同卖。　　人生谁少七十，只河清里鼓，期邈难待。谢傅馀年，安昌后宅，且任铿锵繁会。梅妆浅赛。有弟子新来，绛纱迎拜。酌我无多，取当前意快。

（以上选自《清寂词录》民国三十二年成都志古堂刻本）

吕景蕙（1首）

吕景蕙（1873前后—1924前后），字若苏，号璇友，江苏阳湖（今属常州）人。十五岁时已擅长诗、文、词，二十四岁嫁同里赵苕卿为妻。里居时曾于女校教读并设帐授徒，后随兄嫂旅居海上，赁庑设塾，远近称之。卒后十年，其子赵元良整理遗箧，成《纫佩轩诗词草》一卷。虽名曰“诗词草”，实则为词专集。景蕙于近代闺媛，最仰钱塘（今杭州）汪小蕴夫人，自己也颇以才女自期。因其所作诗词大半散佚，故《纫佩轩诗词草》收词仅三十余阕，以与兄妹、外子唱和寄怀之作为多。吕景蕙幼失怙恃，夫君所遇不达，其设帐授徒，自力更生并抚养兄姊遗雏，生活上并不如意，但其词并无凄厉、愁苦之音。总的来看，其词作以抒写性灵为主，但词境过窄也是一病。叶恭绰《全清词钞》选其《台城路·岁暮有感兼怀大兄》一阕。

金缕曲

春光明媚，肝病缠绵，偶作小词，以志怀感。

绿瘦苍苔院。昼沉沉、狂花飞扑，重帘休卷。花妥蝶慵人意懒，底事离怀萧索。正晓睡、被莺惊逐。药鼎炉烟今已惯，最难禁、愁损双蛾绿。思往事，总怅触。　　病魂不奈东风恶。忍听他、几声归燕，此心似茧。料得深宵烟雨后，花底酒香如昨。可知否、有人愁独。欲向茜窗寻短梦，怕梦魂、不到深闺曲。残月里，晓风落。

（选自《纫佩轩诗词草》民国二十三年上海百宋铸字斋排印本）

冒广生（14首）

冒广生（1873—1959），字鹤亭、鹤汀，号鸥隐、疚翁、疚斋、钝宧、同生（《清代朱卷集成》第195册）、小三吾亭长，冒辟疆裔孙，江苏如皋人。关于冒氏生年，其子冒效鲁《冒鹤亭传略》、其孙冒怀苏《冒鹤亭先生年谱》、陈玉堂《中国近现代人物名号大辞典》等均作1873年，惟《清代朱卷集成》第195册“冒广生”条作“光绪乙亥年三月十五日”，为1875年。《如皋冒氏丛书》本《小三吾亭词》卷二之《高阳台·丁酉五月十八夜即事用旧作催妆词韵》附录《高阳台（脂白凝肤）》一词，冒氏在序中自称“光绪甲午，仆年二十，举贤书出瑞安黄公门下，明年公以女妻之”，此说与《清代朱卷集成》吻合，与诸谱传龃龉，未知孰是。冒氏为光绪二十年（1894）举人，清末曾参与戊戌变法活动，任刑部郎中等职。民国后，曾任财政部顾问、农商部经济调查会会长、中山大学教授等。1949年后，任上海文物保管委员会顾问，1959年病逝于上海。著有《四声钩沉》《疚斋词论》《小三吾亭词选》《冒鹤亭词曲论文集》等。

《小三吾亭词》，有《冒氏丛书》本，两卷，附录一卷（集句词），收词至于庚子（1900）年左右，整体上按时间排序。《小三吾亭词》另有《冒鹤亭词曲论文集》之节选本，1992年由上海古籍出版社出版，收词从清末至于1949年以后，附有冒怀辛案语。此外，冒氏仍有大量词作，散见于各报刊、社集中。冒氏论词，不同于晚清、民国格律派诸人，主张陶写性情，反对墨守四声。叶恭绰称："鹤亭丈少学于先大父南雪公，为词瓣香朱、陈；中年以后，兼采众长，而才情横溢，时露本色。"（《广箧中词》）刘梦芙称冒氏词："豪婉兼容，不拘一格，更不受近世词坛学梦窗、清真之风气熏染，自在游行，真力弥满，惟不免有粗率之句，不衫不履。虽风标洒脱，而有欠精严，厚味稍逊焉。"（《冷翠轩词话》）其前期词作，情感饱满充实，以《满江红》组词等为代表。后期颇多无谓之作，下笔随性，命意浅陋，不复当年才力。

满江红

京口怀古词十首仿稼轩（十首选一）

碧眼紫髯，九万里、大秦之国。忍泪读、残黎日记，法芝瑞《债城录》、杨棨《出围城记》、朱士云《草间日记》，皆纪道光壬寅英人破城事。譆譆出出。横海船来江不险，轰天雷迅城都墨。枉青州、四百好男儿，头颅掷。　　伊里布，箸方失。颜崇礼，冠堪溺。问北门锁钥，是谁之责。之子天骄殊未已，长城汝坏嗟何及。便万重、从此恨刘郎，蓬山隔。（银山）

（以上选自《小说月报》1920年11卷02期）

芳草渡

同董卿登扫叶楼，用清真韵

雪乍扫，悄落叶空岩，蹔携吟侣。算一朝兴废，才消过眼风雨。沧海心事苦。嗟人间难诉。怅望里，槛外青山，不浪淘去。　　回顾。板桥旧苑，燕燕莺莺歌吹路。漫提起、乌衣弟子，寻常换门户。洒襟老泪，那解我、登临心绪。坐向夕，到耳林飙又舞。

（以上选自《沤社词钞》民国二十二年印本）

水调歌头

丝竹不如肉，渐近自然么。珊瑚击碎千尺，慷慨奈君何。容易西风帘幕，容易黄昏院落，脉脉看星河。长剑汝知我，病起一摩挲。　　珠络索，玉如意，金叵罗。中年哀乐多少，缄恨付回波。对酒情怀都懒，对镜腰肢又减，堆案只楞伽。夜夜照无睡，伴我只嫦娥。

醉花阴

豁蒙楼同公渚茗话

楼外痴云云外水。多少南朝事。无赖是秋山，不管人愁，但倚城头睡。　　玉儿可惜佳无比。枉为东昏死。不若嫁钟峰，落尽樱桃，尚洒仓皇泪。

柳梢青

后湖同纕蘅、释戡、秋岳、公渚

细草长堤。水将云荡，山迴城围。天放晴曦，风留病叶，秋到佳时。　　美人暂得相携。倚翠竹、微寒鬓欹。柳外花边，明朝说著，都是相思。

惜双双令

灵谷寺和公渚

已是定林无觅处。除此地、少留佳趣。黄叶萧萧雨。平添心上秋无数。　　僧楼坐到斜阳暮。帘罅有、茶烟微度。莫便匆匆去。牡丹开放还来否。

（以上选自《词学季刊》第1卷第4期）

减字木兰花

题薛刚生为陈元孝所作画

阿东老凤。岁晚南枝谁与共。画出荒寒。曾惹遗黎忍泪看。平生恻恻。磨剑无灵磨到墨。墨有干时。心事千年圣得知。

虞美人

汪孝博属题伊墨卿《寄叶耘谷诗卷》，“此行已似他生晤”及“践来陈迹了瞿昙”，皆诗中句也。

白头当作他生晤。此语君何苦。峡山四月好南风。想得归舟两岸木棉红。　　听枫旧馆知何在。人事萧条改。莫将陈迹问瞿昙。今日火风千劫到精蓝。是日访华林寺故址，仅余五百罗汉堂矣。

（以上选自《词学季刊》第2卷第3期）

兰陵王

小坡以和清真词索和，久未有以报也。吴昌硕新得一石，云系水绘盦物，诵芬述德，感不绝于余心。因成此解。

恁肠直。一片当时瘦碧。风流尽，歌吹竹西，忍见韩陵可怜色。凄凉说故国。曾识。平原座客。高吟向，银烛翠樽，捶碎珊瑚一千尺。　　于今总陈迹。算梦冷琴衣，香堕筝席。东风杜宇啼寒食。便一树梅萼，几丝杨柳，销魂都怨遍水驿。有谁过江北。悲恻。恨怀积。伴短病长愁，吴质萧寂。茫茫吊古秋何极。约后夜明月，矮篱吹笛。人间何世，念往事，泪先滴。

（以上选自《广箧中词》民国二十四年印本）

祝英台近

为余伯陶题《词隐斋品研图》

割云根，裁月斧，粲粲石花乳。十袭包藏，夜半宝光吐。自从冷落吴门，顾娘老去，谁解问、镌华残谱。　　画中觑。位置茗碗瓶花，人坐碧阴处。自界乌丝，自写断肠句。板桥旧厨君家，垂杨无恙，好重唱、江南金缕。

（以上选自《青鹤》第 3 卷第 21 期）

浪淘沙

同董卿雪后游莫愁湖，是日得召南讣音。

衰柳不成行。败苇荒塘。远山残雪点湖光。小阁人豪何处也，剩有斜阳。　　往事莫回肠。无限沧桑。已经心上彀凄凉。偏又一声邻笛子，吹过僧廊。

（以上选自《青鹤》第 3 卷第 22 期）

惜红衣

用石帚韵，题《雁来红册》。册为汪莘伯先生旧在菊坡精舍与梁节庵、陶子政、朱棣垞、杨叔峤、易实甫、陈苯阶、徐巨卿、石星巢、王子展、文芸阁暨先生弟憬吾倡和词，彦平世兄属为继声。

药里惊秋，棋枰送日。登高无力。倦眼寻芳，看朱奈成碧。残年羁旅，谁念取、兰成词客。凄寂。鸿雁不来，隔江南消息。
斜阳巷陌。讲舍苔荒，胭脂认狼藉。人才话旧海国。盛南北。五十多年如梦，禁得几番游历。剩丹青故纸，犹带断肠颜色。

唐多令

再咏《雁来红》

惆怅又西风。病深人意慵。费禁持、瘦影惺忪。昨日少年今日老，明镜里、为谁容。　　暗雨湿濛濛。洗多愁褪红。寄相思、楼畔堂东。留取残红三两片，题怨句、付征鸿。

（以上选自《青鹤》第5卷第6期）

金缕曲

荷花生日答默园

往事流波去。听尊前、故人重话，西涯佳处。一角高楼烟水阔，曾替荷花为主。有多少、旧京词赋。一十三年弹指顷，算陈樊、今日成黄土。是日集者二十余人，樊山成七律八首，弢庵成词一首。丝鬓在，都非故。　　南来庾信哀谁诉。只扁舟、日斜独自，去寻元武。双手酒钱无一个，空剩惜花情绪。还私向、封姨分付。水佩风裳禁未得，愿来朝、莫更狂风雨。也未要，金铃护。

（以上选自《同声月刊》第2卷第7期）

徐自华（10首）

徐自华（1873—1935），原名受华，字忏慧，号寄尘，湖州南浔梅福均室，浙江石门（现为嘉兴桐乡市）人。曾任南浔浔溪女校校长、上海竞雄女校校长等职。南社女诗人，曾师事陈去病。与秋瑾为盟姊妹。秋瑾殉难后，与陈去病等结秋社以继其志。著有《忏慧词》、《听竹楼诗稿》（含续编，未刊行）、《秋心楼诗词》等。

满江红

感　怀

岁月如流，秋又去、壮心未歇。难收拾、这般危局，风潮猛烈。把酒痛谈身后事，举杯试问当头月。奈吴侬、身世太悲凉，伤心切。　　亡国恨，终当泄。奴隶性，行看灭。叹江山已是，金瓯碎缺。蒿目苍生挥热泪，感怀时事喷心血。愿吾侪、炼石效娲皇，补天阙。

摸鱼儿

为楚伧题《分堤吊梦图》

甚萧条、几株垂柳，丝丝凄碧如许。画堂午梦频番冷，赢得风风雨雨。凭认取。道媚绝三姝，此是吟秋处。灵踪一去。叹月黯疏香，花残芳雪，都付断魂句。　　琼楼杳，谁爇返生香炷。空闻凉雁私语。湖烟湖水年年绿，不见一家词赋。君莫苦。君不见、瑶钗玉佩留黄土。闻前吴江县令上佛，云为修墓得玉钗佩各一事。苍茫平楚。问何日梨花，载将春酿，来拜小仙墓。

满江红

悼秋竞雄

巾帼英雄，屈指算、君应魁首。好任侠、卖珠换剑，拔钗沽酒。慷慨喜谈天下事，聪明掩尽闺中秀。痛无端、党祸忽飞来，伤吾友。　　志未遂，刑先受。身虽丧，名垂久。又何妨流血，古轩亭口。风雨凄凉当日恨，波涛汹涌今还骤。剩吾徒、纪念为君留，君知否。

金缕曲

送璿卿之沪，时将赴扬州

送子春申去。好无聊、做愁天气，风风雨雨。萍梗江湖成浪迹，十事九同意忤。谁解得、用心良苦。仆仆尘劳嗟不已，问今宵、别后何时聚。君去也，留难住。　　临歧记取叮咛语。慎风霜、客中珍重，勤传鱼素。闻说扬州烟景好，载酒虹桥秋暮。有几许、豪游佳句。劳我蒹葭秋水感，望伊人、不见知何处。空目断，江南路。

（以上选自《江苏革命博物馆月刊》1929 年第 2 期）

菩萨蛮

为吴奇隐女士题画

轻烟飏雪春光冷。山村水郭横斜影。不傍绣帘栊。清臞隐士风。　　人怜花似玉。花莫嫌人俗。镇日画图看。和侬耐岁寒。

古阳关

送陈淑观、吴奇隐二女士赴槟榔屿

江水回流碧。番舶催帆急。天低日暮，霜风紧，彤云密。怅萍踪易散，又送长行客。赋壮游、同时破浪海天阔。　　珍重临岐处，休惜别。逸庐佳景，留鸿爪，证泥雪。问山川异域，可否如乡国。只明月、常从画里照颜色。

念奴娇

中秋感别

明蟾如镜，只映侬一个，愁心凝结。怅望西湖何处是，碧海青天遥隔。瘦影吟孤，清辉寒透，负却中秋节。把嫦娥问，世间多少离别。　　那堪独上高楼，楼高人远，隔院飞长笛。记得年时吴苑景，同倚曲阑干碧。水调闻歌，霓裳翻谱，笑指团栾月。可怜今夜，双照泪痕同湿。

如梦令

为吴奇隐女士题画

数点胭脂春透。片石嶙峋云皱。烟雨断桥西，风景可能依旧。孤负。孤负。临水一枝疏瘦。

菩萨蛮

题《桐阶秋思图》

梧桐雨过浮新碧。无言悄倚玲珑石。破睡背西风。眉颦更髻松。　　寒衣犹未捣。远望关山杳。秋意耐寻思。吟成寄与谁。

台城路

别广州三十年矣，重来不胜桑海之感，会蔡君哲夫以所获城砖见示，皆南汉以来古物。其一有“成城”二字，尤与君别号相印，因填此解奉贻。

颓垣衰草羊城路。重寻旧游何处。镇海楼荒，昌华苑冷，胜迹凭谁认取。中郎嗜古。将断甓携来，苔斑拂去。汉篆摩挲，小名巧合更珍护。　　陶斋无此雅趣。搨云蓝素纸，偏征题句。爨下裁桐，柯亭削竹，一样知音相顾。好修砚谱。便铜雀端溪，而今休数。水榭帘垂，粉奁添画具。淑配倾城夫人工画，居寒琼水榭。

（以上选自《江苏革命博物馆月刊》1929 年第 5 期）

许崇熙（6首）

许崇熙（1873—1935），字季纯，号沧江，湖南长沙人。清末宦游大江南北，民国后，归隐湖湘。为碧浪诗社、沤社成员，诗、词、书法兼善。著有《沧江诗钞》五卷、《文钞》三卷、《诗余》两卷，民国三十七年排印本。《沤社词钞》收其词六首。《忍古楼词话》云："长沙许季纯崇熙，昨年乙亥逝世，遗集尚未刊行。季纯诗词皆臻上乘，而为书名所掩。"

汉宫春

辛未立夏，风雨竟日，得映厂拈示此解，依声奉答。

生怕春归。倩杨丝绾住，藤蔓牵回。新来晓钟忽动，杜宇频催。天涯绿遍，剩酴醾、慵缀苍苔。还竟日、风风雨雨，惜花心事成灰。　　应识流光如水。尽云鬟雪面，转盼都非。余芳未全消歇，隐约珠胎。圆荷的皪，盼红衣、重与传杯。休苦恨、春将花去，见花却带春来。

汉宫春

立夏后五日，同剑丞、绍周、公渚、君任集伯夔刚伐邑斋。主人出示饯春新词，绍周、公渚各据案作米山一幅。风雨竟日，谈谐尽欢，即事成声，因仍原韵，博诸君一粲。

绿已成阴，待重温春梦，梦也无痕。窗间夏山似滴，雨暝烟昏。熙筌兴到，替商量、写入湘裙。凭想像、鸣泉泻玉，落花还带香温。　　侥幸天容我辈，但常开笑口，莫漫伤春。山容亦饶韵致，尽展愁颦。盘中水碧，胜几多、鲭鲙侯门。仍苦约、西园明日，为花冥报春恩。

安公子

秋夕伯夔楼斋

瞬息秋将半。桂华迎露香初满。不厌登楼乘暇晷，更凭高瞻玩。问海上、蓬莱几日还清浅。哀泽鸿、凄咽江天远。怅斗勺谁驭，空对微云河汉。　　欲语乡愁乱。故山猿鹤休啼怨。本约霜前回钓艇，又游氛遮断。且料理、诗囊酒榼从羁绊。春水生、待补归来愿。笑邀月留宾，也增一番清惋。

安公子

烛泪，同切盦和蛰云韵

夜久炉香冷。梦魂陡被鹃啼醒。对泣铜荷行断续，惹心旌难定。乍约略、棠梨带雨春妆靓。旋唾壶、玉溅珠交迸。似替人肠断，盈把琼瑰凄映。　　何事更筹永。分无莲炬笼归省。注海倾河何限恨，早凋零双鬓。乞爝火、残年修史天应肯。依故山、自息馀光影。待蜜消烟烬，终是寸丹成凝。

被花恼

闻　雁

微醺逗梦已深更，谁遣断鸿呼醒。老桂庭前弄清影。荒鸡四唱，哀螿乱咽，并作悲秋境。知历过，几关河，破空嘹唳成凄紧。　　湖海又经年，重见高梧坠金井。扁舟不系，迢滞音尘，尺帛都难准。料湘灵鼓瑟楚云间，正千里、寒光照孤迥。曾耐惯，削骨侵肌风露冷。

浣溪沙

辛未九月二十日，沤社第十三集，蘉庵出示畏庐翁《西溪图卷》。忆曩在京师，每晤畏庐，辄绳西溪之美。余前后七至西湖，今秋始得放舟溪上。峰峦回合，万芦如雪，疑匪人世。方欲为词纪之，归见此图，乃梦坡、拔可、昆三合购，将以藏之秋雪庵者，庵祀两浙词人五百余，兼及游宦。畏庐工倚声，且曾佐迪臣太守于杭，他日容有议及者，故篇末及之。

过了西湖更向西。梅塍竹岭与云齐。渐无人处有招提。　　不见交芦思董笔，但凭秋雪赏陈题。此来专为访西溪。

（以上选自《沤社词钞》民国二十二年铅印本）

袁毓麟（11首）

袁毓麟（1873—1934），幼名荣润，字文薮，浙江钱塘（今杭州）人。光绪二十三年（1897）副贡，后中举。光绪二十七年（1901）与林白水等创办《杭州白话报》，任编辑。三十年（1904）留学日本，入东京法政大学。归国后先后任《杭州日报》主笔、奉天法政学堂教务长等职。入民国后，历任浙江省视学、国会议员、中国银行官股股东代表等职，1919年辞职归里。著有《香兰词》一卷，民国二十一年（1932）刻本。

袁氏一生踪迹颇广，渡太平洋、过榆关、渡黄河等，所到之处，在在发兴。正因如此，其词得江山之助多矣，善于将所到江山宏阔的空间、历史与当下时局融并一处，词境雄浑阔大。然生当末世，自然悲歌慷慨，不免危苦之音。夏敬观《忍古楼词话》评其词"词境空灵，上拟稼轩，得其细腻"，然通读《香兰词》，觉词多得稼轩之淑世情怀，词境有时更显阔大。

八声甘州

渡太平洋

快长空羊角抟扶摇。著我等秋毫。是乘桴已倦，三山缥渺，九点招邀。俯仰星躔历乱，一幅大圜描。太息青莲去，海月谁捞。　　百尺桅头远望，指东西南北，滚滚狂潮。看长鲸厉吻，难禁按屠刀。问中原、何人健者，谩叩舷、醉眼读离骚。苍茫恨、填来精卫，泪满征袍。

减字木兰花

游鱼沸鼎。眼底纷纷无一幸。梦想华胥。九点齐烟尽劫墟。　　髡钳铤走。平帖谁持金熨斗。奈尔蜣螂。转土成丸啖亦香。

水调歌头

由皋兰渡黄河抵包头

一笑乘槎客，意气薄霄空。黄沙落日催暮，飞雨打孤篷。才别贺兰山色，又吊村前青冢，失计汉和戎。遗恨茹千古，儿女与英雄。　　神明胄，开国远，轨文同。昆仑发轫，迤逦九曲渐移东。极目牛羊荒草，欲问河图瀍水，掬泪叩龙宫。莫唱公无渡，再造起鸿濛。

解连环

南雁初来，和玉田韵

角声催晚。正天涯倦羽，霁霞冲散。想此度、懊恼南来，怕江表无人，惜离怀远。细听边声，早揾透、盈盈泪点。劝征程暂驻，玉塞长杨，未舒青眼。　　斜阳瞥惊苒苒。带湘烟楚水，写成幽怨。悄欲问、芳杜洲前，有栽遍红桑，几回肠转。冷涩筝弦，恐翠袖、倚楼先见。定销魂、音信乖沉，绣帷懒卷。

少年游

拟屯田

高阳狂客醉登楼。天气肃清秋。乡关不见，江山如此，莽莽使人愁。　　垂杨凋尽黄金缕，好梦付东流。画角听残，曲阑敲遍，无计办归舟。

倦寻芳

申江别意，用梦窗韵

麝衾梦短，蟾镜盟寒，心事丝乱。记得相逢，春满馆娃吴苑。珠箔飘灯惊照眼，银屏掩夕羞回面。荡柔魂，念凭阑露冷，登楼天远。　　践嫩约、娉婷仙影，重与绸缪，襟带尘软。暗托微波，争奈赋情吟倦。宝玦偷看黄浦路，钿车独去蓝桥畔。有谁怜，似衡阳，北征孤雁。

临江仙

浦江晚步

歇浦潮声如怒马，风吹皂帽惊魂。鹓鹍蹭蹬蜃楼新。沙淘翻急浪，烟散入浮云。　　巨艑高樯纷到眼，南疆锁钥何人。长天远望少微昏。谁倾东海水，一洗净乾坤。

满江红

登清凉山顶远眺

振袂登临，数不尽、南朝陈迹。冶城里、过江年少，连翩裙屐。断垄导淮空问姓，埋金厌气仍开国。看蒋山、草长斗青青，斜阳色。　　翠微址，寻无石。华阳隐，荒无宅。听打钟古寺，感怀今昔。埭上鸡鸣风又雨，关前虎踞潮还汐。指新亭、咫尺是兵冲，征衫湿。

徵　招

自题《香兰词》后

江山如此空垂涕，钟情已非吾辈。寂寞杜蓬门，只忧天将坠。阳阿晞发地。问何补、楚囚相对。日薄崦嵫，夜鸣鹈鴂，厄逢元会。　　危苦托陈词，雕虫技、分明覆瓿堪比。敝帚享千金，付蛩唫蝉嘒。墓前曾跪誓。算赢得、砚田丰岁。但肠断、炳烛墙东，遗有生良愧。

（以上选自《香兰词》民国二十一年刻本）

蕙兰芳引

丛碧山房主人蓄素心兰数十本，招饮共赏。

庭院爽轩，静银蒜、有人如玉。正白水盟心，哀动楚骚讽读。媚香满座，好记取、结交幽独。想乱锄得免，斫石终羞倾国。

净雪胸襟，坚冰情性，肯忘空谷。看彤几安排，驱尽绊愁万斛。兰亭千载，雅怀尚续。传妙神、应念所南高躅。

霜花腴

咏稷园五色鹦鹉

诞生南越，傍上林、聪明宠被椒房。烟锁瀛洲，血濡金井，贞元变局能详。梦醒断肠。听管弦、凝碧槐黄。阅兴亡、老却闲身，整衣还是旧时妆。　　休忆月明宫事，算江山浩劫，尚剩馀粮。词客含情，才人分赋，伶俜忍历繁霜。画栏晚凉。望蛎墙、犹踠垂杨。背西风、顾影吞声，素心迟暮伤。

（以上选自《同声月刊》第1卷第2期）

蔡寅（3首）

蔡寅（1874—1934），字清任，号冶民，别号青纯，江苏吴江（今属苏州）人。宣统元年（1911）举人，同盟会成员，柳亚子姑父，南社社友。早年曾留学日本，资助出版邹容《革命军》一书，辛亥革命之际任沪军司法长。1923年任广东高等检察厅检察长，后任国民政府司法部参事。平时留心乡邦文献，亦善诗能词。

行香子（二首）

次韵和天梅、亚子

绿到春边。红到愁边。最无聊、漂泊天边。渍一腔热血，冰透毫巅。是病中花，雾中月，错中天。　　丝断难连。梦觉难圆。猛回头、遗恨绵绵。奈兰因絮果，往事重牵。看酒如泪，泪如雨，雨如烟。

春在云边。人在愁边。莽重洋、苦海无边。蓦振衣千仞，孤啸蓬巅。痛望帝魂，精禽石，女娲天。　　断锦空连。片月空圆。病恹恹、烂醉如绵。问奴缰隶锁，底事缠牵。愿舌为剑，剑生花，花成烟。

高阳台

送友归国，即事偶成

东海论交，南天纪梦，华年心绪悠悠。蓦地箫声，撩人字字皆秋。秋心搅做冰纹裂，怎禁他、风雨楼头。伴羁魂，咽咽呜呜，唤起离愁。　　临歧莫作寻常语，把屠龙手段，起凤才猷。收拾乾坤，好教重铸金瓯。班生事业终生愿，溯予怀、渺渺灵修。莽前程，水碧天青，浩荡中流。

（以上选自《南社词选》，《南社丛选》民国二十五年国学社排印本）

陈去病（9首）

陈去病（1874—1933），字佩忍，又字巢南，江苏吴江（今属苏州）人。早年即从事爱国活动，1898年创办雪耻学会，后加入中国教育会，成立神交会，任上海《警钟日报》主笔，创办《二十世纪大舞台》，任《江苏》《国粹学报》编辑。1906年在日本参加同盟会，任《民报》编辑。1908年在汕头主《中华新报》。1909年，与柳亚子等创建南社。先后执教于上海爱国女校、吴江国民学校、苏州高等学堂等。参加辛亥革命、讨袁护法等军政活动。之后，任江苏博物馆馆长、东南大学教授等职。著有《松林诗文集》《正气集》等。

虞美人

五人墓

五人已矣何消说。有碣谁能没。凄清如我五人存。只是年年上冢渍啼痕。时与天梅、屏子、刘三、道非偕。　　温馨别有真娘墓。艳迹传千古。可堪名士诩风流。对著名山名妓总含羞。

天仙子

重谒张东阳祠

短艇轻桡随处舣。又到中丞香火地。神鸦社鼓不成声，哀欲死。无生气。入门撮土为公祭。　　痛饮黄龙今已矣。亮节孤忠空赍志。满园花木又飘零，余碧水。向东逝。祠在绿水湾。盈盈酷似伤心泪。

念奴娇

由山塘泛舟过野芳浜，游留园及戒幢寺有慨

兰桡轻飏，有云间佳士，秀州狂客。虎阜横塘随处舣，浜底野芳幽绝。盛事难追，余馨犹在，我意良飞逸。为君道故，华屋丘山历历。　　留园不是刘园，一花一石，大抵今非昔。只树香林谁继起，一笑相逢弥勒。留园西有戒幢寺，俗名西园，其僧日走城中宦家，募金如山，遂得兴复，游人至者甚众。震旦香烧，恒河沙没，我佛应凄切。印度已为英人所灭。低眉入定，心事大雄谁测。

减　兰

席上有感

人衰代谢。卞董风流今莫话。欲听琵琶。除却儿家更那家。　　红楼曾记。有个惺惺娇欲死。图画亲描。说到魂消意也消。

惜分飞

欲游支硎未果，戏代船娘谱此阕。

澹粉轻烟春欲暮。一棹横塘飞渡。准备西山去。朝来卖得时鲜果。　　好事多磨天忽雨。毕竟彼苍心妒。妒了郎心苦。妒侬更妒西山路。

浣溪沙（二阕）

昨梦漫游塞外，见土田肥沃，颇宜耕植，欣然有屯垦之志。未几峰回路转，徐度溪桥，则微茫万顷，宛然身在水云乡矣。枕上偶得二阕，推衾写之。

塞草青青塞柳妍。壮怀犹自说开边。桑芽初绿好屯田。　　小小渔村逢野店，疏疏帘桁飏茶烟。具区缥缈远连天。梦中恍惚一老渔语余云：此梅花坞也。

瘦影凌波绝可怜。个侬原住太湖边。梅花点点拥婵娟。　　一舸鸥夷曾许隐，半椽茅屋合参禅。两崦深处称仄神仙。

踏莎行

张家口旅行竟日，愁不能已，写此寄怀

揽辔登车，凭高瞰远。胡沙一片连天晚。故园消息近如何，梅花落尽愁难返。　　瀚海烽多，哀鸿唳断。天涯白发人应倦。朔风吹彻乱鸣笳，伊谁解道春将半。

清平乐

题潘兰史《惠山访听松石图》

琅琊碣石。底处寻残刻。只有惠山泉咫尺。认取唐贤遗迹。　　一拳奚啻玲珑。佑微栗里高风。漫道书狂似虎，还疑树老犹龙。使李聃事。

（以上选自《南社词选》，《南社丛选》民国二十五年国学社铅印本）

潘承谋（5首）

潘承谋（1874—1934?），字聪彝、省安，号轶仲、瘦叶，江苏吴县（今苏州）人。光绪丁酉（1897）科副贡，官农工商部员外郎。吴门潘氏在清为鼎甲高门，世擅倚声。潘承谋是民国时期吴中的代表词人，后期曾主“吴中词社”，为六一消夏社成员，著有《瘦叶词》。

《瘦叶词》一卷，民国二十三年（1934）石印本，前有刘邦述题签、张茂炯序、张茂炯及吴梅题词，录词九十五首，附编二卷，录《己巳消寒词》《庚午消夏词》各十二首。《瘦叶词》中所收词作约始于1906年，迄于辛未（1931）重九，是年词人遭太夫人丧而吟事遂废。集中多题画、饮宴、记游、赠答之作，反映了词人清雅、舒徐的生活状态。张茂炯评其词曰：“承先世余韵，所为词亦以富丽为工。”又云：“其哀怨处，兼有香隐庵（潘遵璈）遗意。”（《瘦叶词序》）潘承谋的词风，保留了吴中词派重声律、强调艺术精雅的特色，但也因遭值世变，故国离黍之感时露言表，与早期吴中派词人相比内蕴有所加深。

西子妆

西　湖

千柳绿鬟，万松碧偃，梦醒翻疑重到。画船行指六桥西，剩南屏、荡烟残照。吟昏醉晓。惹得那、莺讥燕诮。涨歌尘，恨隔上江商女，余音犹袅。　　蘧然觉。十二楼空，暗谱瑶瑟调。一年春换一年愁，对落花、准孤欢笑。湖山大好。试量较、频番诗料。易惊心、日暮空啼怨鸟。

徵　招

荷荡小集

银塘绿浸留仙影，凌波雾绡风举。望极水中央，渺伊人何许。袜尘休溅雨。怕飞入、白香深处。负却鸥盟，一襟幽趣，两三吟侣。　　缕缕锁云绳，清凉界、兰桡载将愁去。藕脆雪冰丝，有莲娃密觑。隔花吹怨语。羽衣换、倦裁新句。粉房晓、滴沥盘心，甚替弹珠露。

洞仙歌

用苏东坡韵

冰瓜雪藕，镇琼肌珠汗。水阁荷风送香满。俯凭阑、倒影钩月惊鱼，鱼影动，天影摇波碎乱。　　岸萤疏点水，凝碧流痕，池面余光犯遥汉。玉宇不胜寒、起舞婵娟，窥朱户、暗依檐转。把酒问、今夕平是何年，似只恨、人间几回星换。

拜星月慢

萤

扇角兜痕，囊心栖怨，草没陂塘碧化。一点青磷，烛延秋亭榭。井阑畔，似约、梧阶鹤露幽梦，薜壁蛩烟凉话。引逗娥心，冷银屏今夜。　　更何曾、照读书帷亚。斜飞向、败岸颓垣罅。假借野蔓荒榛，款疏灯渔舍。散零星、伴月西头下。吟虫叹、汉阙秦陵罢。抵绛泪、滴粉搓珠，掬盈盈一把。

霜叶飞

辛未重九感赋，用吴梦窗韵

塞烟如绪。难梳理，无端零乱边树。露盘擎冷夜搓珠，铅泪晴犹雨。正极目、南飞倦羽。龙沙衔恨成今古。问就酌东篱，可记得、凫潭旧梦，独伤幽素。二十年前重九，时携酒江亭，作登高之饮。　　何况故国霜前，黄花瘦损，怕续江上愁赋。紫萸囊解傥归来，雁也停筝语。翦不绝、惊寒怨缕。涵空随水东流去。细醉看、谁还健，晓月清秋，系舟何处。

（以上选自《瘦叶词》民国二十三年石印本）

潘之博（1首）

潘之博（1874—1916），初名博，字若海、弱海、弱父、弱庵，广东南海（今属佛山）人。师从康有为，康氏将其与麦孟华并称“粤两生”。民国后，入冯国璋幕府与麦孟华密谋倒袁，失败后远避香港，1916年悲愤而卒。生平事迹见其子潘其琯《先府君行述》。著有《弱庵词》，收入《粤两生集》，多为清末所作。民国年间，潘氏因从事政治活动，词作较少。

龙榆生称：“南海潘若海先生（之博），雅善倚声，夙为彊村先生所推许。梁令娴女士曾采其词十余阕入《艺蘅馆词选》。彊翁复为删定遗稿，与顺德麦孺博先生（孟华）所作合刊为《粤两生集》。二氏词并多激昂慷慨之音，信不愧为抑塞磊落之奇才也。”（《忍寒漫录》）叶恭绰称：“弱海为词孟晋，思深力沉。天假以年，足以大成，惜哉！”（《广箧中词》）

西　河

壬子八月游颐和园作

深静地。宸游当日曾记。逶迤御宿比昆明，翠华惯莅。瑶池王母望依稀，仙山楼阁飞峙。　阆风梦，易吹坠。斜阳暗换人世。波漂菰米黑沉云，半池剩水。牙樯锦缆几飘零，白鸥时自惊起。　偶来眺赏不自意。怯高寒、危阑愁倚。漠漠黍禾无际。感兴亡、漫洒西风残泪。如见铜驼荆棘作平里。

（选自《同声月刊》第1卷第9期）

濮贤姮（1首）

濮贤姮（1874？—1923），字荔初，江苏溧水（今属南京）人，长沙蒋寿彤室。自幼随其父濮文曦游宦，词作多感怀伤别、家国之思。与姐濮贤娷、妹濮贤娜皆有才名。著有《拈花小社遗稿》。

蝶恋花

玉殿瑶台春最好。不是鸳鸯，也解双栖老。错落桃花红不扫。沿阶珍重宜男草。　　黄鹤乘风归去早。楼外青山，山外云霞渺。隔断红尘人未晓。此中别有神仙岛。

（选自《拈花小社遗稿》民国二十年铅印本）

陶牧（15首）

陶牧（1874—1934），字伯荪，号小柳、病鳏、了庵，江西南昌人。早年游幕燕京、关外等地，后居苏州、上海。为南社成员，《南社丛刻》第八、九、十、十一、十二、十三、十五、十七、二十集录其词。著有《了庵剩稿词》。

夏敬观称陶氏："悼亡后不复娶，自号病鳏，英年即穷愁潦倒，一寄其意于歌词。今已垂垂老矣。其和余《浣溪沙》词七阕，声情委宛，雅近二晏。"（《忍古楼词话》）

满江红

与慧僧同摄小影，时客滨江。

一笑相逢，回首在、关山何处。同证此、三生灯火，半帘风雨。老我青衫长剑落，依人白发清樽误。说狂名、收拾已嫌迟，贫如故。　　怜旧梦，闲鸥去。传新恨，闲虫苦。问门前垂柳，斜阳几度。沧海苍茫抛热泪，秋花萧瑟迷归路。听征鸿、万里和残更，声声诉。

菩萨蛮（二首）

对　雪

湿云一夜吹成雪。东风日暖全消歇。依旧做轻寒。棉衣尚觉单。　　银灯光欲冻。处处残更送。零落是残更。关心第几声。

萋萋草绿闲庭宇。春来可是当年路。春早莫归迟。江南三月时。　　子规啼不住。花落无人处。楼外有青山。山山夕照间。

浣溪沙（七首）

和映盦韵

小院深沉月上迟。背人剪烛意多痴。翻新巧样画双眉。　　燕子殷勤娇欲语，鹦哥调笑学吟诗。妆成镜里费矜持。

泄漏春光事竟成。消魂风雨隔重城。谁将金弹打流莺。　　不为颜酡辞绿酒，只缘帘密闭红灯。关心第一远歌声。

碧海冤禽未放归。斜阳消息盼春菲。天涯柳絮作团飞。　烛泪空抛悲永夜，琴心谁识拨清徽。石屏深坐劝添衣。

眼底名花雾里看。东风吹暖可知寒。不禁飘落上栏干。　一水波通情作茧，九华云隔梦登山。误渠强半是红颜。

蛛网迷离旧日楼。暮烟销尽几多愁。相思两字满银钩。　争奈更残传夙恨，莫从花落忆前游。有人窗外倦凝眸。

车马声骄踏软尘。红墙咫尺恼黄昏。当年深锁画堂春。　舞扇盈盈拈断带，银杯叠叠苦停云。怕闻清漏几回身。

窗格玲珑挂夕霏。炉香冷热篆丝微。倩谁为我借天衣。　因解弹琴愁读曲，恐坚后约误前期。海棠开落更思归。

三姝媚

题天梅《变雅楼三十年诗徵》

夕阳依旧好。照如此江山，几多恨事。独坐高楼，与破书残酒，料量诗史。歌哭无端，思拔剑、闻鸡而起。三十年来，眼底沧桑，尽随流水。　早识流风消靡。赖小有闲吟，寄予情味。一样清狂，指名姬骏马，绿杨阴里。怕听催归，却又到、杜鹃啼死。收拾奚囊写遍，相思满纸。

念奴娇

南社诸子约赴崇效寺筵赏牡丹，因事未践，填此谢之。

看花负约，问东风又送，春归何处。衣上风尘樽里酒，飘泊各成飞絮。篱角斜阳，廉纤新月，荒寺闲钟鼓。牡丹开落，沧桑阅尽今古。　　渡江几多人物，空抛双泪，洒入长流去。可识清狂南社客，共汝残红无主。乞取仙葩，分来香露，禅榻寻诗句。黄昏怕近，愁听梁燕低诉。

摸鱼儿

中　秋

知秋光、等闲又到，西风凉入窗户。不堪愁对团圞月，丛桂几经香聚。灯畔语。只诉尽、阶前黄叶飘零苦。梦归无路。见叠叠遥冰，潺潺流水，黯黯望边树。　　孤客里，剩有伤心词句。刘郎怕说前度。千生万劫人间恨，碧海青天何处。啼雁住。谁却忆、长安车马衣尘土。相思成缕。怨来日幽长，今宵凄绝，旧事匆忙去。

注：词中“见叠叠遥冰，潺潺流水”两句，《南社丛选》（1924年上海国学社刊印，佛学书局发行）本作“见叠叠流水，潺潺流山”，皆不通，疑当作“见叠叠遥山，潺潺流水”。

摸鱼儿

和剑华见赠韵

说相逢、正秋风到，行踪愁聚萍水。一生几坠天涯梦，归梦被虫惊起。蛩咽地。却莫共、匆忙燕子思乡里。翦灯眠未。苦短漏宵长，新寒衣薄，窗幕层层闭。　　征鞍卸，满眼尘沙世事。一枝残柳谁倚。绝怜我辈头将白，都在扁舟浪里。歌未已。算只听、盲词谈笑兴亡史。墙边树底。知木叶飘零，闲花淡泊，刚又重阳是。

夜飞鹊

味莼园感旧

楼台久无主，风露凄凄。帘幕数尺低垂。当年骏马绿杨里，芳尘沾惹春衣。斜阳几多人，影伴残红憔悴，落絮纷飞。黄昏立尽，眄谁来、携手同归。　　留取酒杯相对，狂醉又何妨，前事休题。墙外声声幽笛，流莺空唤，游蝶都迷。十年转眴，话沧桑、海水横吹。剩栏干一曲，蘼芜满径，夜夜乌栖。

（以上选自《南社丛刻》1996年广陵古籍刻印社影印民国刊本）

夏仁虎（11首）

夏仁虎（1874—1963），字蔚如，号啸庵、枝巢子、枝巢老人，别号钟山旧民，南京人。光绪壬寅（1902）科举人。入民国后，历任北洋政府的财政部次长、国务院秘书长。曾执教北京大学、北京师范大学。为北京蛰园律社、延秋词社的中坚人物，著有《啸庵词》《零梦词》《和白石自制曲》等。

《啸庵词》的版本较为复杂，其四卷本，分别为《和阳春词》《淮波词》《梁尘词》《燕筑词》，即甲、乙、丙、丁稿，刊于民国二年（1913）秋，主要收录晚清时期词作。《和白石自制曲》一卷，民国二十七年（1938）铅印本，前有自撰《和白石自制曲序》，称"余于去年（1937）冬畏寒简出，雪窗枯坐，则取此十三调（注：白石自度曲）悉和之，朋辈多有同作者。以自缚于石帚之声韵也，乃题曰'雪窗缚帚'"。《零梦词》刊刻最晚，夏氏自称辛亥以后久不填词，偶有所作，辄亦随手弃置，更无付刊意矣。庚申（1920）才将手边新作、旧作一并付刻，以为"词人之词，大半等诸梦呓，不可究诘其理绪。是故美名之曰填词，毋宁质言之曰说梦。今并旧梦、新梦之零乱错落者而并拾之，因名曰'零梦词'"（《零梦词庚申十月自注》）。夏仁虎作于民国的词作较少，主要存于《零梦词》《和白石自制曲》中。

南楼令

微月掩兰丛。轻飔透碧栊。映虚廊、一穗灯红。独倚屏山浑不寐，听淅沥、打窗虫。　　客思镇疏慵。耽吟病酒中。算一年、容易秋风。只有闲愁挥不去，和秋意、上梧桐。

夜合花

暮春雨后独步小园

嫩日烘霞，晴烟媚柳，唤回香梦犹温。宵来微雨，帘衣润透三分。苔如绣，草铺茵。点残红、几片缤纷。海棠过了，青梅似豆，又是残春。　　王城人海藏身。多惜近来花事，偏付车尘。浮生半日，慰渠蝶恼莺嗔。画阑外，又斜曛。步闲庭、容易黄昏。夹衣添罢，如潮花气，吹入梨云。

尾　犯

京馆独居，凉月媚夕，开帘静对，旷然有感，作此寄内。

盈盈皓魄。对团圆离别，两般颜色。记曾三五，疏桐庭院，新凉时节。博炉茗碗，同徙倚、风廊侧。照渠侬、双影徘徊，姮娥应叹孤寂。　　一作京华游客。耿无眠、成追忆。料云鬟香雾，玉臂清辉，应念关塞。有几良晨夕。好韶景、浪教抛掷。便是恁、冷冷清清，总被浮名赚得。

台城路

淮干小住，枨触百端，柔波荡愁，娟月媚夕。时有腻友来涤尘思，茶花校书，过从尤数，惓惓有故人谊。濒行惜别，远送过江，飙车不留，惘然分袂，为此以寄。

庾郎未算风怀减，江南更寻佳丽。爇遍都梁，尝余崖蜜，争及女儿茶味。尹邢面避。料天付清愁，损伊眉翠。莫倚高楼，画阑正在夕阳里。　　芳游故乡信美，只东墙月色，偏照离思。擫笛松陵，渡江桃叶，不共飙轮千里。游骢去矣。有十幅鲛绡，替缄清泪。珍重秋期，梦痕重觅起。

西平乐

四月向暮，归寓淮干水榭，十年旧梦，一一重温，不自知风怀之锐减也。北归数月，犹涉遐想，偶过樊山老人，出示近作《西平乐》词，谓此调谐婉可诵，辄填一阕求正。

画榜迎潮，翠帘阁雨，弹指倦客归迟。花落春残，故园梅熟，同谁载酒寻诗。剩半角钟山画黛，一片淮波照影，都来慰我，燕尘残客，鬓雪添丝。忍见东边月色，依旧是、夜夜女墙窥。　　朅来应省，情场梦影，裙色襟痕，都是相思。温旧事、红楼雨泊，朱箔灯飘，且更松陵低唱，桃叶争迎，一半勾留认旧题。水榭额书“一半勾留”，蔼如兄卅年前旧题。身似浪萍，怜莺嘱付，与燕商量，似此湖山，恁便轻抛，等闲负却芳时。

（以上选自《零梦词》民国九年刻本）

扬州慢

两兄衰病，避地当涂，书来告客中况瘁，作此寄怀。

牛渚波寒，碛矶苔瘦，远怜新雁征程。去都门百里，尚水碧山青。自商女、重歌玉树，过江如鲫，名士谈兵。奈凄闻、风鹤登高，愁赋芜城。　　霸图在否，谶飞来、鱼烂堪惊。唱念破家山，潺潺夜雨，难诉离情。倦客鬓丝憔悴，霜天听、晓角哀声。料陶家松菊，归来犹待先生。

长亭怨慢

漫惆怅、江干飞絮。浩荡长空，雪封庭户。枉把游丝，系春无计又何许。落花风紧，浑不记、莺啼树。俊约想年时，说旧日、萧娘来此。　　薄暮。见残鸦郭外，野烧断痕无数。云軿驾了，曾金钥、玉鱼亲付。怕一遇、草草东风，便飘泊、芙蓉城主。待打桨春潮，重绾垂杨烟缕。

惜红衣

金陵后湖与明圣相伯仲，每岁南归，辄弄小舟，容与山光水色间，首夏樱桃，新秋菱藕，味尤隽永。今但余梦想耳，感成此解。

暮景盘鸦，乡愁话鹤。断萍无力。盛侣年时，扁舟弄柔碧。红香翠语，曾共迓、天涯归客。寥寂。开遍井桃，隔微波消息。

湖头绮陌。鸥梦鸳魂，惊飞定狼籍。登楼更赋去国。渺南北。近郭蒋山如画，却是板舆曾历。怕旧人重到，难觅劫灰颜色。

秋宵吟

夜窗一镫，往往达旦，作此遣怀。

琐窗寒，砌雪皎。漏水丁丁声悄。炉烟里、剩伴我孤镫，坐看天晓。想琼枝，念绣葆。尽日神驰江表。新来恨、但故国河山，断烟衰草。　　岁晚沧江，叹倦客、而今渐老。少陵夔府，杜牧扬州，近树夜乌绕。华发惊霜早。胜日全非，芳事顿杳。算游仙、漫想钧天，今夕赢得醉梦了。

凄凉犯

冬日薄暮，独过窑台，登高舒眺，夕阳在山半矣。咫尺江亭，念昔年禊会，故人半已宿草，倚杖荒莽间，唯见香冢旁添一醉郭碑耳。怆怏难怀，因成此解。

夕阳画出。西山紫、凭高独念萧索。野烟四起，川原黯澹，复闻清角。哀肠作恶。怕村酒驱愁味薄。向黄昏、孤吟迟月，徙倚恋荒漠。　　还忆江亭禊，赌酒情豪，采春游乐。故人散雨，扫巢痕、燕梁泥落。醉冢香丘，是尘世残棋半著。吊荒寒、宿草渐满，负俊约。

湘　月

颓景逼人，哀笳动夕，出门惘惘，茹悲沉沉。偶为蹋月之游，何异中风之走，归成此阕，以视坡邻。

五陵倦客，叹金貂已敝，犹恋斜景。满目河山，漫更语、落魄江湖游兴。借酒难浇，闻歌徒唤，雪透胸怀冷。朱颜偷换，照愁不许明镜。　　怜取夜走胭脂，灯前翠鬓，尽风花成阵。一晌贪欢，怕梦境、春了红罗佳胜。旧侣飘零，华年畹晚，暗雨吹寒信。凄闻商女，夜歌玉树谁省。

（以上选自《和白石自制曲》民国二十七年排印本）

姚鹏图（1首）

姚鹏图（1874—1921），又作朋图，字纯子，号柳屏、柳坪、古凤，一作字柳坪、柳屏，号古凤，江苏太仓人。同治甲戌（1874）年生，一说1872年生，光绪辛卯（1891）正科举人（《清代朱卷集成》第185册、陈玉堂《中国近现代人物名号大辞典》），曾赴日本考察，历任山东邹县、兰山等县知县。民国后，曾任内务部礼俗司司长等职。金石、书法、诗词兼善，著有《柳坪词》《扶桑百八吟》，其《浪淘沙·樱桃》一词尤为人称道。据其《尉迟杯》小序自称“不填词且二十年矣，破戒拈此，用美成体”，时值丁巳（1917），故知其民国词作极为有限。

尉迟杯

丁巳春暮，济南席上听南伎凤语度南北曲，倚笛发声，音圆律细，得未曾有。吴娘老矣，曲高知稀，自嗟沦落。大明湖“白门秋柳”以后，三百年无此歌声韵事也。予不作曲中游、不填词且二十年矣，破戒拈此，用美成体。

明湖晓。记昔日、赋柳销魂早。沧桑剩有徐娘，惆怅当筵人少。画船一去，谁省识、烟波旧时好。甚湖山、劫后生情，有人重唱芳草。　　青袍共此蕉萃，听笛语、天涯万叠愁渺。凤泊鸾飘声声怨，更绝少、琴心暗挑。相携手、阑干月上，忍寒坐、花阴起宿鸟。任箫声、吹度华年，不知春老人老。

（选自《华国》1926 年第 3 卷第 4 期）

易孺（10首）

易孺（1874—1941），原名廷熹，字季复，号大厂、大厂居士、韦斋，广东鹤山人。历任北京高等师范学校、暨南大学、上海音乐学院教授，卒于上海。诗词、书画、篆刻、音韵兼通，为南社中人，著有《大厂词稿》《和玉田词》。

民国二十四年（1935）影印手稿本《大厂词稿》，九卷，分别为《依柳词》、《欹眠词》、《双清池馆词》、《宜雅斋词》、《湖舠词》、《花邻词》、《绝影楼词》、《简官词》、《湖梦词》。卷前有陈运彰、吕传元合写的《序》及作者《自述》。在《大厂词稿·自述》中，作者自称少即习词，垂老始悟。乙亥年群友催促其结集，因“删存什一，成稿，其为次，则由近而逮远”，“六十一以后当别存，少作亦不必具。仅百数十章耳”。

其词严守四声，多拟美成、梦窗等人涩调而作，自称“百涩词心不要通”。叶恭绰也称：“大厂词审音琢句，取径艰涩。”（《广箧中词》）遗著《和玉田词》一卷，“渐趋疏隽”（龙榆生《近三百年名家词选》）。

三姝媚

依梦窗"过都城旧居"一首声韵，应红树室主人征。

湖山经醉惯。借原起语。涌深杯、词愁古愁何限。尚隔钱江，痛恨烟慵雾，楚魂难浣。保俶铃销，随慧影、声埋荒蔓。怅伫西泠，犹未能逢，段桥雏燕。　　天外离思休断。并记得丹林，画偿宁短。素壁罘罳，篆水沉终替，静居清宴。语索心微，波又映上、华鬘俱变。臬转堤瀍属望，红昙梦满。

霜花腴

九日浦江园

怨潮暮咽，对莽苍、迢迢剩写心枯。衰草烟冥，碧天云皱，秋花未引清娱。乱蓬已疏。奈泪深、先沐茱萸。怕残蝉、做足销凝，梦凄声晚渺寒芜。　　仙客醉枫山路，竞分笺刻烛，记在西湖。佳节都过，闲情依旧，而今慧迹全孤。据愁槁梧。恼暗茸、羞帽微乌。更沧溟、雁远帆迟，几人知寓书。

瑞龙吟

花港倚声，明日生朝

怕春暮。人在碎紫馀红，料寒料雨。为花生日曾诗，借湖命酒，情天遂赋。　　怨春去。得几棱去愁分展，远峰眉聚。销凝仿佛而今，断桥泪洗，漫空细絮。　　犹记华年疏纵，暗尘燕市，一番歌鼓。同识翠眉韦郎，张绪丰度。苍茫怅别，还到前游处。明朝看、蔷薇又老，烟摧风树。秀纂玄都句。妙词尚认，闲极旧路。若占春山主。应唤彼，前堤寻常沤鹭。问谁醉祝，花新如故。

菩萨蛮

赠　人

啼痕未抵尊前笑。霜花夜夜辞秋晓。对影几回看。熏篝梦自寒。　　鬓丝新胜雪。语断秋心绝。别久渐沉吟。愁输海样深。此阕壬子秋燕京作。

祝英台近

都下伍宥公二次宠书，无以报也，倚此写之。尤痛托于元和第三子之接席耳。癸丑。

剪孤根，沉弱梗，诗境瘦无据。楼角残阳，依旧挂风絮。甚从天外春归，燕惊莺怯，料难问、层阑谁主。　　便歌舞。争奈人远香消，馀欢作去酸楚。绿了天涯，还认梦中树。早知真底销魂，青衫湿遍，也留伴、碧镫红语。

西子妆慢

狼烟重叠，近及家江。云持都下贶书，极道母弟遭乱离走避之酷，益之以诗，辱念索居蕉萃惊困之苦，言韵凄瑰。既强次和，意未申也，更谱此君特自度之调，藉缋余悲。杜陵见陷，名世之喩遂著；叔夜愤俗，绝交之论谁广。云持之于我，友朋姻亚、文章丱角，斯指喻耳。用沤尹集中酬夔公韵。

连岭幂云，涨江喋水，讯息年华俱晚。故衣游子黯尘红，况星星、镜中偷换。深杯泪溅。谩不省、柔肠寸断。念秦淮，蘸古城衰柳，支秋孤燕。　　销芳宴。北院宣南，旧径花落片。不禁乡雁再惊弦，渡碧云、罘罳深浅。江关赋倦。堕昏雾、空花愁眼。怕登楼、历乱风声又满。

八声甘州

楼外楼赋落日，和《忆云词》“黄叶楼赋夕阳”均。宾阳邹四从金陵瓦砾中来，同登。

漾晴空、凄丽紧霜天。高花尽嫣然。谩苏门舒啸，阳关意外，一帧龙眠。看到痴红如梦，场草碧萋芊。叶叶雅边影，应暗斜川。　　别是凭高赋远，奈晚霞骄鬓，牢落今年。问侧身垂莫，鱼鸟忍留连。照风江、催黄成歇，怕万杨、寒浦咽秋前。归来也、有危阑处，却有昏烟。

忆旧游

沪上徐园为邹四作

记梳香滑阛，逭暑斜冷，闲度今年。几日新凉嫩，又轻飏尘外，忙趁秋烟。一声最惊幽啸，塘北舞翩跹。正淡妥词怀，清苏兵气，都在芳园。　　良缘。念多误，叹节近重阳，人远长安。渐紧霜腴蕊，怕零金重拾，如鬓初残。曲廊易供沉想，瑶梦话无端。邹述昔曾梦及如此园亭，今恍践前游云。问畅好林垌，寻伊酒约风雨寒。

相见欢

相逢漫说销魂。几黄昏。依旧江南愁畔、酒边人。　　软红里。繁笙起。总思君。一样衾前冻了、旧啼痕。

浣溪沙

中秋月色殊薄，明日入杭，定思饯席。

锦片微云澹与同。双星历历隔疏钟。玉尊回舞柳丝风。　　自有溪花含水润，于今萤火坐人红。粉香吹下一葱葱。

（以上选自《大厂词稿》民国二十四年影印手稿本）

张尔田（15首）

张尔田（1874—1945），一名采田（或作字），字孟劬，号遯庵、遁遯居士、许村樵人，浙江杭县（今杭州）人。张上龢之子，光绪举人，曾任刑部主事。民国后退居，参与《清史稿》撰写，历任北京大学、燕京大学等校教授，为近代著名学者、词人。著有《遯庵乐府》。

《遯庵乐府》民国时期主要有两种版本，分别为一卷本的《彊村遗书》本和二卷本的龙氏忍寒庐刻本。一卷本为初刻本，共收词五十四首，由朱彊村收入《沧海遗音集》，有孙德谦序、作者题记、朱祖谋题词。据作者自记可知，1909 年《遯庵乐府》首次结集，但并未刊刻，1929 年在旧稿的基础上"补录辛亥以后诸作"，并"以彊村丈题词弁首"，收入彊村所编的《沧海遗音集》。两卷本《遯庵乐府》，龙氏忍寒庐民国三十年（1941）刻本，前有吴庠题签、夏敬观序以及忍寒楼主龙榆生弁言。在上述五十四首的基础上，加上己巳之后所作以及原散佚在外的词作六十首，共收词一百一十四首。前面五十四首为第一卷，后面新收的六十首为第二卷。

张尔田《词莂序》云："尔田少侍先子，言尝从鹿潭学词，鹿潭自诩其词曰：'白石俦也。'及壮，获与半塘、大鹤、彊村游。三君者，于学无不窥，而益用以资为词，故所诣沉思嫥进而奇无穷。晚交蕙风，读其词，逌然傻然，又若有异于余子者。"可见其曾受蒋春霖以及晚清四家影响。孙德谦《遯庵乐府序》以为其词“写其牢愁沧桑”，“感兹世变，往往残月在檐则剔灯而起，狂花满屋则横笛而吹，时或登陟江山，频盾青衫之泪，愀伧风雨，动兴白发之吟。君之于词，可谓微矣。而其危苦之音，凄戾之旨，有不能卒读者也”。钱仲联《近百年词坛点将录》也以为张氏：“感时抒愤之作，魄力沉雄，诉真宰，泣精灵，声家之杜陵、玉溪也。”

念奴娇

春晚泛舟枫桥寒山寺，寺为某中丞重建。古微丈为言，辛亥八月宴集于此。归舟谱此词，盖不胜黍离之悲也。

载香游缆，傍云廊重舣，幽单春客。一掬招提花外水，谁共闲鸥分席。塔影书空，溪流饶舌，旧赏都陈迹。点霞波镜，醉颜犹认枫色。　　还记飞盖西园，秋垧小队，岸风前吟帻。下界钟声催世换，尘梦何曾留得。故苑惊灰，诸天凄梵，付与残僧识。雪香桥堍，乱樱红送帆隙。

木兰花慢

尧化门车中赋

倚軨天似醉，问何地、著羁才。看乱雪荒壕，春鹃泪点，残梦楼台。低徊。笛中怨语，有梅花、休傍故园开。燕外寒欺酒力，莺边暖阁吟怀。　　惊猜。鬓缕霜埃。杯暗引、剑空埋。甚萧瑟兰成，江关投老，一赋谁哀。秦淮。旧时月色，带栖乌、还过女墙来。莫向危帆北睇，山青如发无涯。

木兰花慢

春来又将北游，赋别海上二三知友。

素弦尘挂壁，又弹指、作离声。叹海燕春来，江南代北，两地逢迎。兴亡事，天不管，便铜人、无泪也堪倾。黯黯衰兰古道，离离芳草长汀。　　神京。回首暮云平。慷慨重行行。问结客幽并，高生鞍马，可抵浮名。阳关句，休更唱，只吴山、西笑眼还青。竹叶于人落寞，杨花似我飘零。

采桑子

史馆秋蓼

旧家池馆栽无地，一角墙东。画出霜容。澹到秋心不许红。　　夕阳著意相怜藉，媚尽西风。蝶梦烟空。明日登楼送塞鸿。

玉漏迟

古微丈逝世海上，读弁阳翁吊梦窗“锦鲸仙去”句，怆怀万端，即用其调，以当哀些。

乱离词客少。锦鲸仙去，鹤归华表。把酒生平，都是旧时言笑。零落霜腴润墨，流怨入、江南哀调。春恨渺。十年心事，残鹃能道。　　白头饱阅兴亡，又浅到红桑，海尘扬了。万里吞声，凄绝杜陵愁抱。归唱水云夜壑，料应比、人间春好。鸥梦觉。沉沉下峰寒照。

声声慢

闲步郊原，追念彊村翁，凄然成咏。

碧将山断，红带霞分，登临何限沾衣。醉后羊昙，西园处处花飞。芳洲已无杜若，便涉江、欲采贻谁。还解佩、甚楚兰盈把，都化相思。　　怕听黄垆碎语，几夜窗、秉烛惊梦犹疑。旧隐鸥边，如今应怅人非。飘零坠梅怨曲，尚泠泠、海上心期。愁更远，抚霜鸿、弹断素徽。

鹧鸪天（六选其二）

金井梧桐转辘轳。闲庭月上欲栖乌。拂墙长裥怜柯半，抱扇斜鬟映比疏。　　欢梦后，酒悲余。人情谁道不如初。吴绫剩有香腮泪，蜀纸犹存玉手书。

小阁回廊认谢家。东风著力斗铅华。塞垣处处生芳草，宫苑年年闭落花。　　人易老，事长嗟。水流云散又天涯。若教得保红颜在，静待王孙金犊车。

鹧鸪天

六十自述

六十明朝过眼新。镜中吟鬓老于真。寄生槐国原无梦，避世桃源岂有津。　　苍狗幻，白鸥驯。安排歌泣了闲身。百年垂死今何日，曾是开天乐世人。

石州慢

《上彊村授砚图》，为榆生题

蜕后哀蝉，珍重瓣香，词老亲敕。高情无著庵中，梦冷闲鸥成忆。药炉禅榻，几人夜半传衣，踏天直割蟾蜍月。彩笔素心违，想吟边头白。　　休说。薰香红袖，谏草青蒲，旧家遗直。翻谱新声，流怨云腴能识。劝君携取，萧条异代吾师，晴窗长伴研朱滴。泼墨雪川图，满空江烟阔。

木兰花令

繁华催送。人世恍然真一梦。何处笙歌。水殿风来散败荷。　　饥乌啄肉。回首都亭三日哭。国破城空。残照千山泪点红。

满庭芳

丁丑九月客燕京书感

照野江烽，连天海气，物华卷地休休。残阳一霎，怎不为人留。几点昏鸦噪晚，荒村外、鬼火星稠。伤高眼，还同王粲，多难强登楼。　　惊弓，如塞雁，林间失侣，落影沙洲。便青山纵好，何处吾丘。夜夜还乡梦里，分飞阻、重到无由。空城上，戍旗红闪，白日淡幽州。

浣溪沙

著意人前晕翠娥。娇多贪要不成歌。长裙出水碾新荷。　　斗帐罢熏添古刺，香轮催发响摩托。月明归路奈君何。

渡江云

僦园杂莳花木，颇有终焉之志，赋示榆生、瞿禅。

溪堂何处好，杂花手植，背郭俯晴郊。十年云海卧，自断音书，泛宅到渔樵。舟横野彴，渐梦落、江雨春潮。兰径深、隔邻疏援，紫蔓上藤梢。　　无聊。墙东遗世，塞北为家，任旁人一笑。休更惊、羌村烽火，投老安巢。绿阴满地初宜夏，步水曲、山鸟相招。沉醉语、生涯换得枯瓢。

临江仙

一自中原鼙鼓后，繁华转眼都收。石城艇子为谁留。乌衣寻废巷，白鹭认空洲。　　万事惊心悲故国，青山落日潮头。此身行逐水东流。除非春梦里，重见旧皇州。

（以上选自《遯庵乐府》民国三十年龙氏忍寒庐刻本）

刘肇隅（10首）

刘肇隅（1875—1938），又名萃隅，字廉生，号晓初、澹园居士，湖南株洲县（今株洲市渌口区）人。曾署巴陵教谕，后留学日本，入早稻田大学，习法律。民国后任教于湖南省立一师、上海光华大学、正风文学院、群治大学等校。抗日战争爆发后，辞职回湘，开办私塾。为沤社成员，著有《阏伽坛词》。

《阏伽坛词》二卷，民国二十二年（1933）铅印本，收词七十四首。刘英朴在《法曲献仙音》小序中说明了刘氏学词和词集刊刻的过程："十发老人许以必传。忆昔从师受学至今垂四十年矣。壬申（1932）秋来沪，曾助钞稿之役，比癸酉（1933）暮春重来又助校印成书。"按刘英朴此序作于民国二十二年（1933）词集出版之前不久，而刘肇隅此时已59岁了，四十年前即他19岁左右开始向程颂万（十发老人）学词，但未有创作。直到晚年专事学佛之后才开始词的创作，因而《阏伽坛词》中多用佛家语表其菩萨心肠。林葆恒壬申腊月题词称："此集悲天悯人，且能妙参佛谛，开词家未有之先声，信能独树一帜，文人慧业，无往不可，佩服佩服。"

金缕曲

用先师杜仲丹夫子韵，挽升吉甫相国

蓦地烽烟起。问胡然、天摧硕果，怕天都醉。满目兴亡松楸感，孰辨艰难国是。忍记取、朝回花底。郎署逶迤疆圻绾，黍离离。尽是伤心地。天不憗，道穷矣。　　玉鱼隧毁惊龙气。几遗臣、补天身殉，忧伤憔悴。戊辰，东陵惨劫，骸暴骨碎，海内老成联电呼吁。故人陈君毅在北，力疾奉安陵墓。沪上则王公秉恩，约合诸老辈奔走营救，电函交驰者累月。余儿国元，随王公勉襄其事。陈君先逝，王公及余儿相继病卒。老系安危偏又弱，赢取忠魂古意。拜纶綍、褒题双字。公谥文忠。鼎足前勋胡李谥，死谁知、长洒英雄泪。剩疏草，满书笥。

一枝花

用宋辛弃疾原韵

千眼生千手。业净身心口。愿宏于天，室小于斗。本无去无来，天亦无先后。独坐观空久。觉四大皆空，万象原非真有。莫浪把、春池吹皱。无事闲低首。却关心、去日名师友。怎消息茫茫，果得西归否。况质惭蒲柳。且植初基，戒杀盗、和淫妄酒。

渔家傲

用王安石韵

静倚书堆萦古抱。墨池浅蘸临章草。意趣纵横含窈窕。功怎到。羞夸笔阵千人扫。　　小小楼台还倦鸟。孤栖只合投闲早。短鬓星星人渐老。西方好。往生决定无歧道。

满江红

用元萨天锡韵

龙战玄黄，机一发、竟无休息。搔手望、苍茫百感，不胜今昔。华表鹤归还自唳，人民城郭何曾识。剩英雄、老泪付东流，淘沙急。　　张世网，蛛丝织。伤浩劫，胡灰迹。更汹汹涛滚，惨无天日。荆棘丛生鼍鼓闹，明珠无价鲛绡泣。血斑斑、化尽古长弘，千年碧。

大　酺

题散氏盘

散盘十九行，行十九字，十二行多一字，十八行少一字，末行仅八字，在下截，都凡三百五十字。乾隆间进内府，余丙寅入都犹见之。湘中亦出一器，拓本逼肖，惟一二字稍差耳。

合禹碑文，汤盘语，遥接唐虞三古。中天彝器几，阅离离兵劫，故宫禾黍。马纪岐阳，龟占亳野，何似精神雄武。郊圻分经界，表东西故道，井田遗矩。怪奇字斑斓，越成周鼎，讵论齐鲁。吴窓斋谓文多奇字，不类成周、齐鲁，其荆楚之雄风与？　光芒千岁吐。记前度、山窗曾摹抚。惜近代、新题易旧，吴昌硕易盘名为鬻。赝器淆真，湘中新出器。吉金家、还须勘补。漫诩斯冰篆，轩颉后、古文初祖。问虞芮、争田侣。阮文达谓是周器，近人疑为商器。余按：其时地是商末周初，与虞芮质田事，正是一例。三分其二，天下商周谁主。华宗幸生硕辅。散氏有散宜生为文王辅。见《尚书·君奭篇》。

紫萸香慢

忆己巳九日，华安九层楼登高宴集，群贤满座，时十发老人用宋姚江村韵酬主人周梦坡、姚虞琴，兼赠座客。余时已丧仲子未久，愁仍未解，强随老人与焉。孰知甫逾月而余长子复死，岁序倏忽又二载矣。天灾国变，愈奇愈烈，谨步老人韵，以摅积愫。

记前年、层楼高会，盛筵宾主分明。为愁中消遣，又谁料，瞰愁城。一瞬西河添泪，便无情太上，那不伤情。似今生、暂别当作远游人，问酹酒、孰如步兵。　　魂清。梦倦初醒。愁自解、恨还平。把陶公醉意，嵇康懒性，都付诗评。近闻入关胡虏，暗平蹙、汉诸陵。对黄花、任谁高节，东离强卧，休指天末晨星。风雨又零。

暗　香

中秋感事，用姜白石韵

秦时明月。照塞城几度，边笳羌笛。豆煮釜焦，瓜蔓何堪再三摘。玉宇琼楼在否，已寒褪、东坡词笔。怎夜半、不问苍生，拚负殿前席。　　西国。信阒寂。胡旦旦誓留，愿望空积。海鲛暗泣。旧事迷离正回忆。俄顷飞来一眚，收拾了、楼台金碧。便蚀尽、蟾兔影，靠谁救得。

沁园春

五十七岁初度自述，兼酬门人朱保芝，用陆放翁韵。

学易余年，七度空抛，愧见古人。算死生契阔，烦忧惯伴，昙花一瞥，世界微尘。卅载师生，白头相对，忍忆名园坐上春。今何世，况市朝几易，官样翻新。　　思亲。泪黯湘云。剩零遍、孤儿九死身。恁立无锥地，储空儋石，浑忘老大，独耐清贫。万古江河，扁舟一舸，闲约西湖共采莼。超千劫，待天荒地老，明月为邻。

一萼红

用姜白石韵，寄黄笃友观察北京

好光阴。怨鹂歌唤老，花满发羞簪。函答惭迟，书来冀速，邮吏讵感浮沉。羡道学、渊源补录，纂先德、还共判人禽。燕市台荒，王宫星换，记否凭临。　　南雁北鸿来去，纵抗希契阔，远印心心。皤首孤臣，白头宫女，今后何处追寻。算归去、王孙日暮，掩柴扉、珍重柳如金。淘尽英雄老泪，恨并江深。

鹧鸪天

辛未冬至，彊村老人谱《鹧鸪天》一阕，绝笔词也。前五日为按脉病榻，神明未乱，后七日逝矣。腊八前夕，梦见老人宛若生前，因依绝笔词原韵吊之。

病榻恹恹忍乍分。词林坛席几曾温。蚕缫到死丝将尽，犹绻金门待漏恩。　　劫后影，梦中身。醒来一瞥失斯人。莫愁浊世重来苦，已缔灵山佛会因。

（以上选自《闲伽坛词》民国二十二年排印本）

罗振常（5首）

罗振常（1875—1942），字子经、子敬，号心井、顽夫、邈园、邈叟，浙江上虞（今绍兴上虞区）人。早年受业于堂兄罗振玉，1912年随其至日本。中年于上海设蟫隐庐书肆，居肆凡三十年。是近代著名藏书家，著有《善本书所见录》。工诗古文词，著有《徵声集》等。

《徵声集》民国十年刻本，三卷，分别为《颓檐词》一卷、《浮海词》一卷、《旗亭词》一卷。前有秦遇赓序及作者自序。《颓檐词》收词二十首，自丙午（1906）、丁未（1907）至宣统二年（1910），有自序一篇；《浮海词》收词二十首，自辛亥（1911）至甲寅（1914），有自序一篇；《旗亭词》收词二十五首，自甲寅（1914）至庚申（1920），有自序一篇。罗氏在《颓檐词序》中自称“偶为小词，以写烦忧”，“取渊明诗意，命曰‘颓檐词’，始存箧中。其间偶赋闲情，非无绮语，此义山所谓虽形诸篇什，不接风流，固无伤大雅耳”，因此集中多闲情之作。而《浮海词》则多“身世飘零之感，乡关魂梦之思”，乃是客居日本时的“哀思之作”（《浮海词序》），迥然不同于《颓檐词》。《旗亭词》更甚于前者，自比“秋晚之蝉声”“迟明之蜡泪”，伤心欲绝，“不复成吟”（《旗亭词序》），词作语言稍转平和，情绪更加内敛。一部《徵声集》，映射出易代之际文人的心灵轨迹。集中如《水龙吟·过长崎》等描写海景之作，较有特色。

水龙吟

过长崎

年年岁岁朝朝，风花雨叶添憔悴。何来浩劫，妖氛漫野，苍天忽坠。故垒依然，江山何限，登临无地。便兰成赋笔，杜陵诗句，写不尽、凄惶意。　　又见瀛洲草绿。早开残、满枝梅蕊。登楼一望，凭栏无语，黯然心碎。离乱经年，阳春二月，乡关万里。便青山伴我，着些烟雨，瞑焉如睡。

蝶恋花

丝竹泠泠歌缓缓。座上貂蝉，当日华堂满。山鹊惊回宵梦短。啼痕不共残更断。　　二月园林花照眼。今日看花，不是当时伴。花落随风千百转。分明似我情怀乱。

醉蓬莱

看夭桃绽蕊，弱柳垂丝，山城春早。绮陌游人，共盈盈欢笑。说道新晴，草薰烟暖，正踏青时到。宝马香车，清歌曼舞，蝶围蜂绕。　　料得而今，故园三径，台榭依然，蓬蒿荒了。雨夕风晨，知落英多少。借问流莺，连年花坞，是有无人扫。狼籍残红，只教肠断，不看也好。

浪淘沙

天际鸟飞还。极目层峦。更无人处独凭栏。可惜莺花三月暮，如此江山。　　春意已阑珊。夕照红殷。子规啼歇百花残。忍令朝朝明镜里，不改朱颜。

卜算子

地迥碧天沉，景短斜阳暮。黄叶横空作阵飞，遮断行人路。　　春燕更秋鸿，伴我飞来去。试向高峰看白云，云也何曾住。秦曰：“龙洲词稍伤直，然自疏古。”此作似之。

（以上选自《徵声集》民国十年刻本）

吕惠如（10首）

吕惠如（1875—1925），原名贤钟，字惠如，又字云英，安徽旌德（今属宣城）人。工书画，擅诗词，吕凤岐长女。著有《吕氏三姊妹集》（姐妹合集）、《惠如长短句》（附于吕碧城1937年版《晓珠词》后）。

齐天乐

重九游雨花台

连呼酒上荒台去，诗心欲飞岩岫。一抹斜阳，满城烟霭，万柳垂垂低首。鞠花开否。正蒻出金英，雁风吹透。十亩霜腴，看来花不似人瘦。　　世间多少荣辱，任西风马耳，于我何有。此日秋清，去年人健，难得好怀依旧。一杯在手。看转烛光阴，俊游休负。几个重阳，几回开笑口。

鹊桥仙

钟声远寺，鸡声近陌，曙色渐分林罅。秋云何处陇头飞，正木叶、亭皋初下。　　瑶阶凉露，瑶窗明月，一片融成澹雅。晓来无处觅吟魂，想神与、西风俱化。

忆旧游

羁泊江南，匆匆十五年矣。桑海迁易，百忧填膺，行将卜居冶城山麓，以秣陵之烟树作故山之猿鹤。胜地有缘，信天自憙，时藉倚声聊摅襟抱。

记襟分辽月，鬓染吴云，十载犹赊。老向江南住，把莫愁故里，当作侬家。青山待人情重，留与共烟霞。看转烛人情，抟沙世事，且伴梅花。　　独立水云侧，似信天翁鸟，饥守苍葭。没个消凝处，倚东风一笛，自遣生涯。平生不愿枯寂，冷处亦清华。正怕作愁吟，郊寒岛瘦谁效他。

高阳台

夕照山川，惊涛世界，何堪更感流年。雪霁荒郊，匆匆换了桑田。人间那有欢娱地，问销魂、春在谁边。但苍茫，一棹寒朝，万柳风烟。　　浮名早付行云去，笑谁将腐鼠，犹忌雏鹓。料理琴书，襟怀且自悠然。梅花懒续东风梦，抱幽香、自老青天。只难忘，万里春愁，托与啼鹃。

浣溪沙

庚申除夕

绛烛笼纱照夜阑。琼签愁报曙光寒。一年陈迹付飘烟。　　尽使江流驰短梦，待招春色入吟笺。好怀休自减中年。

清平乐

翠樽红炬。送了年华去。听尽邻娃欢笑语。好在不知愁处。　　春风又到人间。凭楼何事相关。多少夕阳烟柳，可怜如此江山。

浣溪沙

杨柳蒙烟覆大堤。黄昏人拥市桥西。画船灯影漾明漪。　　玉笛新声方入破，断鸿江渚正愁饥。酒阑犹问夜何其。

浣溪沙

忍俊难禁几日晴。吴锦齐脱越罗轻。嬉游天气快心情。　　二月东风如梦软，一城春柳插天青。落梅无语下风亭。

好事近

残雪寄崖阴，浅碧已生纤草。三雨幽花谁见，有诗人能道。　　春寒犹锁玉楼人，寻芳喜侬早。偏有小黄蝴蝶，更比侬先到。

好事近

满袖落梅风，吹笛石头城下。杨柳小于娇女，倚赤栏低亚。　　六朝金粉尽飘零，燕子伤心话。剩有齐梁夕照罨，青山如画。

（以上选自《惠如长短句》，《晓珠词》民国二十六年排印本）

麦孟华（2首）

麦孟华（1875—1915），字孺博，号蜕庵，广东顺德人。康有为弟子，光绪十九年（1893）与康有为同科中举，曾参与公车上书，戊戌变法失败后亡命日本。康有为将其与潘之博并称为“粤两生”，二人在冯国璋幕府谋划倒袁活动，1915年正月因袁称帝，麦氏脑充血卒于上海。为梁令娴师，为其删定《艺蘅馆词选》。著有《蜕庵词》，收入《粤两生集》。《清代诗文集汇编》第793册收录《粤两生集》本《蜕庵词》。

陈三立称其诗词“郁伊善感，婉约冲夷，如其人然”（《蜕庵集序》），《清词菁华》称“孟华与梁启超、朱祖谋等交游甚笃，提倡改革。中年遽逝，未竟其志。其《蝶恋花》与徐珂等相近。‘沪烟’两句，所志甚坚。《解连环》香草新愁，寄怨特深”。

金缕曲

题红拂墓

可是当垆侣。又无端、红尘同谪，华堂一顾。旧约三生都不省，万古情魂一缕。更莫怨、当朝杨素。堂上将军原负腹，是名花、便合遭风雨。相逢晚，亦天数。　　天涯何处埋香土。想如今、渌桥无恙，但为卿故。锦瑟华年愁里过，那更冲冠起舞。问今日、扶余谁主。红袖青衫飘泊久，便相逢、只劝公毋渡。誓同穴，愿逢怒。

迈陂塘

听雪，赠文娘

正宵深、漏沉灯烬，依依情话如哽。纸窗风翕檐冰坠，知有玉龙飞近。还自省。记二十年来，常拥孤衾听。客怀易冷。况咽岸潮生，打篷霰集，景与情相称。　　而今更。雨泊风飘一梗。天涯沦落谁问。腰围持比文君黛，各自为情消损。君可信。试悄倚双肩，待晓临明镜。韶华转瞬。恐一夜青山，堆琼垛玉，头白已难认。

（以上选自《香艳小品》1914 年第 3 期）

毛乃庸（1首）

毛乃庸（1875—1931），字伯时，更字元征，别号剑客。江苏甘泉（今扬州）人，长于淮安。光绪二十一年（1895）拔贡生。曾任江北师范教务长、江南高等学校教员、两江督练公所总文案等职。辛亥革命后，任山东巡警道署秘书长、代理内务司司长。后辞官返乡从事著述。晚年居南京。著有《剑客诗稿》《欸生随笔》《后梁书》《北辽书》，译著有《安南史》等。

踏莎行

由万县赴夔州

竹笠遮晴，芒鞋踏露。匆匆走遍西南路。干戈满地断行人，行人遍逐干戈去。　　蜀魄催归，鹧鸪劝住。流光真被轮蹄误。休言漂泊似杨花，杨花尚有沾泥处。

（选自《学衡》1923 年总第 8 期）

钱振锽（7首）

钱振锽（1875—1944），字梦鲸，号谪星、名山、星隐庐主人、海上羞客，阳湖（今江苏常州）人。光绪二十九年（1903）进士，官刑部主事。宣统元年（1909）弃官还乡，绝意仕进，抗战时避居上海。诗词书画兼善，并长于医学。著有《名山全集》等。

钱振锽词集较多，很少有序跋，版本也十分复杂，有《星隐楼词》《谪星词》《名山词》《名山词续》《海上词》。钱氏论词与王国维近，深恶二窗，尤爱苏辛。冒广生评其词作为“性灵语，雅与元人为近”（《小三吾亭词话》）。钱振锽诗文享有盛名，作词态度较为随意，游戏之作较多，如《满江红·戏改岳忠武王词》《醉花阴·戏改〈长离阁词〉》《金缕曲·戏题墨竹》等。

临江仙

天气有风无雨，高穹一碧如揩。压檐榆叶影毰毸。乍过初一二，便有月光来。　　似梦如醒时候，清音入耳濛洄。谁将横竹夜深吹。却疑深树外，别有好池台。

减　兰

满栽篱菊。准备秋来看晚节。不种春葩。顷刻风光顷刻花。　　一园清景。独自坐来还自咏。最爱昏黄。万绿前头看夕阳。

（以上选自《谪星词》，《名山全集》民国排印本）

南乡子

辛酉秋日

翠失梧桐叶，香残菡萏丛。本来已是感秋蓬。何况一番狂雨一番风。　　白水吞平野，青山落断虹。登楼一望海天空。不信斜阳尚有几多红。

踏莎行

新安归艇

小小船儿，真成蚱蜢。无篷无盖乘来稳。缆绳打结不多长，桅竿倒插锄头柄。　　小雨零星，淡云掩映。水平天远青山近。坐看清景不知疲，到家不碍斜阳暝。

蝶恋花

庚午十一月游无锡小蓬莱，咏红梅黄菊。

空里灵山飞一棹。不待春风，有客寻瑶草。天意似矜颜色好。红梅不让黄梅早。　　岩谷荒寒人迹少。绝代黄花，未合空山老。今日相逢花也笑。明朝风雪都休道。

（以上选自《名山词》，《名山全集》民国排印本）

蝶恋花

雪　杏

好是溪南红杏树。二月春晴，照眼花无数。不道昨宵风又雨。朝来飞雪漫天舞。　　如此荒寒溪上路。零落燕支，有恨凭谁诉。若使名花都解语。人间尽是伤心处。

（选自《名山词续》，《名山全集》民国排印本）

金缕曲

戏题墨竹

老去真无赖。终日把、几枝退笔，横涂乱写。写出霜筠三十幅，也复风流潇洒。离不脱、个人介介。一笑衰翁年七十，有几竿、留作千秋挂。但自喜，不堪卖。　　文苏墨迹原无价。我岂有、胸中成竹，自矜宗派。只是天机随处发，无复四旁上下。确也是、名山心画。留得此君真相在，比西山、二子斯其亚。顽与懦、一时化。

（以上选自《海上词》，《名山诗集》民国三十六年排印本）